Tipp – Hinhören, vermuten und nachschlagen

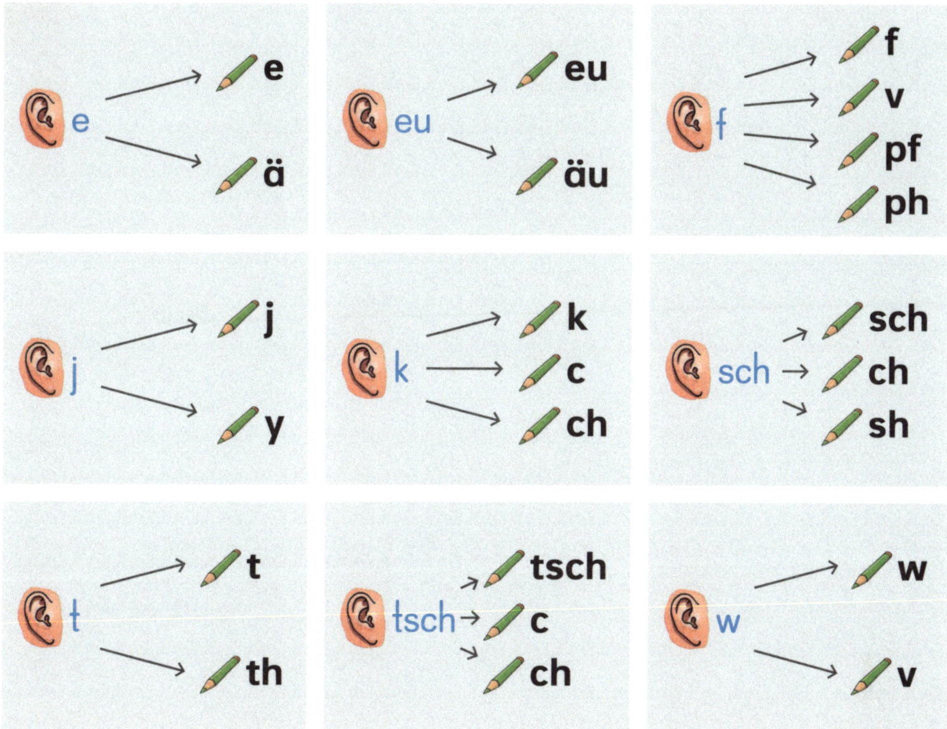

Tipp – Passende Stichwörter nachschlagen

- Nomen in der Einzahl (Singular): Häuser ⇨ das Haus
- Verben in der Grundform: du isst ⇨ essen
- Adjektive in der Grundform: größer ⇨ groß
- zusammengesetzte Nomen zuerst zerlegen:
  Hausschuhe ⇨ das Haus – der Schuh
- verwandte Wörter suchen:
  Fröhlichkeit ⇨ fröhlich
  herunterklettern ⇨ klettern

westermann

Das Wörterbuch für die Grundschule

Erarbeitet von
Theresa Fliegert
Miriam Jacobs
in Zusammenarbeit mit der
Westermann-Grundschulredaktion

Illustriert von
Matthias Berghahn
Silke Reimers
Katja Schmiedeskamp
Silke Schwarz

Dieses Wörterbuch gehört:

....

Inhaltsverzeichnis

Wissenswertes für Lehrkräfte und Eltern

Liebe Lehrerinnen und Lehrer, liebe Eltern,
im Verlauf der Grundschulzeit sollen Kinder lernen,
Zweifelsfälle der Rechtschreibung durch Nachschlagen zu klären.
Dazu gehören die Kompetenzen, Rechtschreibhilfen zu nutzen
und sich in alphabetisch sortierten Wörterlisten gezielt zu orientieren.

EIN Wörterbuch von Anfang an

Das Wörterbuch für die Grundschule enthält alle verbindlichen **Grundwortschätze** und „**wächst mit**“. Es unterstützt die Kinder, indem es von Klasse 1 bis Klasse 4 dem Lernstand entsprechend differenziertes Wortmaterial, passende Übungen, Erklärungen und Orientierungshilfen bietet. So erwerben die Kinder **Handlungskompetenz** und **Selbstsicherheit** beim Nachschlagen, Kontrollieren und Schreiben.

Die alphabetischen Wortschätze

Alphabetischer Wortschatz ab Klasse 1 (ca. 450 Wörter)

- Stichwörter in **Silbenschrift**, mit Bildern und als Audios
- Einteilung in **Wortarten** durch farbige Rahmen
- **Anlaute** und **Anlautbilder** als übergreifende Orientierungshilfen

Alphabetischer Wortschatz ab Klasse 2 (ca. 1600 Wörter)

- Stichwörter in **Silbenschrift**
- farblich gekennzeichnete **Wortarten**: Nomen (mit Artikel, Einzahl und Mehrzahl), Verben (in Grundform und gebeugter Form), Adjektive (mit Verwendungsbeispiel), andere wichtige Wörter
- Gebeugte Formen vieler unregelmäßiger Verben mit **Verweis** auf die Grundform, **Beispiele** für die Verwendung einzelner Stichwörter
- **Spalteneinteilung** und **Kopfwörter** zur übergreifenden Orientierung

Alphabetischer Wortschatz ab Klasse 3 / 4 (ca. 5500 Wörter)

- Nomen (mit Artikel, Einzahl und Mehrzahl)
- Verben (Grundform und gebeugte Formen; Präsens, Präteritum, Perfekt)
- Adjektive (Grundstufe, 1. und 2. Steigerungsstufe)
- andere wichtige Wörter
- Kennzeichnung der **Worttrennung**, **Beispiele** für die Verwendung besonderer Stichwörter, Hinweise zur **Umgangssprache** u. v. m.
- **Spalteneinteilung**, **Kopfwörter** und **Anfangsbuchstaben** zur übergreifenden Orientierung

Die Themen-Wortschätze

Mit den Themen-Wortschätzen bietet das Wörterbuch Hilfen für das selbstständige Verfassen von Texten. Dazu gehören die Kompetenzen, Texte zu planen, zu formulieren und zu überarbeiten.

Themen-Wortschatz für Klasse 1 und 2

- Wortmaterial mit Bezug zum Sachunterricht
- Satzanfänge als Schreibhilfen
- Illustrationen und Audios

Themen-Wortschatz für Klasse 3 und 4

- Wortmaterial und Fachbegriffe mit Bezug zum Sachunterricht
- Formulierungsvorschläge für die Textproduktion und zur Unterstützung der Bildungssprache
- Illustrationen und Kartenmaterial

Zu allen Wortschätzen

- **Tipps zum Nachschlagen**
- **Aufgaben** für die Einzel- und Partnerarbeit (Lösungen über QR-Codes)
- **Online-Aufgaben zum Üben** (aufrufbar über QR-Codes)

Weitere Extras für alle Jahrgänge

- **Das ABC lernen und üben**: Aufgaben für Klasse 1 bis 4
- **Satzanfänge**, **Wortfelder**, **Wortfamilien** und **unregelmäßige Verben**: Übersichten mit häufig gebrauchtem Wortmaterial
- **Grammatik-Kompass**: die wichtigsten Aspekte der Grundschul-Grammatik kindgerecht zusammengefasst
- **Rechtschreib-Kompass**: grundlegende Strategien und Regeln kindgerecht erklärt
- **QR-Codes**: Audios, Lösungen, Online-Aufgaben und Erklärvideos
- **Bild-Wortschatz in 5 Sprachen**: Deutsch, Englisch, Französisch, Türkisch und Arabisch

Über diesen QR-Code erhalten Sie Zugriff auf ausdruckbare **Lösungen**, eine **Übersicht der Online-Aufgaben** sowie auf das **Abschreibfenster** als Hilfsmittel zur Wörterbucharbeit.

Liebe Kinder,
dieses Wörterbuch hilft euch ...

... beim Lernen des ABC.

... bei der Orientierung in Wörterlisten.

... beim Unterscheiden von Wortarten.

... beim Schreiben von Wörtern.

... beim Überprüfen eurer Rechtschreibung.

... beim Kennenlernen neuer Wörter.

... beim Trennen von Wörtern.

... beim Schreiben von Texten.

... beim Verstehen und Anwenden der Regeln der deutschen Sprache.

... Sprachexpertinnen und Sprachexperten zu werden!

Bei der Arbeit mit dem Wörterbuch geben euch die Farben eine Orientierung. So findet ihr schnell, was ihr sucht.

Das ABC lernen und üben

Themen-Wortschatz für Klasse 1 und 2

Alphabetischer Wortschatz für Klasse 1

Alphabetischer Wortschatz für Klasse 2

Alphabetischer Wortschatz für Klasse 3 und 4

Themen-Wortschatz für Klasse 3 und 4

Satzanfänge – Wortfelder – Wortfamilien – Unregelmäßige Verben – Grammatik-Kompass – Rechtschreib-Kompass – Bild-Wortschatz in 5 Sprachen

Ihr könnt mit diesem Wörterbuch selbstständig arbeiten.

Diese Bilder zeigen euch, was ihr tun sollt:

- Einzelarbeit
- Partnerarbeit
- Nutze das Lesebändchen.
- Sprich.
- Lies.
- Schreibe in dein Heft.
- Schlage die Grundform nach.

Diese Bilder weisen euch auf weitere Informationen hin:

- Das ist ein umgangssprachliches Wort.
- Zu diesem Wort findest du im Kasten Hinweise zur Rechtschreibung.
- Hier findest du wichtige Informationen, Zusammenfassungen oder Strategien.

Diese Bilder leiten euch über einen QR-Code weiter:

- Dieses Bild zeigt dir, wo du Audios anhören kannst.
- Dieses Bild zeigt dir, dass es Lösungen zum selbstständigen Kontrollieren gibt.
- Dieses Bild zeigt dir, dass es Online-Aufgaben gibt.
- Dieses Bild zeigt dir, wo du zu einem Erklärvideo kommst.

Hier gibt es ein Erklärvideo zu diesem Wörterbuch.

Aufgaben

Das ABC lernen

1 Sprich die Buchstaben des **ABC** wie ein Lied.

2 Sprich das **ABC** mehrmals langsam.

3 Sprich das **ABC** mehrmals ganz leise.

A B C D E F G –
H I J K L M N O P –
Qu R S T U V W –
X – Y – Z!

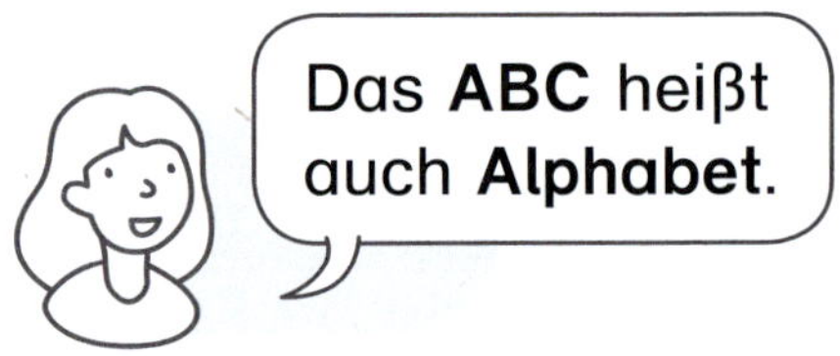

Das ABC üben

4 Schreibe das **ABC** untereinander in dein Heft. Schreibe zu möglichst vielen Buchstaben einen oder mehrere Tiernamen:

A: Affe
B: ...
...
Z: Zebra

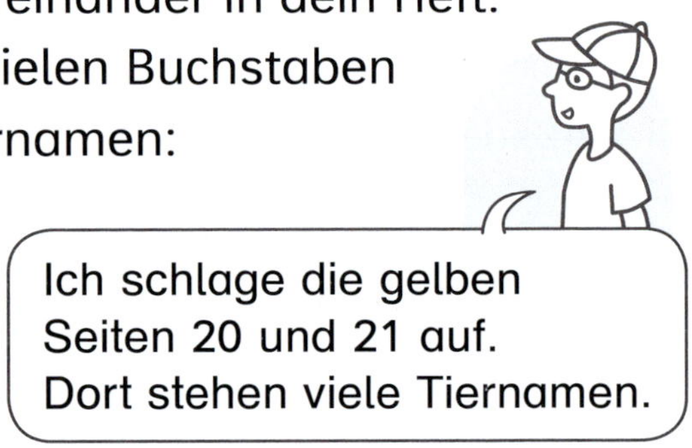

5 Schreibe die Wörter nach dem **ABC** geordnet in dein Heft.

Heft Buch Tisch Pinsel Lampe

Nutze das Bändchen. Dann findest du die Seite schnell wieder.

Das ABC lernen

1 Sprich das **ABC** einem Partnerkind vor.

2 Sage die Buchstaben des **ABC** abwechselnd mit einem Partnerkind auf.

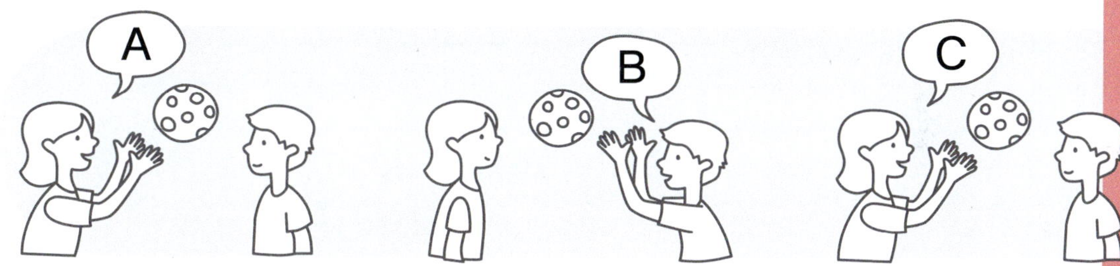

Das ABC üben

3 Beantworte einem Partnerkind die Fragen zum **ABC**:

a Welcher Buchstabe steht hinter ...?

A **?** F **?** J **?** P **?**

b Welcher Buchstabe steht vor ...?

? C **?** L **?** U **?** Z

c Welcher Buchstabe steht zwischen ...?

B **?** D K **?** M
O **?** Qu R **?** T

Tipps

Auf den **gelben Seiten 14 bis 23**
findest du Wörter zu verschiedenen Themen.
Sie helfen dir beim Schreiben von Sätzen und Texten.

Zu diesem **Thema** gehören die Wörter auf der Seite.

Zu vielen Wörtern gibt es **Bilder**.

Diese **Satzanfänge** passen zum Thema.

Spielen

das Trampolin
die Rutsche
das Fahrrad
der Sand

die Schaukel
der Roller
die Inliner
das Seil

der Würfel
das Spiel
die Karte
der Ball

die Freundin
der Freund
die Puppe
der Teddy

Wir spielen …
Du spielst mit …

Ich baue …
Möchtest du …?

22 Themen-Wortschatz für Klasse 1 und 2

Nomen
mit **Artikel**
(der, die, das)

Medien

der Bildschirm
der Computer
die Tastatur
das Internet
das Tablet
die E-Mail

das Buch
der Comic
der Fernseher
der Film
das Handy
die Zeitschrift

Ich mag …
Du guckst …
Ihr schreibt …
Wir lesen …

Themen-Wortschatz für Klasse 1 und 2 23

Sprechsilben sind **dunkel** und **hell** gedruckt.
So kannst du die Wörter leichter lesen.

Aufgaben

Den Wortschatz erkunden

1 Welche Themen gibt es auf den Seiten 14 bis 23?
Schreibe die Überschriften in dein Heft: Die Familie, …

2 Auf welchen Seiten findest du diese Bilder?
Schreibe die Überschrift, die Seitenzahlen und die Namen der Tiere in dein Heft: Tiere: Seite …

3 Auf welcher Seite findest du Wörter zum Thema **Jahreszeiten**? Schreibe die Seitenzahl und die Namen der vier Jahreszeiten in dein Heft:
Seite …: der Frühling, …

Zu Themen schreiben

4 Schlage die Themen-Seite **Farben** auf.
Schreibe einen Satz über dich in dein Heft:
Meine Lieblingsfarben sind …

5 Schlage die Themen-Seite **Spielen** auf.
Schreibe eine Liste mit deinen Lieblingswörtern in dein Heft:
– der Ball
– …

Nutze das Bändchen. Dann findest du die Seite schnell wieder.

Den Wortschatz erkunden

1 Wähle eine Themen-Seite.
Lies einem Partnerkind alle Wörter der Seite vor.

2 Lies die Wörter auf der Themen-Seite **Medien**.
Welche Gegenstände findest du in deinem Klassenraum?
Nenne sie einem Partnerkind.

Zu Themen schreiben

3 Schlage die Themen-Seiten **Der Körper** und **Spielen** auf.
Lies die Wörter und Satzanfänge.
Schreibe 5 Sätze über ein Partnerkind in dein Heft.
Lies deinem Partnerkind die Beschreibung vor:
Mein Partnerkind heißt …
Er / Sie / Es hat … Haare und … Augen. …

4 Wähle eine Themen-Seite.
Lies die Wörter und Satzanfänge.
Schreibe 3 Sätze über dich in dein Heft.
Lies deine Sätze einem Partnerkind vor:
Ich …

Die Familie

das Baby

die Kinder

das Mädchen

der Junge

die Mama

die Mutter

der Papa

der Vater

die Oma

die Großmutter

der Opa

der Großvater

die Schwester

der Bruder

Ich heiße …

Du bist …

Das ist …

Wir sind …

Ich habe …
Mein …

Er / Sie / Es hat …
Meine …

Farben

bunt 

blau 

grün 

rot 

orange 

gelb 

lila 

rosa 

pink 

grau 

braun 

schwarz 

weiß 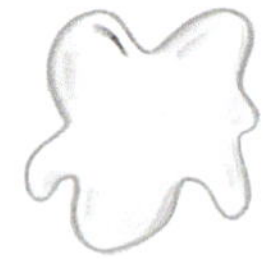

Meine Lieblingsfarben sind ...
Ich mische die Farben ...

Ich male ...
Mein Bild ...

eins 1

zwei 2

drei 3

vier 4

fünf 5

sechs 6

sieben 7

acht 8

neun 9

zehn 10

elf 11

zwölf 12

zwanzig 20

null 0

einhundert

eintausend

eine Million

Ich zähle …

Ich kann bis … zählen.

Ich bin … Jahre alt.

Meine Lieblingszahl …

Die Woche

der Montag

der Dienstag

der Mittwoch

der Donnerstag

der Freitag

der Samstag

der Sonnabend

der Sonntag

der Tag

die Nacht

Eine Woche hat … Tage.

Gestern war … Heute ist … Morgen ist …

die Jahreszeiten

der Winter

der Frühling

der Herbst

der Sommer

die Monate

der Kalender

der Januar　　der Februar　　der März

der April　　der Mai　　der Juni

der Juli　　der August　　der September

der Oktober　　der November　　der Dezember

Das Jahr hat … Monate.
Es gibt … Jahreszeiten.

Mein Geburtstag …
Es ist …

der Bär

die Biene

der Delfin

der Elefant

die Ente

der Esel

die Eule

der Fisch

die Fliege

der Frosch

der Fuchs

die Gans

der Hase

der Hund

der Käfer

die Katze

das Lama

der Papagei

die Qualle

die Schlange

die Spinne
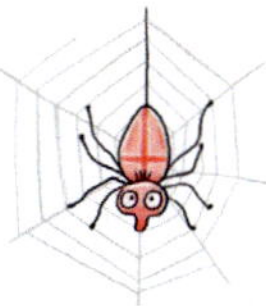

der Wolf

das Nashorn

das Pferd

das Reh

der Specht

der Vogel

die Ziege

Es fliegt …
Er beißt …
Sie frisst …

Ich mag …
Du streichelst …
Wir füttern …

Spielen

das Trampolin
die Rutsche
das Fahrrad
der Sand

die Schaukel
der Roller
die Inliner
das Seil

der Würfel
das Spiel
die Karte
der Ball

die Freundin
der Freund
die Puppe
der Teddy

Wir spielen …
Du spielst mit …

Ich baue …
Möchtest du …?

der Bildschirm

der Computer

die Tastatur

das Internet

das Tablet

die E-Mail

das Buch

der Comic

der Fernseher

der Film

das Handy

die Zeitschrift

Ich mag …

Du guckst …

Ihr schreibt …

Wir lesen …

Tipps

Auf den **grünen Seiten 28 bis 53** findest du Wörter mit kleinen Bildern. Die Wörter sind nach dem **ABC** geordnet. Sie helfen dir, richtig zu schreiben.

Mit diesen **Anfangsbuchstaben** beginnen die Wörter auf der Seite.

Das **Anlautbild** passt zum Buchstaben.

In der **ABC-Leiste** sind die Buchstaben hervorgehoben, um die es auf dieser Seite geht.

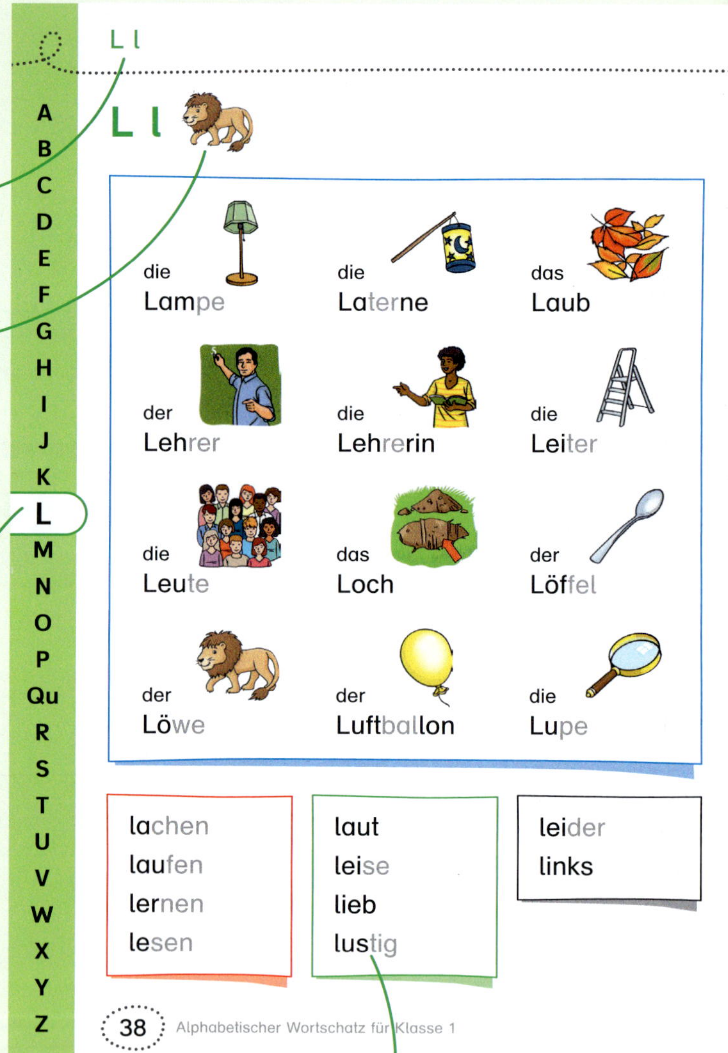

Die Sprechsilben sind **dunkel** und hell. So kannst du die Wörter leichter lesen.

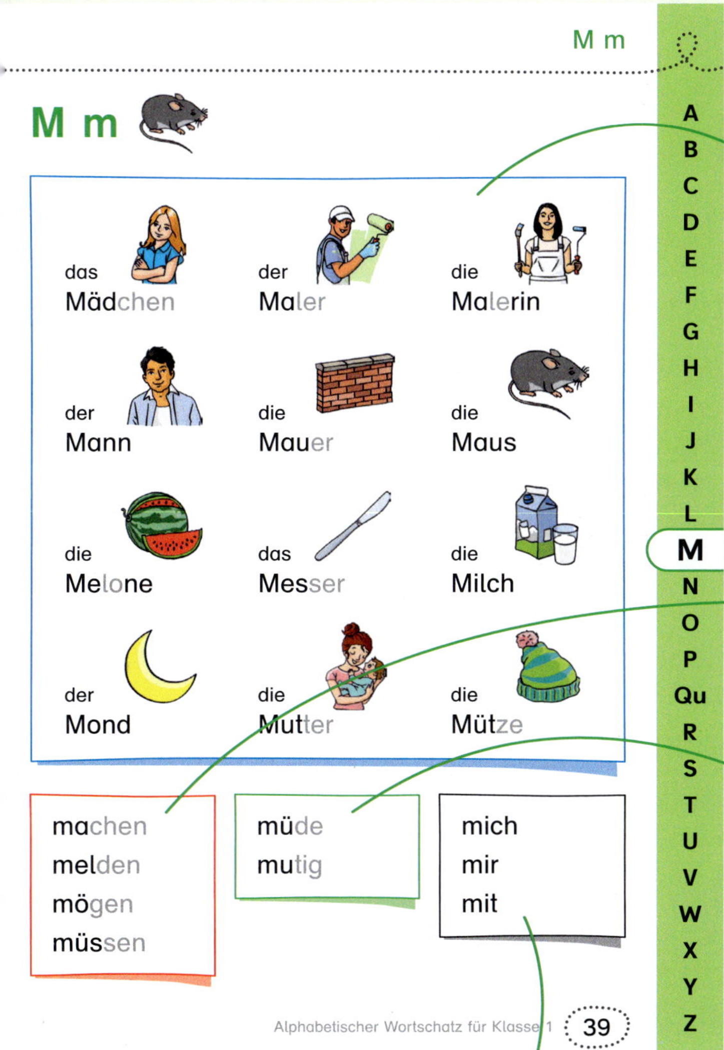

Mm

M m

das Mädchen	der Maler	die Malerin
der Mann	die Mauer	die Maus
die Melone	das Messer	die Milch
der Mond	die Mutter	die Mütze

machen
melden
mögen
müssen

müde
mutig

mich
mir
mit

A B C D E F G H I J K L **M** N O P Qu R S T U V W X Y Z

Alphabetischer Wortschatz für Klasse 1 39

Nomen mit Artikel (der, die, das)

Verben

Adjektive

andere wichtige Wörter

Aufgaben

Den Wortschatz erkunden

1 Auf welchen Seiten stehen Wörter zu diesen Anlautbildern? Suche die Bilder und nenne einem Partnerkind die Seiten.

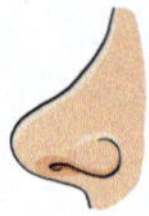

2 Auf welchen Seiten stehen diese Wörter? Suche die Bilder und nenne einem Partnerkind die Seiten.

3 Suche die Seite mit Wörtern mit dem Anfangsbuchstaben **R/r**. Lies einem Partnerkind das erste Wort im blauen Kasten vor.

4 Suche die Seite mit Wörtern mit dem Anfangsbuchstaben **B/b**. Lies die Wörter in diesen Kästen.

Lies die Wörter einem Partnerkind vor.

Nutze das Bändchen. Dann findest du die Seite schnell wieder.

Den Wortschatz erkunden

1 Auf welchen Seiten stehen Wörter mit diesen Buchstaben? Suche sie und schreibe in dein Heft:
A / a: Seite 28, ...

A / a   G / g   I / i   N / n   Z / z

2 Auf welchen Seiten stehen diese Wörter? Suche sie und schreibe die Wörter mit den Seitenzahlen in dein Heft:
die Ampel: Seite 28, das ...

die Ampel   das Auto   die Maus

das Telefon   der Vogel   der Zoo

3 Schlage Seite 35 auf.
Lies die Wörter in diesen Kästen.

Schreibe die Wörter in dein Heft:

halten
helfen
...

A a   Ä ä  Au au 

der
Affe

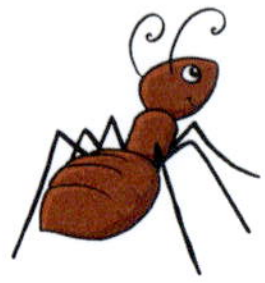
die
Ameise

die
Ampel

die
Amsel

die
Ananas

der
Apfel

die
Äpfel

der
Arzt

die
Ärztin

der
Ast

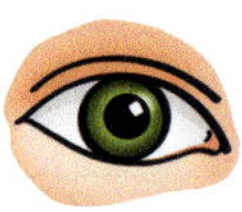
das
Auge

das
Auto

antworten
arbeiten

alt
arm

aber
alle
auf
aus

B b 

die
Banane

die
Bank

der
Baum

das
Bett

das
Bild

die
Birne

die
Blume

der
Bonbon

die
Brille

das
Brot

das
Buch

der
Bus

baden
basteln
bauen
bringen

böse
brav
breit

bald
bei
beim
bis

C c

der
Cent

das
Chamäleon

der
Chor

der
Clown

die
Clownin

der
Code

der
Comic

der
Computer

die
Creme

clever
cool

D d 

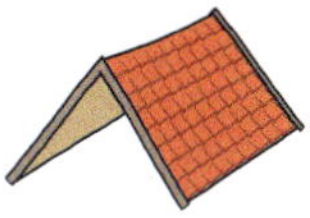
das
Dach

der
Dachs

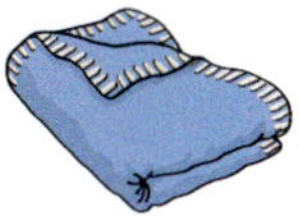
die
Decke

der
Delfin

der
Detektiv

die
Detektivin

der
Dinosaurier

das
Dorf

die
Dose

der
Drache

der
Drachen

die
Dusche

danken
denken
dürfen

doof
dunkel
dünn
durstig

dich
dies
dir
dort

E e   Ei ei  Eu eu 

das
Ei

das
Eichhörnchen

der
Eimer

das
Eis

der
Elefant

die
Ente

die
Erbse

die
Erdbeere

die
Erde

der
Esel

die
Eule

der
Euro

erzählen
essen

einfach
eng

ein
eine
er
es

F f

das
Fahrrad

die
Farbe

die
Feder

das
Fenster

das
Feuer

der
Fisch

die
Flasche

die
Flöte

das
Flugzeug

das
Foto

die
Frau

der
Füller

fahren
fliegen
fragen
freuen

fein
fertig
frisch
früh

für

G g 

die
Gabel

die
Gans

der
Garten

der
Geburtstag

das
Geld

das
Gemüse

das
Geschenk

das
Gespenst

die
Giraffe

die
Gitarre

das
Glas

die
Gurke

geben
gehen
glauben
graben

gesund
groß
gut

ganz
gegen

H h 

der
Hahn

der
Hammer

das
Haus

das
Heft

der
Helm

das
Hemd

das
Herz

die
Hexe

der
Himmel

die
Hose

das
Huhn

der
Hut

halten
helfen
holen
hören

hart
heiß
hell
hoch

hallo
heute
hier
hinter

I i  

die 
Idee

der 
Igel

die 
Insel

ich
immer

J j 

die 
Jacke

der 
Jaguar

die 
Jeans

der 

Joghurt

das 
Jo-Jo

der 
Junge

jubeln

jung

ja

K k 

der 
Kamm

das 
Känguru

der 
Käse

der 
Keks

die 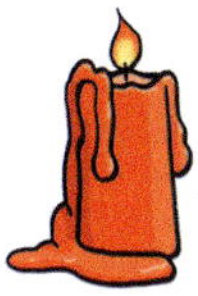
Kerze

das 
Kind

die 
Kirsche

die 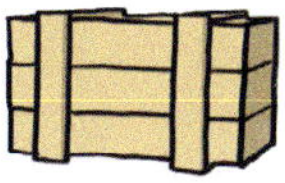
Kiste

die 
Klasse

das 
Kleid

der 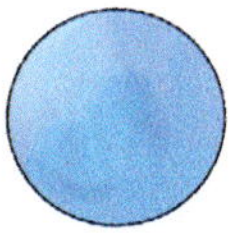
Kreis

der 
Kuchen

kaufen
kleben
kochen
kommen

kalt
klein
krank
kurz

kaum
kein

A B C D E F G H I J K L M N O P Qu R S T U V W X Y Z

A B C D E F G H I J K L M N O P Qu R S T U V W X Y Z

L l

die
Lampe

die
Laterne

das
Laub

der
Lehrer

die
Lehrerin

die
Leiter

die
Leute

das
Loch

der
Löffel

der
Löwe

der
Luftballon

die
Lupe

lachen
laufen
lernen
lesen

laut
leise
lieb
lustig

leider
links

M m

das
Mädchen

der
Maler

die
Malerin

der
Mann

die
Mauer

die
Maus

die
Melone

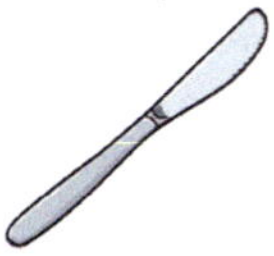

das
Messer

die
Milch

der
Mond

die
Mutter

die
Mütze

machen
melden
mögen
müssen

müde
mutig

mich
mir
mit

N n

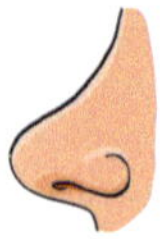

die
Nadel

der
Nagel

der
Name

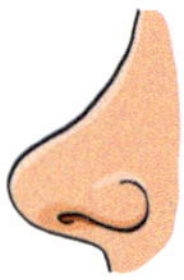

die
Nase

das
Nashorn

der
Nebel

das
Nest

das
Netz

die
Note

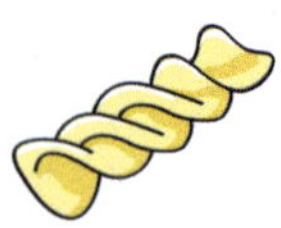

die
Nudel

die
Nummer

die
Nuss

niesen

nett
neu

nein
nicht
nie
nur

O o     Ö ö 

das
Obst

der
Ofen

die
Öfen

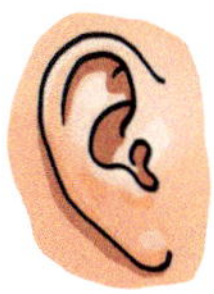
das
Ohr

das
Öl

die
Oma

der
Opa

die
Orange

der
Ordner

die
Orgel

der
Orkan

der
Otter

offen

oben
oder
oft
ohne

A B C D E F G H I J K L M N O P Qu R S T U V W X Y Z

P p

das
Paket

die
Palme

der
Pinguin

der
Pinsel

das
Pony

die
Puppe

Pf pf

die
Pfanne

der
Pfau

die
Pfeife

der
Pfeil

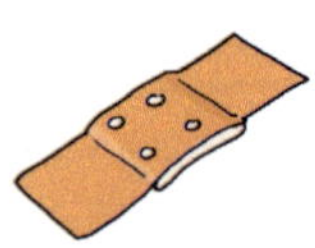
das
Pflaster

die
Pflaume

Qu qu

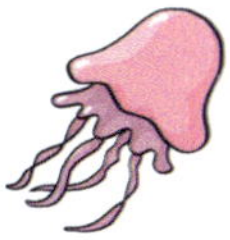

das
Quadrat

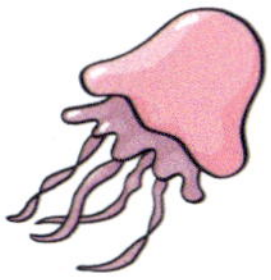

die
Qualle

der
Qualm

der
Quark

das
Quartett

die
Quelle

quaken

quer

R r 

der
Rabe

das
Rad

die
Rakete

der
Rauch

die
Raupe

der
Regen

der
Reifen

der
Riese

der
Ring

der
Rock

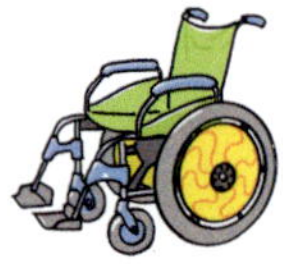
der
Rollstuhl

die
Rose

raten
rechnen
rennen
rufen

reich
rund

rechts

S s 

der
Saft

die
Säge

der
Salat

das
Salz

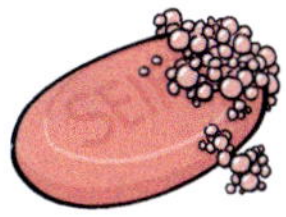
die
Seife

das
Sieb

das
Sofa

die
Sonne

die
Suppe

sagen
sehen
singen

sauber
sauer
süß

sie
so

A B C D E F G H I J K L M N O P Qu R S T U V W X Y Z

Sch sch 

das
Schaf

der
Schal

die
Schere

das
Schiff

der
Schirm

die
Schleife

der
Schlüssel

der
Schnee

die
Schokolade

der
Schuh

die
Schule

das
Schwein

schlafen
schneiden
schreien
schwimmen

schlau
schön
schwer

schon

Sp sp 

der
Spiegel

die
Spinne

der
Sport

St st 

der
Stein

der
Stempel

der
Stern

der
Stiefel

der
Stift

die
Stirn

der
Storch

die
Straße

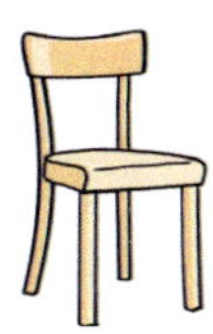
der
Stuhl

A B C D E F G H I J K L M N O P Qu R S T U V W X Y Z

A B C D E F G H I J K L M N O P Qu R S T U V W X Y Z

T t

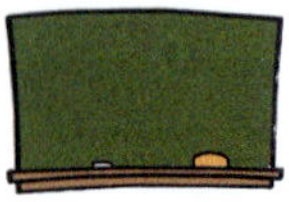

die Tafel

die Tasche

die Tasse

der Teddy

das Telefon

der Teller

das Tier

der Tisch

das Tor

der Traum

die Tube

die Tür

teilen
tragen
trinken
turnen

tief
toll

U u  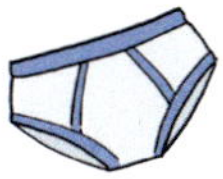 Ü ü 

das
Überholverbot

das
Ufer

das
Ufo

die
Uhr

der
Uhu

der
Unfall

das
Unterhemd

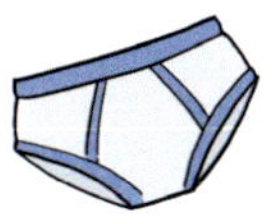
die
Unterhose

die
Urkunde

üben

übel
unsichtbar

über
und
uns
unter

V v

der
Vampir

die
Vampirin

die
Vase

der
Vater

der
Verband

der
Verkehr

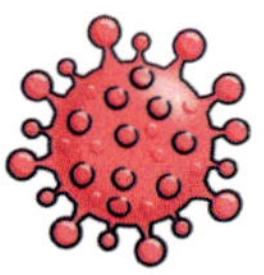

das
Virus

der
Vogel

der
Vulkan

vorlesen

viel
voll

vom
von
vor

W w 

die 
Waage

der 
Wagen

der 
Wal

der 
Wald

das 
Wasser

der 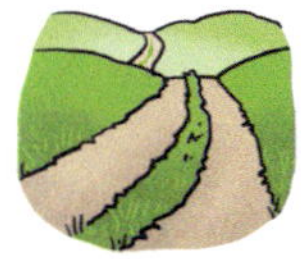
Weg

die 
Wiege

die 
Wiese

die 
Wolke

die 
Wolle

der 
Wurm

die 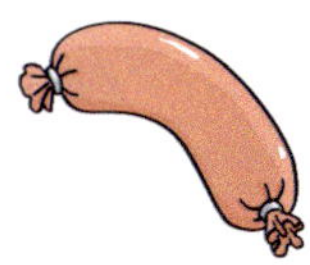
Wurst

weinen
wissen
wollen
wünschen

warm
weich
weit
wenig

was
weil
wer
wo

A B C D E F G H I J K L M N O P Qu R S T U V W X Y Z

X x

das

Xylofon

Y y

der

Yak

der

Yeti

das

Yoga

das

Ypsilon

Z z 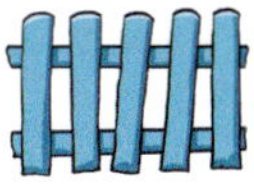

der 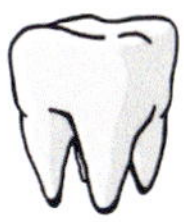
Zahn

der 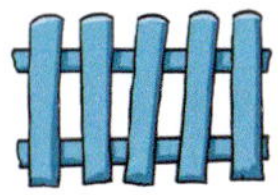
Zaun

das 
Zebra

die 

Zeitung

das 
Zelt

das 

Ziel

das 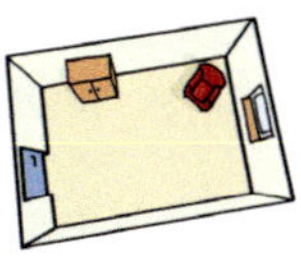
Zimmer

der 
Zirkus

die 
Zitrone

der 

Zoo

der 
Zopf

der 
Zug

zeigen

zu
zum
zur

A B C D E F G H I J K L M N O P Qu R S T U V W X Y Z

Tipps

Auf den **orangen Seiten 58 bis 91**
findest du Stichwörter, die nach dem **ABC** geordnet sind.
Du kannst Wörter nachschlagen, um sie richtig zu schreiben.

Dies ist das erste Stichwort auf der Seite: das **Kopfwort**.

In der **ABC-Leiste** sind die Buchstaben hervorgehoben, um die es auf dieser Seite geht.

Das **Anlautbild** passt zum Buchstaben.

Mit diesen **Anfangsbuchstaben** beginnen die folgenden Wörter.

Frau

A B C D E F G H I J K L M N O P Qu R S T U V W X Y Z

die **Frau**, die Frauen
frech, das freche Mädchen
die **Freiheit**, die Freiheiten
der **Freitag**, die Freitage
die **Freizeit**
fremd, das fremde Haus
der **Fremde**, die Fremden
die **Fremde**, die Fremden
fressen, es frisst
die **Freude**, die Freuden
sich **freuen**, er freut sich
der **Freund**, die Freunde
die **Freundin**, die Freundinnen
freundlich, die freundliche Frau
die **Freundschaft**, die Freundschaften
der **Friede**, die Frieden
der **Frieden**, die Frieden
friedlich, der friedliche Ort
frieren, sie friert
frisch, die frische Luft
es **frisst** ⇨ fressen
froh, das frohe Kind
fröhlich, das fröhliche Lied

der **Frosch**, die Frösche
die **Frucht**, die Früchte
früh, der frühe Morgen
der **Frühling**, die Frühlinge
der **Fuchs**, die Füchse
fühlen, sie fühlt das weiche Fell
der **Fühler**, die Fühler
er **führt** vor ⇨ vorführen
füllen, er füllt den Eimer
der **Füller**, die Füller
fünf
für
der **Fuß**, die Füße
der **Fußball**, die Fußbälle
das **Futter**
füttern, sie füttert

G g

die **Gabel**, die Gabeln
die **Gans**, die Gänse
ganz, ganz schön schwer
ganze
der **Garten**, die Gärten

66 Alphabetischer Wortschatz für Klasse 2

Die **Stichwörter** sind dick gedruckt.
Die Sprechsilben sind **dunkel** und hell.
So kannst du die Wörter leichter lesen.

Die Wörter einer Seite stehen in zwei **Spalten**.

Nomen mit Artikel in der Einzahl (Singular)

Nomen mit Artikel in der Mehrzahl (Plural)

Dies ist das letzte Stichwort auf der Seite: das **Kopfwort**.

Verb in der Grundform

Verb in einer gebeugten Form (Personalform)

➪ Verben mit einem Pfeil musst du in der Grundform nachschlagen.

Adjektiv in der Grundform

Adjektiv zwischen Artikel und Nomen

andere wichtige Wörter

Gras

der **Gast**, die Gäste
geben, sie gibt
der **Geburtstag**, die Geburtstage
der **Gedanke**, die Gedanken
gefährlich, der gefährliche Bär
gegen
geheim, der geheime Code
das **Geheimnis**, die Geheimnisse
geheimnisvoll, der geheimnisvolle Plan
gehen, sie geht
gehorsam, der gehorsame Hund
die **Geige**, die Geigen
gelb, die gelbe Blume
das **Geld**, die Gelder
das **Gemüse**, die Gemüse
genug
gerade
gern
gerne
das **Geschenk**, die Geschenke
die **Geschichte**, die Geschichten
die **Geschwister**
das **Gesicht**, die Gesichter
das **Gespenst**, die Gespenster
gestern
gesund, der gesunde Salat
die **Gesundheit**
sie **gibt** ➪ geben
giftig, die giftige Pflanze
die **Giraffe**, die Giraffen
die **Gitarre**, die Gitarren
das **Glas**, die Gläser
glatt, das glatte Haar
glauben, sie glaubt
gleich
die **Glocke**, die Glocken
glotzen, sie glotzt
das **Glück**
glücklich, der glückliche Junge
das **Grab**, die Gräber
graben, er gräbt
der **Graben**, die Gräben
das **Gras**, die Gräser

A B C D E F **G** H I J K L M N O P Qu R S T U V W X Y Z

Alphabetischer Wortschatz für Klasse 2 67

Zu manchen Stichwörtern gibt es **Beispiele**.

So geht das Suchen schneller: Führe den Zeigefinger von einem **dick** gedruckten Stichwort zum nächsten.

Aufgaben

Den Wortschatz erkunden

1 Finde mithilfe der **ABC**-Leiste blitzschnell die Wörter, die mit diesen Buchstaben beginnen. Nenne einem Partnerkind die Seitenzahlen.

F H S V Z

2 Welche Kopfwörter findest du bei diesen Buchstaben? Lies einem Partnerkind die Kopfwörter vor.

B K N R T

3 Schlage das erste und das letzte Stichwort mit diesen Anfangsbuchstaben nach. Lies einem Partnerkind die Wörter vor.

E M P Qu W

4 Auf welchen Seiten stehen diese Wörter? Schlage nach und nenne einem Partnerkind die Seitenzahlen.

Nutze das Bändchen. Dann findest du die Seite schnell wieder.

Den Wortschatz nutzen

1 Auf welchen Seiten stehen diese Wörter? Schlage sie nach und schreibe die Nomen mit den bestimmten Artikeln in der Einzahl und der Mehrzahl in dein Heft: die Birne – die Birnen, ...

   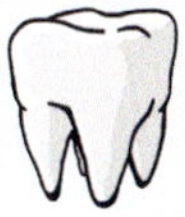

2 Wie heißen die Grundformen dieser Verben? Schlage die Verben im Wörterbuch nach und schreibe sie mit ihren Grundformen in dein Heft: er klettert – klettern, ...

er **klettert**	sie **pflegt**
es **sinkt**	er **zaubert**

Im vorderen Buchdeckel findest du Tipps zum Nachschlagen.

3 Wie heißen die Wörter zu diesen Bildern? Schlage die Wörter nach und schreibe sie mit der Seitenzahl in dein Heft: Seite 81: die Schlange, ...

   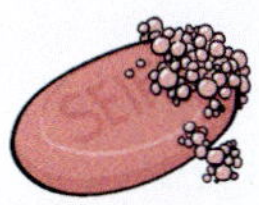

   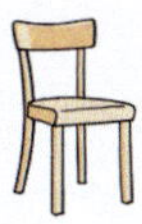

A a

ab
der Abend, die Abende
abends
das Abenteuer, die Abenteuer
aber
der Abfall, die Abfälle
acht
der Adler, die Adler
der Affe, die Affen
ähnlich, das ähnliche Bild
alle
allein
alles
als
also
alt, die alte Dame
am
die Ameise, die Ameisen
die Ampel, die Ampeln
die Amsel, die Amseln
an
die Ananas, die Ananas
andere
anders
der Anfang, die Anfänge
die Angel, die Angeln
die Angst, die Ängste
ängstlich,
der ängstliche Hase
die Anleitung,
die Anleitungen
die Antwort, die Antworten
antworten, sie antwortet
der Apfel, die Äpfel
der April
die Arbeit, die Arbeiten
arbeiten, er arbeitet
arm, der arme Mann
der Arm, die Arme
der Arzt, die Ärzte
die Ärztin, die Ärztinnen
der Ast, die Äste
auch
auf
die Aufgabe, die Aufgaben
aufpassen, sie passt auf
aufwachen, er wacht auf
das Auge, die Augen
der August
aus
der Ausflug, die Ausflüge
außen

das **Auto**, die Autos
der **Autor**, die Autoren
die **Autorin**, die Autorinnen
die **Axt**, die Äxte

B b

das **Baby**, die Babys
der **Bach**, die Bäche
backen, er backt
der **Bäcker**, die Bäcker
die **Bäckerin**, die Bäckerinnen
das **Bad**, die Bäder
baden, sie badet
der **Bagger**, die Bagger
bald
der **Ball**, die Bälle
die **Banane**, die Bananen
die **Bank**, die Bänke
der **Bär**, die Bären
basteln, er bastelt
der **Bauch**, die Bäuche
bauen, sie baut
der **Bauer**, die Bauern
die **Bäuerin**, die Bäuerinnen
der **Baum**, die Bäume
der **Becher**, die Becher
die **Beere**, die Beeren
das **Beet**, die Beete
beginnen, es beginnt
begrüßen, er begrüßt
bei
beide
beides
beim
das **Bein**, die Beine
bekommen, er bekommt
bellen, sie bellt
bemalen, sie bemalt
beobachten, er beobachtet
bequem, das bequeme Sofa
berechnen, sie berechnet
der **Berg**, die Berge
der **Besen**, die Besen
besiegen, sie besiegt
besser, die bessere Idee
der **Besuch**, die Besuche
das **Bett**, die Betten
die **Beule**, die Beulen

A B C D E F G H I J K L M N O P Qu R S T U V W X Y Z

sich **bewegen**,
er bewegt sich
der **Bewohner**, die Bewohner
die **Bewohnerin**,
die Bewohnerinnen
bezahlen, sie bezahlt
biegen, er biegt
die **Biene**, die Bienen
das **Bild**, die Bilder
der **Bildschirm**,
die Bildschirme
billig, der billige Urlaub
ich **bin** ⇨ sein
binden, er bindet
die **Birne**, die Birnen
bis, bis Morgen
bisschen, ein bisschen
du **bist** ⇨ sein
bitte, hör bitte auf
die **Bitte**, die Bitten
bitten, er bittet
das **Blatt**, die Blätter
blau, der blaue Ball
bleiben, sie bleibt
blind, das blinde Kind
blühen, es blüht
die **Blume**, die Blumen

das **Blut**
die **Blüte**, die Blüten
bluten, er blutet
der **Boden**, die Böden
der **Bonbon**, die Bonbons
das **Boot**, die Boote
böse, die böse Hexe
boxen, sie boxt
der **Boxer**, die Boxer
die **Boxerin**, die Boxerinnen
brauchen, sie braucht
braun, der braune Bär
brav, der brave Junge
der **Brei**, die Breie
breit, der breite Fluss
brennen, es brennt
die **Brezel**, die Brezeln
der **Brief**, die Briefe
die **Brille**, die Brillen
bringen, er bringt
das **Brot**, die Brote
das **Brötchen**, die Brötchen
die **Brücke**, die Brücken
der **Bruder**, die Brüder
der **Bub**, die Buben
das **Buch**, die Bücher
die **Bücherei**, die Büchereien

sich **bücken**, sie bückt sich
der **Bügel**, die Bügel
bunt, die bunte Feder
der **Buntstift**, die Buntstifte
die **Burg**, die Burgen
der **Bus**, die Busse
der **Busch**, die Büsche
die **Butter**

C c

das **Camping**
der **Cent**, die Cents
das **Chamäleon**,
die Chamäleons
der **Chor**, die Chöre
die **City**, die Citys
clever, das clevere Kind
der **Clown**, die Clowns
die **Clownin**, die Clowninnen
der **Code**, die Codes
die **Cola**, die Colas
der **Comic**, die Comics
der **Computer**, die Computer
der **Container**, die Container
cool, das coole Lied
die **Cornflakes**
die **Couch**, die Couchs
die **Creme**, die Cremes

D d

da
dabei
das **Dach**, die Dächer
der **Dachs**, die Dachse
daheim
die **Dame**, die Damen
damit
der **Dampf**, die Dämpfe
danach
der **Dank**, vielen Dank
danke, danke schön
danken, sie dankt
dann
er **darf** ⇨ dürfen
darin
das, das Auto
dass,
er findet, dass das gut ist

der **Daumen**, die Daumen
davon
davor
die **Decke**, die Decken
der **Deich**, die Deiche
dein
deine
deinem
deinen
deiner
deines
der **Delfin**, die Delfine
dem
den, er sieht den Mond
denken, er denkt
denn, sie hat frei, denn es sind Ferien
der
des
deshalb
der **Detektiv**, die Detektive
die **Detektivin**, die Detektivinnen
deutsch, der deutsche Fluss
Deutschland
der **Dezember**

dich
dicht, der dichte Nebel
dick, die dicke Katze
die
der **Dieb**, die Diebe
die **Diebin**, die Diebinnen
der **Dienstag**, die Dienstage
dies
diese
diesem
diesen
dieser
dieses
das **Ding**, die Dinge
der **Dinosaurier**, die Dinosaurier
dir
direkt, der direkte Weg
doch
der **Docht**, die Dochte
der **Donner**, die Donner
der **Donnerstag**, die Donnerstage
doof, der doofe Tag
das **Dorf**, die Dörfer
dort
die **Dose**, die Dosen

der **Drache**, die Drachen
der **Drachen**, die Drachen
der **Draht**, die Drähte
draußen
der **Dreck**
dreckig,
die dreckige Hose
drehen, sie dreht
drei
drucken, er druckt
drücken, sie drückt
du
der **Duft**, die Düfte
dunkel, das dunkle Fell
die **Dunkelheit**
dünn, der dünne Faden
durch
dürfen, er darf
der **Durst**
durstig, das durstige Kalb
die **Dusche**, die Duschen
die **Düse**, die Düsen

E e

die **Ebbe**, die Ebben
echt, der echte Schatz
die **Ecke**, die Ecken
eckig, der eckige Tisch
das **Ei**, die Eier
die **Eiche**, die Eichen
das **Eichhörnchen**,
die Eichhörnchen
der **Eimer**, die Eimer
ein
eine
einem
einen
einer
eines
einfach,
die einfache Frage
einhundert
einige
einkaufen, sie kauft ein
einladen, er lädt ein
einmal
eins
eintausend
einzeln

A B C D E F G H I J K L M N O P Qu R S T U V W X Y Z

A B C D E F G H I J K L M N O P Qu R S T U V W X Y Z

das **Eis**
der **Elefant**, die Elefanten
elektrisch,
das elektrische Licht
elf
die **Eltern**
die **E-Mail**, die E-Mails
das **Ende**, die Enden
endlich
eng, das enge Hemd
der **Engel**, die Engel
der **Enkel**, die Enkel
die **Enkelin**, die Enkelinnen
entdecken, sie entdeckt
die **Ente**, die Enten
er
die **Erbse**, die Erbsen
die **Erdbeere**, die Erdbeeren
die **Erde**
erfahren, sie erfährt
erfinden, er erfindet
die **Erfindung**,
die Erfindungen
erfüllen, er erfüllt
die **Erkältung**,
die Erkältungen
erklären, sie erklärt
erlauben, er erlaubt
erreichen, sie erreicht
erst
erzählen, er erzählt
es
der **Esel**, die Esel
essen, sie isst
etwas
euch
euer
die **Eule**, die Eulen
eure
der **Euro**, die Euros

F f

die **Fabrik**, die Fabriken
das **Fach**, die Fächer
der **Faden**, die Fäden
fahren, sie fährt
das **Fahrrad**, die Fahrräder
der **Fahrstuhl**, die Fahrstühle
die **Falle**, die Fallen
fallen, er fällt
falsch, der falsche Weg

die Familie, die Familien
fangen, sie fängt
die Fantasie, die Fantasien
die Farbe, die Farben
färben, er färbt
farbig, der farbige Ball
fassen, sie fasst
fast
der Februar
die Feder, die Federn
die Fee, die Feen
fehlen, er fehlt
der Fehler, die Fehler
die Feier, die Feiern
feiern, sie feiert
feige, der feige Dieb
fein, der feine Sand
das Feld, die Felder
das Fell, die Felle
das Fenster, die Fenster
die Ferien
der Fernseher, die Fernseher
fertig, die fertige Arbeit
fest, der feste Platz
das Fest, die Feste
das Feuer, die Feuer
das Fieber

die Figur, die Figuren
der Film, die Filme
finden, er findet
der Finger, die Finger
der Fisch, die Fische
fix, die fixe Läuferin
flach, der flache Teller
die Flasche, die Flaschen
das Fleisch
fleißig, die fleißige Biene
die Fliege, die Fliegen
fliegen, sie fliegt
fließen, er fließt
flink, die flinke Maus
flitzen, sie flitzt
die Flöte, die Flöten
der Flügel, die Flügel
das Flugzeug, die Flugzeuge
der Flur, die Flure
der Fluss, die Flüsse
flüssig, der flüssige Brei
folgen, er folgt
die Form, die Formen
fort
das Foto, die Fotos
die Frage, die Fragen
fragen, er fragt

A B C D E F G H I J K L M N O P Qu R S T U V W X Y Z

die **Frau**, die Frauen

frech, das freche Mädchen

die **Freiheit**, die Freiheiten

der **Freitag**, die Freitage

die **Freizeit**

fremd, das fremde Haus

der **Fremde**, die Fremden

die **Fremde**, die Fremden

fressen, es frisst

die **Freude**, die Freuden

sich **freuen**, er freut sich

der **Freund**, die Freunde

die **Freundin**, die Freundinnen

freundlich, die freundliche Frau

die **Freundschaft**, die Freundschaften

der **Friede**, die Frieden

der **Frieden**, die Frieden

friedlich, der friedliche Ort

frieren, sie friert

frisch, die frische Luft

es **frisst** ⇨ fressen

froh, das frohe Kind

fröhlich, das fröhliche Lied

der **Frosch**, die Frösche

die **Frucht**, die Früchte

früh, der frühe Morgen

der **Frühling**, die Frühlinge

der **Fuchs**, die Füchse

fühlen, sie fühlt das weiche Fell

der **Fühler**, die Fühler

er **führt vor** ⇨ vorführen

füllen, er füllt den Eimer

der **Füller**, die Füller

fünf

für

der **Fuß**, die Füße

der **Fußball**, die Fußbälle

das **Futter**

füttern, sie füttert

G g

die **Gabel**, die Gabeln

die **Gans**, die Gänse

ganz, ganz schön schwer

ganze

der **Garten**, die Gärten

der **Gast**, die Gäste
geben, sie gibt
der **Geburtstag**, die Geburtstage
der **Gedanke**, die Gedanken
gefährlich, der gefährliche Bär
gegen
geheim, der geheime Code
das **Geheimnis**, die Geheimnisse
geheimnisvoll, der geheimnisvolle Plan
gehen, sie geht
gehorsam, der gehorsame Hund
die **Geige**, die Geigen
gelb, die gelbe Blume
das **Geld**, die Gelder
das **Gemüse**, die Gemüse
genug
gerade
gern
gerne
das **Geschenk**, die Geschenke
die **Geschichte**, die Geschichten
die **Geschwister**
das **Gesicht**, die Gesichter
das **Gespenst**, die Gespenster
gestern
gesund, der gesunde Salat
die **Gesundheit**
sie **gibt** ➩ geben
giftig, die giftige Pflanze
die **Giraffe**, die Giraffen
die **Gitarre**, die Gitarren
das **Glas**, die Gläser
glatt, das glatte Haar
glauben, sie glaubt
gleich
die **Glocke**, die Glocken
glotzen, sie glotzt
das **Glück**
glücklich, der glückliche Junge
das **Grab**, die Gräber
graben, er gräbt
der **Graben**, die Gräben
das **Gras**, die Gräser

A B C D E F G H I J K L M N O P Qu R S T U V W X Y Z

grau, die grauen Haare
die Grenze, die Grenzen
groß, das große Auto
die Großmutter, die Großmütter
der Großvater, die Großväter
grün, der grüne Baum
der Grund, die Gründe
gruselig, das gruselige Märchen
der Gruß, die Grüße
gucken, sie guckt
die Gurke, die Gurken
gut, die gute Fee

H h

das Haar, die Haare
haben, sie hat
der Hafen, die Häfen
der Hahn, die Hähne
der Hai, die Haie
die Hälfte, die Hälften
hallo
der Hals, die Hälse
halten, er hält
der Hammer, die Hämmer
der Hamster, die Hamster
die Hand, die Hände
der Handball, die Handbälle
das Handy, die Handys
hängen, sie hängt
hart, das harte Ei
der Hase, die Hasen
der Hass
hässlich, das hässliche Haus
sie hat ⇨ haben
der Haufen, die Haufen
häufig, der häufige Fehler
das Haus, die Häuser, zu Hause
die Haut, die Häute
heben, er hebt
die Hecke, die Hecken
das Heft, die Hefte
heimlich, der heimliche Plan
heiß, der heiße Tee
heißen, sie heißt
helfen, er hilft

hell, die helle Sonne
der Helm, die Helme
das Hemd, die Hemden
her, es ist lange her
herab
herauf
heraus
der Herbst, die Herbste
der Herr, die Herren
herstellen, sie stellt her
das Herz, die Herzen
herzlich,
der herzliche Gruß
das Heu
heulen, er heult
heute
die Hexe, die Hexen
der Hexer, die Hexer
hier
die Hilfe, die Hilfen
er hilft ➩ helfen
der Himmel, die Himmel
hin
hinaus
hinein
hinter
hinunter

die Hitze
das Hobby, die Hobbys
hoch, der hohe Berg
hocken, sie hockt
der Hof, die Höfe
hoffen, er hofft
hoffentlich
die Höhle, die Höhlen
holen, sie holt
das Holz, die Hölzer
der Honig
hören, er hört
das Horn, die Hörner
die Hose, die Hosen
hübsch,
die hübsche Figur
das Huhn, die Hühner
die Hummel, die Hummeln
der Hund, die Hunde
hundert
der Hunger
hungrig,
der hungrige Löwe
hüpfen, sie hüpft
husten, er hustet
der Hut, die Hüte
die Hütte, die Hütten

I i

ich
die Idee, die Ideen
der Igel, die Igel
ihm, sie hilft ihm
ihn, er mag ihn
ihnen
ihr
ihre
im, im Garten
immer
impfen, sie impft
in, in der Schule
der Inhalt, die Inhalte
der Inliner, die Inliner
innen
ins
die Insel, die Inseln
interessant, die interessante Idee
das Internet
irgendwann
irgendwo
er isst, er isst einen Apfel ⇨ essen
sie ist, sie ist im Haus ⇨ sein

J j

ja
die Jacke, die Jacken
jagen, sie jagt
der Jäger, die Jäger
die Jägerin, die Jägerinnen
der Jaguar, die Jaguare
das Jahr, die Jahre
die Jahreszeit, die Jahreszeiten
jährlich, die jährliche Feier
der Januar
die Jeans, die Jeans
jede
jedem
jeden
jeder
jedes
jedoch
jemand
jetzt
der Joghurt, die Joghurts
das Jo-Jo, die Jo-Jos
jubeln, er jubelt
das Judo
die Jugend

der **Juli**

jung, der junge Vogel

der **Junge**, die Jungen

der **Juni**

K k

der **Käfer**, die Käfer

der **Kaffee**, die Kaffees

der **Käfig**, die Käfige

der **Kakao**, die Kakaos

der **Kalender**, die Kalender

kalt, der kalte Morgen

die **Kälte**

das **Kamel**, die Kamele

die **Kamera**, die Kameras

der **Kamm**, die Kämme

kämmen, er kämmt

das **Känguru**, die Kängurus

das **Kaninchen**, die Kaninchen

er **kann** → können

die **Kanne**, die Kannen

kaputt, die kaputte Uhr

die **Karte**, die Karten

die **Kartoffel**, die Kartoffeln

der **Käse**

die **Kasse**, die Kassen

die **Kastanie**, die Kastanien

der **Kater**, die Kater

die **Katze**, die Katzen

kauen, er kaut

kaufen, sie kauft

sie **kauft ein** → einkaufen

kaum

der **Kegel**, die Kegel

kein

keine

keinem

keinen

keiner

keines

der **Keks**, die Kekse

kennen, er kennt

kennenlernen, sie lernt kennen

die **Kerze**, die Kerzen

das **Kilo**, die Kilos

das **Kind**, die Kinder

das **Kinn**, die Kinne

die **Kirche**, die Kirchen

die **Kirsche**, die Kirschen

A B C D E F G H I J K L M N O P Qu R S T U V W X Y Z

A B C D E F G H I J K L M N O P Qu R S T U V W X Y Z

das **Kissen**, die Kissen
die **Kiste**, die Kisten
die **Kiwi**, die Kiwis
klar, der klare Bach
die **Klasse**, die Klassen
der **Klassenraum**, die Klassenräume
das **Klavier**, die Klaviere
kleben, sie klebt
der **Klee**
das **Kleid**, die Kleider
klein, das kleine Boot
klettern, er klettert
klingeln, es klingelt
klingen, es klingt
klug, das kluge Tier
knabbern, sie knabbert
das **Knie**, die Knie
der **Knopf**, die Knöpfe
knusprig, der knusprige Keks
der **Koch**, die Köche
kochen, er kocht
die **Köchin**, die Köchinnen
der **Koffer**, die Koffer
komisch, der komische Hund

kommen, sie kommt
der **König**, die Könige
die **Königin**, die Königinnen
können, er kann
der **Kopf**, die Köpfe
der **Korb**, die Körbe
der **Körper**, die Körper
kosten, es kostet
krabbeln, sie krabbelt
krank, die kranke Oma
der **Kranz**, die Kränze
kratzen, er kratzt
das **Kraut**, die Kräuter
der **Kreis**, die Kreise
kriechen, sie kriecht
kritzeln, er kritzelt
das **Krokodil**, die Krokodile
die **Krone**, die Kronen
die **Küche**, die Küchen
der **Kuchen**, die Kuchen
die **Kuh**, die Kühe
kurz, der kurze Stab
kuschelig, der kuschelige Teddy
der **Kuss**, die Küsse
küssen, er küsst
die **Kutsche**, die Kutschen

L l

lachen, sie lacht
er lädt ein ⇨ einladen
das Lama, die Lamas
die Lampe, die Lampen
das Land, die Länder
lang, die lange Reise
die Länge, die Längen
langsam, der langsame Igel
der Laptop, die Laptops
lassen, er lässt
sie lässt vor ⇨ vorlassen
die Laterne, die Laternen
das Laub
laufen, sie läuft
der Läufer, die Läufer
die Läuferin, die Läuferinnen
er läuft vor ⇨ vorlaufen
die Laus, die Läuse
laut, der laute Knall
leben, er lebt
das Leben, die Leben
lebendig, der lebendige Traum
lecker, das leckere Eis
leer, der leere Teller
legen, sie legt
der Lehrer, die Lehrer
die Lehrerin, die Lehrerinnen
leicht, die leichte Feder
leider
leise, der leise Ort
die Leiter, die Leitern
lenken, sie lenkt
lernen, er lernt
lesen, sie liest
leuchten, er leuchtet
die Leute
das Lexikon, die Lexika
das Licht, die Lichter
das Lichterfest, die Lichterfeste
lieb, der liebe Opa
die Liebe
lieben, er liebt
lieber
das Lied, die Lieder
liegen, es liegt
die Liege, die Liegen
sie liest ⇨ lesen
sie liest vor ⇨ vorlesen
lila, der lila Schirm

A B C D E F G H I J K L M N O P Qu R S T U V W X Y Z

das **Lineal**, die Lineale
linke, das linke Bein
links
die **Lippe**, die Lippen
der **Liter**, die Liter
das **Lob**, die Lobe
loben, sie lobt
das **Loch**, die Löcher
locker, der lockere Zahn
der **Löffel**, die Löffel
los, hier ist viel los
das **Los**, die Lose
löschen, er löscht
lösen, sie löst
der **Löwe**, die Löwen
der **Luchs**, die Luchse
die **Luft**, die Lüfte
der **Luftballon**,
die Luftballons
die **Lupe**, die Lupen
lustig, der lustige Clown
lutschen, er lutscht

M m

machen, er macht
er **macht vor** ⇨ vormachen
das **Mädchen**, die Mädchen
er **mag** ⇨ mögen
der **Mai**
der **Mais**
mal, er probiert es mal
malen, sie malt
der **Maler**, die Maler
die **Malerin**, die Malerinnen
die **Mama**, die Mamas
man, das sieht man
manchmal
der **Mann**, die Männer
der **Mantel**, die Mäntel
das **Märchen**, die Märchen
der **März**
die **Maschine**, die Maschinen
die **Mauer**, die Mauern
die **Maus**, die Mäuse
meckern, er meckert
das **Meer**, die Meere
das **Meerschweinchen**,
die Meerschweinchen
mehr, sie möchte mehr

mein
meine
meinem
meinen,
er mag meinen Hund
meinen, er meint
meiner
meines
melden, sie meldet
die Melone, die Melonen
der Mensch, die Menschen
merken, er merkt
das Messer, die Messer
der Meter, die Meter
mich
die Milch
die Million, die Millionen
minus
die Minute, die Minuten
mir
mischen, sie mischt
mit
mitnehmen, er nimmt mit
der Mittag, die Mittage
mittags
der Mittwoch, die Mittwoche
mixen, sie mixt

der Mixer, die Mixer
das Möbel, die Möbel
mögen, er mag
möglich,
das mögliche Ziel
der Monat, die Monate
der Mond, die Monde
der Montag, die Montage
das Moor, die Moore
das Moos, die Moose
morgen,
er hat morgen Geburtstag
der Morgen, die Morgen
morgens, morgens ist
die Luft noch frisch
müde, das müde Baby
der Müll
der Mund, die Münder
munter, das muntere Kind
die Muschel, die Muscheln
die Musik
müssen, es muss
der Mut
mutig, der mutige Junge
die Mutter, die Mütter
die Mütze, die Mützen

A B C D E F G H I J K L M N O P Qu R S T U V W X Y Z

N n

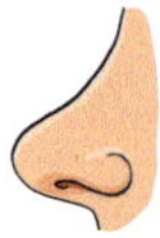

nach
nachdem
nachmittags
die Nachricht, die Nachrichten
die Nacht, die Nächte
nachts
die Nadel, die Nadeln
der Nagel, die Nägel
nah, der nahe Wald
die Nahrung
der Name, die Namen
naschen, sie nascht
die Nase, die Nasen
das Nashorn, die Nashörner
nass, die nasse Hose
die Natur, die Naturen
natürlich, die natürliche Farbe
der Nebel, die Nebel
neben
nehmen, er nimmt
nein
das Nest, die Nester
nett, der nette Verkäufer
das Netz, die Netze
neu, die neue Freundin
neugierig, die neugierige Katze
neun
nicht
nichts
nie
niemand
niesen, sie niest
er nimmt ⇨ nehmen
er nimmt mit ⇨ mitnehmen
die Nixe, die Nixen
noch
der Nordpol
die Not, die Nöte
die Note, die Noten
der November
die Nudel, die Nudeln
null
die Nummer, die Nummern
nun
nur
die Nuss, die Nüsse

O o

ob
oben
das Obst
obwohl
der Ochse, die Ochsen
oder
der Ofen, die Öfen
offen, das offene Fenster
offline
öffnen, sie öffnet
oft
ohne
das Ohr, die Ohren
der Oktober
das Öl, die Öle
die Oma, die Omas
der Onkel, die Onkel
online
der Opa, die Opas
orange, das orange Kleid
die Orange, die Orangen
ordentlich, das ordentliche Zimmer
der Ordner, die Ordner
die Orgel, die Orgeln
der Orkan, die Orkane
der Ort, die Orte
das Ostern, die Ostern
der Otter, die Otter

P p

paar, ein paar Tage
das Paar, die Paare, ein Paar Schuhe
das Päckchen, die Päckchen
packen, er packt
das Paket, die Pakete
die Palme, die Palmen
der Papa, die Papas
der Papagei, die Papageien
das Papier, die Papiere
die Pappe, die Pappen
der Park, die Parks
parken, sie parkt
der Partner, die Partner
die Partnerin, die Partnerinnen
passen, es passt
sie passt auf ⇨ aufpassen

A B C D E F G H I J K L M N O P Qu R S T U V W X Y Z

A B C D E F G H I J K L M N O P Qu R S T U V W X Y Z

die **Pause**, die Pausen
das **Pech**
der **Pelz**, die Pelze
der **Pfad**, die Pfade
die **Pfanne**, die Pfannen
der **Pfau**, die Pfauen
der **Pfeffer**
die **Pfeife**, die Pfeifen
pfeifen, sie pfeift
der **Pfeil**, die Pfeile
das **Pferd**, die Pferde
der **Pfirsich**, die Pfirsiche
die **Pflanze**, die Pflanzen
pflanzen, er pflanzt
das **Pflaster**, die Pflaster
die **Pflaume**, die Pflaumen
pflegen, sie pflegt
die **Pfote**, die Pfoten
die **Pfütze**, die Pfützen
der **Pilz**, die Pilze
der **Pinguin**, die Pinguine
pink, die pinke Hose
der **Pinsel**, die Pinsel
der **Pirat**, die Piraten
die **Piratin**, die Piratinnen
die **Pizza**, die Pizzas
das **Plakat**, die Plakate

der **Plan**, die Pläne
planen, sie plant
plätschern, es plätschert
der **Platz**, die Plätze
platzen, es platzt
plötzlich
plump, der plumpe Trick
plus
die **Polizei**
der **Polizist**, die Polizisten
die **Polizistin**, die Polizistinnen
poltern, er poltert
die **Pommes**
das **Pony**, die Ponys
die **Post**
prallen, er prallt
der **Preis**, die Preise
der **Prinz**, die Prinzen
die **Prinzessin**, die Prinzessinnen
die **Probe**, die Proben
der **Pudding**, die Puddings
der **Punkt**, die Punkte
die **Puppe**, die Puppen
putzen, sie putzt

Qu qu

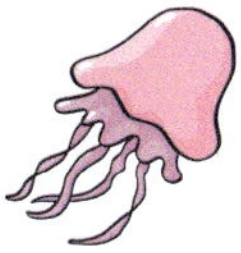

das **Quadrat**, die Quadrate
quadratisch, der quadratische Tisch
quaken, er quakt
die **Qualle**, die Quallen
der **Qualm**
qualmen, es qualmt
der **Quark**
das **Quartett**, die Quartette
der **Quatsch**
quatschen, sie quatscht
die **Quelle**, die Quellen
quer
quieken, es quiekt
quietschen, sie quietscht
das **Quiz**, die Quiz

R r

der **Rabe**, die Raben
das **Rad**, die Räder
das **Radio**, die Radios
die **Rakete**, die Raketen
der **Ranzen**, die Ranzen
rasen, er rast
der **Rasen**, die Rasen
raten, sie rät
das **Rätsel**, die Rätsel
die **Ratte**, die Ratten
der **Räuber**, die Räuber
die **Räuberin**, die Räuberinnen
der **Rauch**
der **Raum**, die Räume
die **Raupe**, die Raupen
rechnen, er rechnet
die **Rechnung**, die Rechnungen
rechte, der rechte Fuß
rechts
reden, sie redet
das **Regal**, die Regale
die **Regel**, die Regeln
der **Regen**
der **Regenwurm**, die Regenwürmer
regnen, es regnet
das **Reh**, die Rehe
reich, die reiche Frau
reif, die reife Birne

A B C D E F G H I J K L M N O P Qu R S T U V W X Y Z

der **Reifen**, die Reifen
die **Reihe**, die Reihen
der **Reis**
die **Reise**, die Reisen
reisen, sie reist ans Meer
reißen,
er reißt an der Leine
reiten, sie reitet
rennen, er rennt
retten, sie rettet
riechen, er riecht
der **Riese**, die Riesen
riesig, der riesige Baum
die **Riesin**, die Riesinnen
das **Rind**, die Rinder
der **Ring**, die Ringe
der **Riss**, die Risse
der **Ritter**, die Ritter
die **Robbe**, die Robben
der **Rock**, die Röcke
der **Roggen**
das **Rohr**, die Rohre
rollen, sie rollt
der **Roller**, die Roller
der **Rollstuhl**, die Rollstühle
rosa, das rosa Kleid
die **Rose**, die Rosen
rot, die rote Nase
der **Rücken**, die Rücken
rufen, er ruft
die **Ruhe**
ruhig, die ruhige Musik
rühren, sie rührt
rund, der runde Tisch
die **Rutsche**, die Rutschen
rutschen, er rutscht

S s

der **Saal**, die Säle
die **Sache**, die Sachen
der **Sack**, die Säcke
der **Saft**, die Säfte
saftig, die saftige Frucht
die **Säge**, die Sägen
sagen, sie sagt
die **Sahne**
der **Salat**, die Salate
das **Salz**, die Salze
salzig, die salzige Suppe
der **Samen**, die Samen
sammeln, er sammelt

der **Samstag**, die Samstage
der **Sand**
sandig,
der sandige Boden
sanft, das sanfte Licht
satt, das satte Baby
der **Satz**, die Sätze
sauber, das saubere Glas
sauer, der saure Apfel

Sch sch

schade
das **Schaf**, die Schafe
der **Schal**, die Schals
die **Schale**, die Schalen
sich **schämen**, er schämt sich
scharf, die scharfe Schere
der **Schatten**, die Schatten
der **Schatz**, die Schätze
schauen, er schaut
die **Schaufel**, die Schaufeln
die **Schaukel**, die Schaukeln
der **Schaum**, die Schäume
scheinen, sie scheint
schenken, er schenkt
die **Schere**, die Scheren
scheu, das scheue Reh
die **Scheune**, die Scheunen
scheußlich,
das scheußliche Wetter
schicken, sie schickt
schieben, er schiebt
schief, der schiefe Turm
schießen, sie schießt
das **Schiff**, die Schiffe
das **Schild**, die Schilder
der **Schirm**, die Schirme
schlafen, sie schläft
schlagen, er schlägt
die **Schlange**, die Schlangen
schlau, der schlaue Fuchs
der **Schlauch**, die Schläuche
schlecht,
die schlechte Luft
schlecken, sie schleckt
schleichen, er schleicht
die **Schleife**, die Schleifen
schließen, er schließt
schließlich
der **Schlitten**, die Schlitten
das **Schloss**, die Schlösser
der **Schlüssel**, die Schlüssel
schmal, der schmale Pfad
schmecken, es schmeckt

A B C D E F G H I J K L M N O P Qu R S T U V W X Y Z

A B C D E F G H I J K L M N O P Qu R S T U V W X Y Z

der **Schmetterling**, die Schmetterlinge
schmücken, sie schmückt
der **Schmutz**
der **Schnabel**, die Schnäbel
die **Schnecke**, die Schnecken
der **Schnee**
der **Schneemann**, die Schneemänner
schneiden, er schneidet
schneien, es schneit
schnell, das schnelle Reh
schnitzen, sie schnitzt
der **Schnupfen**, die Schnupfen
die **Schnur**, die Schnüre
die **Schokolade**, die Schokoladen
schon
schön, der schöne Traum
der **Schrank**, die Schränke
schreiben, sie schreibt
schreien, er schreit
die **Schrift**, die Schriften
der **Schuh**, die Schuhe
schuldig, der schuldige Dieb
die **Schule**, die Schulen
der **Schüler**, die Schüler
die **Schülerin**, die Schülerinnen
die **Schultasche**, die Schultaschen
die **Schüssel**, die Schüsseln
schütteln, sie schüttelt
der **Schwamm**, die Schwämme
der **Schwan**, die Schwäne
der **Schwanz**, die Schwänze
schwarz, die schwarze Katze
schwatzen, sie schwatzt
das **Schwein**, die Schweine
schwer, der schwere Sack
die **Schwester**, die Schwestern
schwimmen, er schwimmt
schwingen, sie schwingt
schwitzen, er schwitzt

S s

sechs
der See, die Seen
das Segel, die Segel
segeln, er segelt
sehen, sie sieht
sehr
ihr seid ⇨ sein
die Seife, die Seifen
das Seil, die Seile
sein, er ist
sein, sein Hund
seine
seinem
seinen
seiner
seines
seit, seit gestern
seitdem
die Seite, die Seiten
die Sekunde, die Sekunden
selbst
senden, sie sendet
der September
der Sessel, die Sessel
sich setzen, er setzt sich
sich

sicher, der sichere Plan
sie
das Sieb, die Siebe
sieben, sie siebt
sieben, sieben Zwerge
der Sieg, die Siege
sie sieht ⇨ sehen
die Silbe, die Silben
sie sind ⇨ sein
singen, er singt
sinken, es sinkt
der Sinn, die Sinne
sitzen, sie sitzt
so
die Socke, die Socken
das Sofa, die Sofas
sofort
der Sohn, die Söhne
sollen, er soll
der Sommer, die Sommer
sondern
der Sonnabend, die Sonnabende
die Sonne, die Sonnen
der Sonntag, die Sonntage

A B C D E F G H I J K L M N O P Qu R S T U V W X Y Z

A B C D E F G H I J K L M N O P Qu R S T U V W X Y Z

Sp sp

die **Spaghetti**
die **Spange**, die Spangen
spannend, das spannende Buch
sparen, sie spart
der **Spaß**, die Späße
spät, der späte Abend
der **Spaten**, die Spaten
der **Spatz**, die Spatzen
spazieren, er spaziert
der **Spaziergang**, die Spaziergänge
der **Specht**, die Spechte
der **Spiegel**, die Spiegel
das **Spiel**, die Spiele
spielen, er spielt
die **Spinne**, die Spinnen
spitz, die spitze Nadel
die **Spitze**, die Spitzen
der **Sport**
sprechen, sie spricht
sie **spricht** ⇨ sprechen
springen, er springt
die **Spritze**, die Spritzen
spritzen, sie spritzt
spülen, er spült
die **Spur**, die Spuren
spüren, sie spürt
spurten, er spurtet

St st

der **Stab**, die Stäbe
der **Stachel**, die Stacheln
die **Stadt**, die Städte
der **Stall**, die Ställe
die **Stange**, die Stangen
der **Stängel**, die Stängel
stark, die starke Frau
sich **stärken**, sie stärkt sich
statt, statt zu schreiben, ruft sie lieber an
der **Staub**
staunen, er staunt
stecken, sie steckt
stehen, er steht
steigen, er steigt
der **Stein**, die Steine
stellen, sie stellt
sie **stellt her** ⇨ herstellen
sie **stellt vor** ⇨ vorstellen
der **Stempel**, die Stempel
der **Stern**, die Sterne
der **Stiefel**, die Stiefel

der **Stift**, die Stifte
still, der stille Ort
die **Stimme**, die Stimmen
stinken, er stinkt
die **Stirn**, die Stirnen
der **Stock**, die Stöcke
stolpern, sie stolpert
stolz, das stolze Kind
der **Storch**, die Störche
stören, er stört
der **Strand**, die Strände
die **Straße**, die Straßen
der **Strauch**, die Sträucher
sich **strecken**, sie streckt sich
der **Streit**, die Streite
sich **streiten**, sie streitet sich
der **Strich**, die Striche
stricken, er strickt
die **Stufe**, die Stufen
der **Stuhl**, die Stühle
die **Stunde**, die Stunden
der **Sturm**, die Stürme
stürmen, es stürmt

S s

suchen, er sucht
der **Südpol**
die **Suppe**, die Suppen
süß, der süße Honig

T t

das **Tablet**, die Tablets, am Tablet arbeiten
das **Tablett**, die Tabletts, ein Tablett mit Gläsern
die **Tafel**, die Tafeln
der **Tag**, die Tage
täglich, die tägliche Übung
tanken, sie tankt
die **Tante**, die Tanten
tanzen, er tanzt
die **Tasche**, die Taschen
die **Tasse**, die Tassen
die **Tastatur**, die Tastaturen
die **Tatze**, die Tatzen
taub, der taube Fuß
tauchen, sie taucht
das **Taxi**, die Taxis
der **Teddy**, die Teddys

A B C D E F G H I J K L M N O P Qu R S T U V W X Y Z

A B C D E F G H I J K L M N O P Qu R S T U V W X Y Z

der **Tee**, die Tees

der **Teich**, die Teiche

teilen, er teilt

das **Telefon**, die Telefone

telefonieren, sie telefoniert

der **Teller**, die Teller

die **Temperatur**, die Temperaturen

der **Teppich**, die Teppiche

teuer, der teure Ring

der **Text**, die Texte

das **Thermometer**, die Thermometer

tief, der tiefe See

das **Tier**, die Tiere

der **Tiger**, die Tiger

der **Tipp**, die Tipps

der **Tisch**, die Tische

der **Titel**, die Titel

toben, sie tobt

die **Tochter**, die Töchter

toll, der tolle Ausflug

die **Tomate**, die Tomaten

die **Tonne**, die Tonnen

der **Topf**, die Töpfe

das **Tor**, die Tore

tot, die tote Spinne

tragen, er trägt

das **Trampolin**, die Trampoline

der **Traum**, die Träume

träumen, sie träumt

traurig, das traurige Lied

treffen, er trifft

die **Treppe**, die Treppen

der **Trick**, die Tricks

er **trifft** ⇨ treffen

trinken, er trinkt

trocken, das trockene Heu

die **Trommel**, die Trommeln

trotzdem

das **T-Shirt**, die T-Shirts

die **Tube**, die Tuben

das **Tuch**, die Tücher

die **Tulpe**, die Tulpen

tun, sie tut

die **Tür**, die Türen

der **Turm**, die Türme

turnen, er turnt

die **Tüte**, die Tüten

typisch, das typische Beispiel

U u

übel, das üble Wetter
üben, sie übt
über
überall
überhaupt
die Überraschung, die Überraschungen
die Überschrift, die Überschriften
übrig, die übrige Zeit
übrigens
die Übung, die Übungen
das Ufer, die Ufer
das Ufo, die Ufos
die Uhr, die Uhren
der Uhu, die Uhus
um
die Umwelt
sich umziehen, er zieht sich um
und
der Unfall, die Unfälle
unheimlich, der unheimliche Traum
uns
unser
unsere
unserem
unseren
unserer
unsichtbar, das unsichtbare Gespenst
der Unsinn
unten
unter
das Unterhemd, die Unterhemden
die Unterhose, die Unterhosen
der Unterricht
unterwegs
die Urkunde, die Urkunden
der Urlaub, die Urlaube

V v

der Vampir, die Vampire
die Vampirin, die Vampirinnen
die Vase, die Vasen

A B C D E F G H I J K L M N O P Qu R S T U V W X Y Z

A B C D E F G H I J K L M N O P Qu R S T U V W X Y Z

der **Vater**, die Väter
der **Verband**, die Verbände
verbessern, sie verbessert
das **Verbot**, die Verbote
verbringen, er verbringt
verfolgen, sie verfolgt
vergessen, sie vergisst
sie **vergisst** ⇨ vergessen
verkaufen, er verkauft
der **Verkäufer**, die Verkäufer
die **Verkäuferin**, die Verkäuferinnen
der **Verkehr**
verlassen, sie verlässt
sich **verlaufen**, er verläuft sich
der **Verrat**
verraten, sie verrät
der **Vers**, die Verse
verschlafen, er verschläft
verschwinden, sie verschwindet
verstecken, er versteckt
verstehen, sie versteht
der **Versuch**, die Versuche
versuchen, er versucht
der **Vertrag**, die Verträge
vertragen, sie verträgt
viel, viel Glück
viele
vielleicht
vier
die **Villa**, die Villen
violett, das violette Kleid
das **Virus**, die Viren
das **Vitamin**, die Vitamine
der **Vogel**, die Vögel
voll, der volle Teller
vom
von
vor
vorbei
die **Vorfahrt**
vorführen, er führt vor
vorlassen, sie lässt vor
vorlaufen, er läuft vor
vorlesen, sie liest vor
vormachen, er macht vor
die **Vorsicht**
vorsichtig, der vorsichtige Mensch
vorstellen, sie stellt vor
der **Vortrag**, die Vorträge
der **Vulkan**, die Vulkane

W w

die **Waage**, die Waagen
wachen, er wacht
wachsen, sie wächst
er **wacht auf** ➪ aufwachen
der **Wagen**, die Wagen
wählen, sie wählt
der **Wal**, die Wale
der **Wald**, die Wälder
wann
die **Wanne**, die Wannen
warm, der warme Sommer
die **Wärme**
warten, sie wartet
warum
was
waschen, er wäscht
das **Wasser**, die Wasser
wecken, er weckt
der **Wecker**, die Wecker
weder
weg, er ist schon weg
der **Weg**, die Wege
wegen
weich, das weiche Kissen
die **Weide**, die Weiden
das **Weihnachten**, die Weihnachten
weil
weinen, er weint
die **Weisheit**
sie **weiß** ➪ wissen
weiß, der weiße Hund
weit, die weite Reise
weiter
welche
welcher
welches
die **Welt**, die Welten
wem
wen, er überlegt, wen er wählen soll
wenig
wenn, der Hund kommt, wenn sie ruft
wer
werden, es wird
werfen, sie wirft
das **Werkzeug**, die Werkzeuge
das **Wetter**, die Wetter
wichtig, der wichtige Tag
wie

wieder
die **Wiege**, die Wiegen
die **Wiese**, die Wiesen
wild, das wilde Tier
sie **will** ⇨ wollen
der **Wind**, die Winde
windig, der windige Tag
winken, sie winkt
der **Winter**, die Winter
die **Wippe**, die Wippen
wir
er **wird** ⇨ werden
sie **wirft** ⇨ werfen
wissen, sie weiß
der **Witz**, die Witze
witzig, der witzige Clown
wo
die **Woche**, die Wochen
wofür
woher
wohin
wohnen, er wohnt
die **Wohnung**, die Wohnungen
der **Wolf**, die Wölfe
die **Wolke**, die Wolken
die **Wolle**
wollen, sie will
das **Wort**, die Wörter
wunderbar, der wunderbare Traum
der **Wunsch**, die Wünsche
wünschen, er wünscht
der **Würfel**, die Würfel
würfeln, sie würfelt
der **Wurm**, die Würmer
die **Wurst**, die Würste
die **Wurzel**, die Wurzeln
wütend, der wütende Opa

X x

das **Xylofon**, die Xylofone

Y y

der **Yak**, die Yaks
der **Yeti**, die Yetis
das **Yoga**
das **Ypsilon**, die Ypsilons

Z z

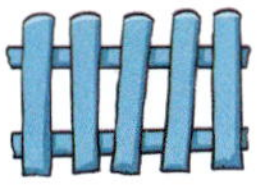

die **Zahl**, die Zahlen

zahlen, er zahlt

zählen, sie zählt

zahm, das zahme Reh

der **Zahn**, die Zähne

die **Zange**, die Zangen

zaubern, er zaubert

der **Zaun**, die Zäune

das **Zebra**, die Zebras

der **Zebrastreifen**, die Zebrastreifen

die **Zecke**, die Zecken

der **Zeh**, die Zehen

zehn

zeichnen, sie zeichnet

zeigen, er zeigt

die **Zeit**, die Zeiten

die **Zeitschrift**, die Zeitschriften

die **Zeitung**, die Zeitungen

das **Zelt**, die Zelte

der **Zettel**, die Zettel

die **Ziege**, die Ziegen

ziehen, er zieht

er **zieht** sich **um**

➪ sich umziehen

das **Ziel**, die Ziele

das **Zimmer**, die Zimmer

der **Zimt**

der **Zipfel**, die Zipfel

der **Zirkus**, die Zirkusse

die **Zitrone**, die Zitronen

der **Zoo**, die Zoos

der **Zopf**, die Zöpfe

zu

der **Zucker**

das **Zuckerfest**, die Zuckerfeste

zuerst

der **Zug**, die Züge

zum

die **Zunge**, die Zungen

zur

zusammen

zwanzig

zwei

der **Zweig**, die Zweige

der **Zwerg**, die Zwerge

die **Zwiebel**, die Zwiebeln

zwischen

zwölf

Tipps

Auf den **blauen Seiten 96 bis 227**
findest du Stichwörter, die nach dem Alphabet geordnet sind.
Du kannst Wörter nachschlagen, um sie richtig zu schreiben.

Die Wörter einer Seite stehen in zwei **Spalten**.

Dies ist das erste Stichwort auf der Seite: das **Kopfwort**.

Mit diesen **Anfangsbuchstaben** beginnen die folgenden Wörter.

In der **ABC-Leiste** sind die Anfangsbuchstaben der Wörter dieser Seite hervorgehoben.

Zu manchen Stichwörtern gibt es **Beispiele** oder Erklärungen in **Klammern**.

süß

A B C D E F G H I J K L M N O P Qu R S T U V W X Y Z

süß, sü|ßer, am sü|ßes|ten
die **Sü|ßig|keit**, die Sü|ßig|kei|ten

Sy

das **Sym|bol** (Zeichen), die Sym|bo|le
die **Sym|me|trie** (auch: Sym|met|rie), die Sym|me|tri|en
sym|pa|thisch, sym|pa|thi|scher, am sym|pa|thischs|ten
die **Sy|na|go|ge** (auch: Syn|a|go|ge), die Sy|na|go|gen
das **Sys|tem**, die Sys|te|me

Sz

die **Sze|ne**, die Sze|nen

T t

Ta

die **Ta|bel|le**, die Ta|bel|len
das **Ta|blet** (auch: Tab|let), die Ta|blets, am Tablet arbeiten
das **Ta|blett** (auch: Tab|lett), die Ta|bletts (auch: Ta|blet|te), ein Tablett mit Gläsern
die **Ta|blet|te** (auch: Tab|let|te), die Ta|blet|ten, er schluckt eine Tablette

die **Ta|fel**, die Ta|feln
der **Tag**, die Ta|ge

Tag / tags
Großschreibung: am Tage, am heutigen Tag, eines Tages, Guten Tag!
Kleinschreibung: tags darauf, tagsüber, tagaus, tagein, tagelang, täglich

das **Ta|ge|buch**, die Ta|ge|bü|cher
täg|lich
der **Tai|fun** (Wirbelsturm), die Tai|fu|ne
das **Tal**, die Tä|ler
das **Ta|lent**, die Ta|len|te
der **Ta|ler**, die Ta|ler
der **Tank**, die Tanks
tan|ken, er tankt, er tank|te, er hat ge|tankt
die **Tan|ne**, die Tan|nen
der **Tan|nen|baum**, die Tan|nen|bäu|me
die **Tan|te**, die Tan|ten
der **Tanz**, die Tän|ze
tan|zen, du tanzt, sie tanzt, sie tanz|te, sie hat ge|tanzt
tap|fer, tap|fe|rer, am tap|fers|ten

202 Alphabetischer Wortschatz für Klasse 3 und 4

So geht das Suchen schneller: Führe den Zeigefinger von einem **dick** gedruckten **Stichwort** zum nächsten.

Adjektiv
- in der Grundform
- in der 1. und 2. Vergleichsform (Steigerungsform)

Stichwörter mit zwei Sprechblasen werden oft in der gesprochenen Umgangssprache verwendet.

Dies ist das letzte Stichwort auf der Seite: das **Kopfwort**.

Die **Wort|tren|nung** ist mit Strichen gekennzeichnet. So trennst du die Wörter am Zeilenende.

Nomen mit Artikel
- in der Einzahl (Singular)
- in der Mehrzahl (Plural)

Verb
- in der Grundform
- in der gebeugten Form (Personalform) mit **er/sie/es**
- im Präteritum (einfache Vergangenheit)
- im Perfekt (zusammengesetzte Vergangenheit)

Bei schwierigen Verbformen steht das Verb auch in der gebeugten Form (Personalform) mit **du**.

Zu Stichwörtern mit einer Glühbirne findest du Hinweise im Kasten.

Telefon

A B C D E F G H I J K L M N O P Qu R S **T** U V W X Y Z

die **Tap|fer|keit**
tap|sen, er tapst, er taps|te, er ist ge|tapst
die **Ta|sche**, die Ta|schen
die **Tas|se**, die Tas|sen
die **Tas|ta|tur**, die Tas|ta|tu|ren
die **Tas|te**, die Tas|ten
die **Tat**, die Ta|ten
tä|tig
die **Tä|tig|keit**, die Tä|tig|kei|ten
der **Tat|ort**, die Tat|or|te
tat|säch|lich
die **Tat|ze**, die Tat|zen
taub
die **Tau|be**, die Tau|ben
tau|chen, er taucht, er tauch|te, er ist ge|taucht (auch: er hat ge|taucht)
der **Tau|cher**, die Tau|cher
die **Tau|che|rin**, die Tau|che|rin|nen

die **Tau|fe**, die Tau|fen
tau|gen, es taugt, es taug|te, es hat ge|taugt
der **Tausch**, die Tau|sche
tau|schen, du tauschst, sie tauscht, sie tausch|te, sie hat ge|tauscht
sich **täu|schen**, du täuschst sich, er täuscht sich, er täusch|te sich, er hat sich ge|täuscht
tau|send
der **Tau|sen|der**, die Tau|sen|der
der **Tau|send|fü|ßer**, die Tau|send|fü|ßer = Tausendfüßler
der **Tau|send|füß|ler**, die Tau|send|füß|ler = Tausendfüßer
das **Ta|xi**, die Ta|xis

Te

das **Team** (Gruppe), die Teams
die **Tech|nik**, die Tech|ni|ken
der **Ted|dy**, die Ted|dys
der **Tee**, die Tees
der **Teen|ager**, die Teen|ager
der **Teer**, die Tee|re
der **Teich**, die Tei|che
der **Teig**, die Tei|ge
das **Teil** (Ersatzteil), die Tei|le
der **Teil** (Stück von etwas Ganzem), die Tei|le
tei|len, sie teilt, sie teil|te, sie hat ge|teilt
teil|neh|men, er nimmt teil, er nahm teil, er hat teil|ge|nom|men
das **Te|le|fon**, die Te|le|fo|ne

tausend / Tausend

1000

Kleinschreibung
bis tausend zählen
vor tausend Jahren
tausend Ameisen
tausendfach
tausendjährig
1000-jährig
tausendmal
1000-mal

Großschreibung
die Zahl Tausend

Alphabetischer Wortschatz für Klasse 3 und 4 203

Aufgaben

Den Wortschatz erkunden

1 Wie heißt das erste Wort mit diesen Anfangsbuchstaben? Nenne einem Partnerkind diese Wörter und die Seitenzahlen.

A E H M P S W Z

2 Bei welchen Wörtern findest du diese Bilder? Schlage nach und erkläre einem Partnerkind die Bilder.

Im hinteren Buchdeckel werden diese Bilder erklärt.

Den Wortschatz nutzen

3 Wie heißt die Mehrzahl dieser Wörter? Schlage die Nomen nach und lies einem Partnerkind die Einzahl und die Mehrzahl vor.

das Aquarium	der Atlas	der Bau
der Kompass	der Nebel	die Pizza

4 Welche Erklärungen findest du bei diesen Wörtern? Schlage nach und lies einem Partnerkind die Erklärungen vor.

der Burger	der Dialekt	das E-Bike
das Interview	der Job	der Lkw
das Megabyte	das Pfund	die Software

Nutze das Bändchen. Dann findest du die Seite schnell wieder.

Den Wortschatz erkunden

1 Welche Kopfwörter stehen bei diesen Anfangsbuchstaben? Schreibe die Wörter in dein Heft: G: Geburtstag, ...

G J M R U W

2 Welches ist das erste und das letzte Stichwort mit diesen Anfangsbuchstaben? Schreibe die Stichwörter in dein Heft: Do: doch, ...

Do Ei Kn Pr Ra

Im vorderen Buchdeckel findest du Tipps zum Nachschlagen.

Den Wortschatz nutzen

3 Wie heißen die Grundformen dieser Verben? Schlage die Grundform nach und schreibe sie mit der Seitenzahl und allen Verbformen in dein Heft: Seite 158: laufen, er läuft, er lief, ...

sie **läuft** er hat **gesungen** es **pfiff**

er **klickte** du **quietschst** sie ist **gerannt**

4 Wie heißen die Vergleichsformen dieser Adjektive? Schlage die Adjektive nach und schreibe sie mit der Seitenzahl und den Vergleichsformen in dein Heft: Seite 99: alt: älter, am ...

alt blank kuschelig lieb nass

A a

Aa

der **Aal**, die Aa|le
das **Aas**, die Aa|se (auch: die Äse)

Ab

ab
sich **ab|bei|ßen**, er beißt ab,
er biss ab, er hat ab|ge|bis|sen
ab|bie|gen, sie biegt ab,
sie bog ab, sie ist ab|ge|bo|gen
die **Ab|bil|dung**, die Ab|bil|dun|gen
ab|bren|nen, es brennt ab,
es brann|te ab,
es ist ab|ge|brannt
der **Abend**, die Aben|de
das **Abend|brot**, die Abend|bro|te
das **Abend|es|sen**,
die Abend|es|sen
abends
das **Aben|teu|er**, die Aben|teu|er
aber
ab|fah|ren, er fährt ab,
er fuhr ab, er ist ab|ge|fah|ren
die **Ab|fahrt**, die Ab|fahr|ten
der **Ab|fall**, die Ab|fäl|le
ab|fal|len, sie fällt ab,
sie fiel ab, sie ist ab|ge|fal|len
ab|fäl|lig, ab|fäl|li|ger,
am ab|fäl|ligs|ten
der **Ab|flug**, die Ab|flü|ge
das **Ab|gas**, die Ab|ga|se
ab|ge|ben, sie gibt ab,
sie gab ab,
sie hat ab|ge|ge|ben
der **Ab|grund**, die Ab|grün|de
ab|gu|cken, er guckt ab,
er guck|te ab,
er hat ab|ge|guckt
der **Ab|hang**, die Ab|hän|ge
ab|ho|len, sie holt ab,
sie hol|te ab, sie hat ab|ge|holt
ab|kau|fen, er kauft ab,
er kauf|te ab, er hat ab|ge|kauft
ab|kür|zen, er kürzt ab,
er kürz|te ab, er hat ab|ge|kürzt
die **Ab|kür|zung**,
die Ab|kür|zun|gen

Abend / abends

Großschreibung

am Abend
eines Abends
heute Abend
am Montagabend
es wird Abend
Guten Abend!

Kleinschreibung
abends
montagabends
morgens und abends

ab|len|ken,
sie lenkt ab, sie lenk|te ab,
sie hat ab|ge|lenkt
ab|le|sen, er liest ab,
er las ab, er hat ab|ge|le|sen
ab|ma|chen,
er macht ab,
er mach|te ab,
er hat ab|ge|macht

ab|neh|men, er nimmt ab,
er nahm ab,
er hat ab|ge|nom|men
ab|rei|sen, sie reist ab,
sie reis|te ab, sie ist ab|ge|reist
der **Ab|satz**, die Ab|sät|ze
ab|schaf|fen, er schafft ab,
er schaff|te ab,
er hat ab|ge|schafft
der **Ab|schied**, die Ab|schie|de
der **Ab|schluss**, die Ab|schlüs|se
ab|schnei|den,
sie schnei|det ab,
sie schnitt ab,
sie hat ab|ge|schnit|ten
der **Ab|schnitt**, die Ab|schnit|te
ab|schrei|ben, sie schreibt ab,
sie schrieb ab,
sie hat ab|ge|schrie|ben
ab|sen|den, er sen|det ab,
er sand|te ab,
er hat ab|ge|sandt
der **Ab|sen|der**, die Ab|sen|der
der **Ab|stand**, die Ab|stän|de
ab|stel|len, sie stellt ab,
sie stell|te ab,
sie hat ab|ge|stellt
ab|stim|men, er stimmt ab,
er stimm|te ab,
er hat ab|ge|stimmt
der **Ab|sturz**, die Ab|stür|ze
ab|stür|zen, sie stürzt ab,
sie stürz|te ab,
sie ist ab|ge|stürzt
ab|wech|seln, er wech|selt ab,
er wech|sel|te ab,
er hat ab|ge|wech|selt
die **Ab|wehr**

das **Ab|zei|chen**,
die Ab|zei|chen

Ac

ach!
die **Ach|se**, die Ach|sen
acht

acht / Acht

Kleinschreibung
acht Jahre alt
es ist halb acht
acht mal vier
der achtjährige Junge
der 8-jährige Junge
achtmal
8-mal

Großschreibung
die Zahl Acht
ein Achtel
eine Acht fahren

die **Acht**,
sich in Acht nehmen
ach|ten, sie ach|tet,
sie ach|te|te,
sie hat ge|ach|tet
acht|ge|ben
(auch: Acht ge|ben),
er gibt acht, er gab acht,
er hat acht|ge|ge|ben
(auch: er gibt Acht,
er gab Acht,
er hat Acht ge|ge|ben)
acht|los, acht|lo|ser,
am acht|lo|ses|ten

acht|mal
acht|sam, acht|sa|mer, am acht|sams|ten
acht|zehn
acht|zig
der **Acker**, die Äcker

Ad

ad|die|ren, er ad|diert, er ad|dier|te, er hat ad|diert
die **Ad|di|ti|on**, die Ad|di|ti|o|nen
das **Ad|jek|tiv**, die Ad|jek|ti|ve

der **Ad|ler**, die Ad|ler
die **Ad|res|se**, die Ad|res|sen
ad|res|sie|ren, er ad|res|siert, er ad|res|sier|te, er hat ad|res|siert
der **Ad|vent**, die Ad|ven|te

Af

der **Af|fe**, die Af|fen
Af|ri|ka

Ag

ag|gres|siv, ag|gres|si|ver, am ag|gres|sivs|ten

Ah

äh|neln, sie äh|nelt, sie äh|nel|te, sie hat ge|äh|nelt
ah|nen, sie ahnt, sie ahn|te, sie hat ge|ahnt
ähn|lich, ähn|li|cher, am ähn|lichs|ten
die **Ähn|lich|keit**, die Ähn|lich|kei|ten
die **Ah|nung**, die Ah|nun|gen
der **Ahorn**, die Ahor|ne
die **Äh|re**, die Äh|ren

Ai

der (das) **Ai|ran** (türkischer Joghurt), die Ai|rans = Ayran

Ak

das **Ak|kor|de|on**, die Ak|kor|de|ons
der **Ak|ku**, die Ak|kus
der **Ak|ro|bat**, die Ak|ro|ba|ten
die **Ak|ro|ba|tin**, die Ak|ro|ba|tin|nen
die **Ak|ti|on**, die Ak|ti|o|nen
ak|tiv, ak|ti|ver, am ak|tivs|ten

Al

Al|ba|ni|en
al|bern, al|ber|ner, am al|berns|ten
der **Al|go|rith|mus** (Handlungsvorschrift zur Lösung eines Problems), die Al|go|rith|men
das **All**
al|le
die **Al|lee**, die Al|le|en
al|lein, al|lei|ne
al|ler|dings
die **Al|ler|gie** (auch: All|er|gie), die Al|ler|gi|en
al|ler|gisch (auch: all|er|gisch)
al|les
all|mäh|lich
all|zu
die **Alm**, die Al|men
die **Al|pen**
das **Al|pha|bet**, die Al|pha|be|te
als
al|so

alt, äl|ter, am äl|tes|ten
das **Al|ter**
das **Alt|glas**
das **Alt|pa|pier**
die **Alt|stadt**, die Alt|städ|te
das **Alu|mi|ni|um**

Am

am (an dem)
die **Amei|se**, die Amei|sen
Ame|ri|ka
der **Am|mer|see**
die **Am|pel**, die Am|peln
die **Am|sel**, die Am|seln
sich **amü|sie|ren**,
er amü|siert sich,
er amü|sier|te sich,
er hat sich amü|siert

An

an
die **Ana|nas**, die Ana|nas
(auch: die Ana|nas|se)
an|dau|ernd
das **An|den|ken**, die An|den|ken
an|de|re
än|dern, sie än|dert,
sie än|der|te, sie hat ge|än|dert
an|ders
An|dor|ra
an|ein|an|der
(auch: an|ei|nan|der)
an|fah|ren, sie fährt an,
sie fuhr an,
sie ist an|ge|fah|ren
der **An|fang**, die An|fän|ge
an|fan|gen, es fängt an,
es fing an, es hat an|ge|fan|gen
der **An|fän|ger**, die An|fän|ger
die **An|fän|ge|rin**,
die An|fän|ge|rin|nen
an|fangs
an|fas|sen, er fasst an,
er fass|te an,
er hat an|ge|fasst
an|ge|ben, er gibt an,
er gab an, er hat an|ge|geben
an|geb|lich
die **An|gel**, die An|geln
an|geln, sie an|gelt,
sie an|gel|te, sie hat ge|an|gelt
an|ge|nehm, an|ge|neh|mer,
am an|ge|nehms|ten
an|ge|regt
der **Ang|ler**, die Ang|ler
die **Ang|le|rin**, die Ang|le|rin|nen
an|grei|fen, er greift an,
er griff an, er hat an|ge|grif|fen
die **Angst**, die Ängs|te

Angst / angst

Großschreibung
Angst haben,
sie hat Angst
Angst machen,
es macht mir Angst

Kleinschreibung
mir ist angst und bange

ängst|lich,
ängst|li|cher,
am ängst|lichs|ten

angst|voll, angst|vol|ler,
am angst|volls|ten

an|gu|cken, sie guckt an,
sie guck|te an,
sie hat an|ge|guckt
an|ha|ben, er hat an,
er hat|te an, er hat an|ge|habt
an|hal|ten, sie hält an,
sie hielt an,
sie hat an|ge|hal|ten
an|kau|fen, er kauft an,
er kauf|te an,
er hat an|ge|kauft

der **An|ker**, die An|ker
an|klei|den,
sie klei|det an, sie klei|de|te an,
sie hat an|ge|klei|det
an|kli|cken, er klickt an,
er klick|te an,
er hat an|ge|klickt

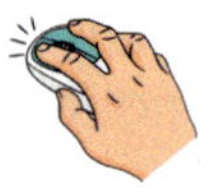

an|kom|men,
sie kommt an, sie kam an,
sie ist an|ge|kom|men
die **An|la|ge**, die An|la|gen
an|leh|nen, er lehnt an,
er lehn|te an,
er hat an|ge|lehnt
die **An|lei|tung**, die An|lei|tun|gen
an|ma|len, er malt an,
er mal|te an, er hat an|ge|malt
an|mel|den, sie mel|det an,
sie mel|de|te an,
sie hat an|ge|mel|det
an|mer|ken, er merkt an,
er merk|te an,
er hat an|ge|merkt
an|neh|men, sie nimmt an,
sie nahm an,
sie hat an|ge|nom|men
der **Ano|rak**, die Ano|raks
der **An|pfiff**, die An|pfif|fe
die **An|re|de**, die An|re|den
der **An|ruf**, die An|ru|fe
an|ru|fen, er ruft an,
er rief an, er hat an|ge|ru|fen
die **An|sa|ge**, die An|sa|gen
die **An|schaf|fung**,
die An|schaf|fun|gen
an|schau|en, er schaut an,
er schau|te an,
er hat an|ge|schaut
an|schau|lich, an|schau|li|cher,
am an|schau|lichs|ten
an|schlie|ßend
an|schrei|ben, sie schreibt an,
sie schrieb an,
sie hat an|ge|schrie|ben
die **An|schrift**, die An|schrif|ten
an|se|hen, sie sieht an,
sie sah an,
sie hat an|ge|se|hen
an|sprech|bar, an|sprech|ba|rer,
am an|sprech|bars|ten
an|spre|chen, er spricht an,
er sprach an,
er hat an|ge|spro|chen
an|sprin|gen, er springt an,
er sprang an,
er hat an|ge|sprun|gen
(auch: er ist an|ge|sprun|gen)
an|stän|dig, an|stän|di|ger,
am an|stän|digs|ten
an|star|ren, sie starrt an,
sie starr|te an,
sie hat an|ge|starrt
an|stel|len, er stellt an,
er stell|te an,
er hat an|ge|stellt

sich **an|stren|gen**,
sie strengt sich an,
sie streng|te sich an,
sie hat sich an|ge|strengt
an|stren|gend, an|stren|gen|der,
am an|stren|gends|ten
die **Ant|ark|tis**
die **An|ten|ne**, die An|ten|nen
an|tip|pen, er tippt an,
er tipp|te an, er hat an|ge|tippt
der **An|trieb**, die An|trie|be
die **Ant|wort**, die Ant|wor|ten
ant|wor|ten, sie ant|wor|tet,
sie ant|wor|te|te,
sie hat ge|ant|wor|tet
an|ver|trau|en, er ver|traut an,
er ver|trau|te an,
er hat an|ver|traut
die **An|wei|sung**,
die An|wei|sun|gen
die **An|zahl**, die An|zah|len
die **An|zei|ge**, die An|zei|gen
sich **an|zie|hen**, er zieht sich an,
er zog sich an,
er hat sich an|ge|zo|gen
der **An|zug**, die An|zü|ge

Ap

der **Ap|fel**, die Äp|fel
die **Ap|fel|si|ne**, die Ap|fel|si|nen
die **Apo|the|ke**, die Apo|the|ken
die **App**, die Apps
der **Ap|pa|rat**, die Ap|pa|ra|te
der **Ap|pe|tit**
der **Ap|plaus**, die Ap|plau|se
die **Ap|ri|ko|se**,
die Ap|ri|ko|sen

der **Ap|ril**

Aq

das **Aqua|ri|um**,
die Aqua|ri|en

der **Äqua|tor**

Ar

die **Ar|beit**, die Ar|bei|ten
ar|bei|ten, sie ar|bei|tet,
sie ar|bei|te|te,
sie hat ge|ar|bei|tet
der **Ar|bei|ter**, die Ar|bei|ter
die **Ar|bei|te|rin**,
die Ar|bei|te|rin|nen
der **Ar|chäo|lo|ge**,
die Ar|chäo|lo|gen
die **Ar|chäo|lo|gin**,
die Ar|chäo|lo|gin|nen
der **Ar|chi|tekt**, die Ar|chi|tek|ten
die **Ar|chi|tek|tin**,
die Ar|chi|tek|tin|nen
der **Är|ger**
är|ger|lich, är|ger|li|cher,
am är|ger|lichs|ten
är|gern, er är|gert,
er är|ger|te, er hat ge|är|gert
das **Ar|gu|ment**, die Ar|gu|men|te
die **Ark|tis**
arm, är|mer, am ärms|ten
der **Arm**, die Ar|me
die **Arm|band|uhr**,
die Arm|band|uh|ren
der **Är|mel**, die Är|mel
die **Art**, die Ar|ten
die **Ar|ten|viel|falt**
ar|tig, ar|ti|ger, am ar|tigs|ten
der **Ar|ti|kel**, die Ar|ti|kel
der **Ar|tist**,
die Ar|tis|ten

A B C D E F G H I J K L M N O P Qu R S T U V W X Y Z

die **Ar|tis|tin**, die Ar|tis|tin|nen
der **Arzt**, die Ärz|te
die **Ärz|tin**, die Ärz|tin|nen

As

Asi|en
der **Ast**, die Äs|te
der **As|te|ro|id**, die As|te|ro|i|den
der **As|tro|naut** (auch: Ast|ro|naut), die As|tro|nau|ten

die **As|tro|nau|tin** (auch: Ast|ro|nau|tin), die As|tro|nau|tin|nen

At

der **Atem**
atem|los
der **At|las**, die At|lan|ten (auch: die At|las|se)
at|men, sie at|met, sie at|me|te, sie hat ge|at|met
die **At|mo|sphä|re**, die At|mo|sphä|ren
die **At|mung**
at|trak|tiv, at|trak|ti|ver, am at|trak|tivs|ten

Au

aua!
die **Au|ber|gi|ne**, die Au|ber|gi|nen

auch
auf
auf|bau|en, sie baut auf, sie bau|te auf, sie hat auf|ge|baut
auf|es|sen, er isst auf, er aß auf, er hat auf|ge|ges|sen
auf|fal|len, sie fällt auf, sie fiel auf, sie ist auf|ge|fal|len
auf|fäl|lig, auf|fäl|li|ger, am auf|fäl|ligs|ten
auf|fan|gen, er fängt auf, er fing auf, er hat auf|ge|fan|gen
auf|füh|ren, sie führt auf, sie führ|te auf, sie hat auf|ge|führt
die **Auf|ga|be**, die Auf|ga|ben
auf|ge|wärmt
auf|ha|ben, er hat auf, er hat|te auf, er hat auf|ge|habt
auf|hän|gen, sie hängt auf, sie häng|te auf, sie hat auf|ge|hängt
auf|he|ben, er hebt auf, er hob auf, er hat auf|ge|ho|ben
auf|hö|ren, sie hört auf, sie hör|te auf, sie hat auf|ge|hört
auf|la|den, er lädt auf, er lud auf, er hat auf|ge|la|den
auf|ma|chen, er macht auf, er mach|te auf, er hat auf|ge|macht
auf|merk|sam, auf|merk|sa|mer, am auf|merk|sams|ten
die **Auf|merk|sam|keit**, die Auf|merk|sam|kei|ten
die **Auf|mun|te|rung**, die Auf|mun|te|run|gen
auf|neh|men, sie nimmt auf, sie nahm auf, sie hat auf|ge|nom|men

auf|pas|sen, sie passt auf,
sie pass|te auf,
sie hat auf|ge|passt
auf|räu|men, er räumt auf,
er räum|te auf,
er hat auf|ge|räumt
auf|re|gend, auf|re|gen|der,
am auf|re|gends|ten
die **Auf|re|gung**, die Auf|re|gun|gen
auf|rei|ßen, sie reißt auf,
sie riss auf,
sie hat auf|ge|ris|sen
auf|rich|ten, er rich|tet auf,
er rich|te|te auf,
er hat auf|ge|rich|tet
aufs (auf das)
der **Auf|satz**, die Auf|sät|ze
auf|schrei|ben,
sie schreibt auf,
sie schrieb auf,
sie hat auf|ge|schrie|ben
auf|ste|hen,
er steht auf, er stand auf,
er ist auf|ge|stan|den
auf|stei|gen, sie steigt auf,
sie stieg auf,
sie ist auf|ge|stie|gen
auf|stel|len, er stellt auf,
er stell|te auf,
er hat auf|ge|stellt
der **Auf|trag**, die Auf|trä|ge
auf|wa|chen, sie wacht auf,
sie wach|te auf,
sie ist auf|ge|wacht
der **Auf|wand**
auf|wän|dig, auf|wän|di|ger,
am auf|wän|digs|ten
= aufwendig

auf|we|cken, sie weckt auf,
sie weck|te auf,
sie hat auf|ge|weckt
auf|wen|dig, auf|wen|di|ger,
am auf|wen|digs|ten
= aufwändig
auf|zäh|len, sie zählt auf,
sie zähl|te auf,
sie hat auf|ge|zählt
der **Auf|zug**,
die Auf|zü|ge

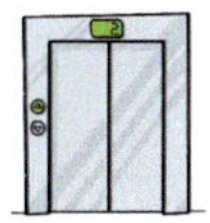

das **Au|ge**, die Au|gen
der **Au|gen|blick**,
die Au|gen|bli|cke
die **Au|gen|braue**,
die Au|gen|brau|en
das **Au|gen|lid**, die Au|gen|li|der
der **Au|gust**
aus
die **Aus|bil|dung**,
die Aus|bil|dun|gen
die **Aus|dau|er**
sich **aus|den|ken**, er denkt sich aus,
er dach|te sich aus,
er hat sich aus|ge|dacht
aus|dru|cken, sie druckt aus,
sie druck|te aus,
sie hat aus|ge|druckt
aus|drü|cken, er drückt aus,
er drück|te aus,
er hat aus|ge|drückt
aus|ein|an|der
(auch: aus|ei|nan|der)
die **Aus|fahrt**, die Aus|fahr|ten
der **Aus|flug**, die Aus|flü|ge
aus|füh|ren, sie führt aus,
sie führ|te aus,
sie hat aus|ge|führt

aus|führ|lich, aus|führ|li|cher, am aus|führ|lichs|ten

aus|ge|hen, sie geht aus, sie ging aus, sie ist aus|ge|gan|gen

die **Aus|kunft**, die Aus|künf|te

aus|la|chen, er lacht aus, er lach|te aus, er hat aus|ge|lacht

das **Aus|land**

aus|län|disch

aus|lei|hen, sie leiht aus, sie lieh aus, sie hat aus|ge|lie|hen

sich **aus|log|gen**, er loggt sich aus, er logg|te sich aus, er hat sich aus|ge|loggt

aus|lö|sen, sie löst aus, sie lös|te aus, sie hat aus|ge|löst

aus|ma|chen, er macht aus, er mach|te aus, er hat aus|ge|macht

die **Aus|nah|me**, die Aus|nah|men

aus|pa|cken, er packt aus, er pack|te aus, er hat aus|ge|packt

aus|pro|bie|ren, sie pro|biert aus, sie pro|bier|te aus, sie hat aus|pro|biert

der **Aus|puff**, die Aus|puf|fe

die **Aus|re|de**, die Aus|re|den

aus|rei|chen, es reicht aus, es reich|te aus, es hat aus|ge|reicht

aus|rei|ßen, sie reißt aus, sie riss aus, sie ist aus|ge|ris|sen (auch: sie hat aus|ge|ris|sen)

aus|ru|hen, er ruht aus, er ruh|te aus, er hat aus|ge|ruht

aus|rut|schen, sie rutscht aus, sie rutsch|te aus, sie ist aus|ge|rutscht

die **Aus|sa|ge**, die Aus|sa|gen

aus|schal|ten, er schal|tet aus, er schal|te|te aus, er hat aus|ge|schal|tet

aus|schei|den, er schei|det aus, er schied aus, er ist aus|ge|schie|den

aus|schla|fen, sie schläft aus, sie schlief aus, sie hat aus|ge|schla|fen

aus|schnei|den, sie schnei|det aus, sie schnitt aus, sie hat aus|ge|schnit|ten

aus|se|hen, er sieht aus, er sah aus, er hat aus|ge|se|hen

au|ßen

au|ßer

au|ßer|dem

äu|ßer|lich

äu|ßern, sie äu|ßert, sie äu|ßer|te, sie hat ge|äu|ßert

die **Äu|ße|rung**, die Äu|ße|run|gen

die **Aus|sicht**, die Aus|sich|ten

aus|ste|chen, er sticht aus, er stach aus, er hat aus|ge|sto|chen

aus|stei|gen, sie steigt aus,
sie stieg aus,
sie ist aus|ge|stie|gen
aus|stel|len, sie stellt aus,
sie stell|te aus,
sie hat aus|ge|stellt
aus|su|chen, er sucht aus,
er such|te aus,
er hat aus|ge|sucht
Aus|tra|li|en
(auch: Aust|ra|li|en)
aus|trin|ken, sie trinkt aus,
sie trank aus,
sie hat aus|ge|trun|ken
aus|trock|nen, er trock|net aus,
er trock|ne|te aus,
er ist aus|ge|trock|net
die **Aus|wahl**
aus|wäh|len, er wählt aus,
er wähl|te aus,
er hat aus|ge|wählt
aus|wärts
der **Aus|weg**, die Aus|we|ge
der **Aus|weis**, die Aus|wei|se
aus|wen|dig
aus|zie|hen, sie zieht aus,
sie zog aus,
sie ist aus|ge|zo|gen
sich **aus|zie|hen**, er zieht sich aus,
er zog sich aus,
er hat sich aus|ge|zo|gen
das **Au|to**, die Au|tos
die **Au|to|bahn**, die Au|to|bah|nen
der **Au|to|fah|rer**, die Au|to|fah|rer
die **Au|to|fah|re|rin**,
die Au|to|fah|re|rin|nen
der **Au|to|mat**,
die Au|to|ma|ten

au|to|ma|tisch
der **Au|tor**, die Au|to|ren
die **Au|to|rin**, die Au|to|rin|nen

Ax

die **Axt**, die Äx|te

Ay

der (das) **Ay|ran** (türkischer
Joghurt), die Ay|rans = Airan

B b

Ba

das **Ba|by**, die Ba|bys
der **Bach**, die Bä|che
die **Ba|cke**, die Ba|cken
ba|cken,
er backt (auch: er bäckt),
er back|te (auch: er buk),
er hat ge|ba|cken
der **Ba|cken|zahn**,
die Ba|cken|zäh|ne
der **Bä|cker**, die Bä|cker
die **Bä|cke|rei**, die Bä|cke|rei|en
die **Bä|cke|rin**, die Bä|cke|rin|nen
das **Bad**, die Bä|der
der **Ba|de|an|zug**,
die Ba|de|an|zü|ge
die **Ba|de|ho|se**, die Ba|de|ho|sen
ba|den, sie ba|det,
sie ba|de|te,
sie hat ge|ba|det
Ba|den-Würt|tem|berg
die **Ba|de|wan|ne**,
die Ba|de|wan|nen

A B C D E F G H I J K L M N O P Qu R S T U V W X Y Z

das **Ba|de|zim|mer**, die Ba|de|zim|mer
der **Bag|ger**, die Bag|ger
die **Bahn**, die Bah|nen
der **Bahn|hof**, die Bahn|hö|fe
der **Bahn|über|gang**, die Bahn|über|gän|ge
die **Bak|te|rie**, die Bak|te|ri|en
die **Ba|lan|ce** (Gleichgewicht), die Ba|lan|cen
ba|lan|cie|ren, er ba|lan|ciert, er ba|lan|cier|te, er ist ba|lan|ciert (auch: er hat ba|lan|ciert)
bald
der **Bal|ken**, die Bal|ken
der **Bal|kon**, die Bal|ko|ne (auch: die Bal|kons)
der **Ball**, die Bäl|le
das **Bal|lett**, die Bal|let|te
der **Bal|lon**, die Bal|lons
die **Ba|na|ne**, die Ba|na|nen
das **Band**, die Bän|der
die **Band** (Musikgruppe), die Bands

die **Ban|de**, die Ban|den
ban|ge (auch: bang), ban|ger, am bangs|ten
die **Bank** (Sitzbank), die Bän|ke

die **Bank** (Geldinstitut), die Ban|ken

der **Bär**, die Bä|ren
bä|ren|stark
bar|fuß
der **Bart**, die Bär|te
bär|tig, bär|ti|ger, am bär|tigs|ten
der **Bass**, die Bäs|se
bas|teln, sie bas|telt, sie bas|tel|te, sie hat ge|bas|telt
die **Bat|te|rie**, die Bat|te|ri|en
der **Bau** (Tierhöhle), die Baue
der **Bauch**, die Bäu|che
bau|en, er baut, er bau|te, er hat ge|baut
der **Bau|er**, die Bau|ern
die **Bäu|e|rin**, die Bäu|e|rin|nen
der **Baum**, die Bäu|me
die **Bau|stel|le**, die Bau|stel|len
bay|e|risch (auch: bay|risch)
Bay|ern

Be

be|ach|ten, sie be|ach|tet, sie be|ach|te|te, sie hat be|ach|tet
der **Bea|mer**, die Bea|mer

be|ant|wor|ten, sie be|ant|wor|tet, sie be|ant|wor|te|te, sie hat be|ant|wor|tet
be|ar|bei|ten, er be|ar|bei|tet, er be|ar|bei|te|te, er hat be|ar|bei|tet
be|auf|sich|ti|gen, sie be|auf|sich|tigt, sie be|auf|sich|tig|te, sie hat be|auf|sich|tigt
der **Be|cher**, die Be|cher
das **Be|cken**, die Be|cken
be|däch|tig, be|däch|ti|ger, am be|däch|tigs|ten

sich **be|dan|ken**,
sie be|dankt sich,
sie be|dank|te sich,
sie hat sich be|dankt

der **Be|darf**, die Be|dar|fe

be|denk|lich, be|denk|li|cher,
am be|denk|lichs|ten

be|deu|ten, es be|deu|tet,
es be|deu|te|te,
es hat be|deu|tet

be|deut|sam, be|deut|sa|mer,
am be|deut|sams|ten

die **Be|deu|tung**,
die Be|deu|tun|gen

be|dro|hen, er be|droht,
er be|drohte, er hat be|droht

be|drückt, be|drück|ter,
am be|drück|tes|ten

das **Be|dürf|nis**, die Be|dürf|nis|se

sich **be|ei|len**, sie be|eilt sich,
sie be|eil|te sich,
sie hat sich be|eilt

be|en|den, sie be|en|det,
sie be|en|de|te,
sie hat be|en|det

die **Bee|re**, die Bee|ren

das **Beet**, die Bee|te

be|fahr|bar

be|feh|len, er be|fiehlt,
er be|fahl, er hat be|foh|len

be|fes|ti|gen, sie be|fes|tigt,
sie be|fes|tig|te,
sie hat be|fes|tigt

sich **be|fin|den**, er be|fin|det sich,
er be|fand sich,
er hat sich be|fun|den

be|frei|en, sie be|freit,
sie be|frei|te, sie hat be|freit

be|fül|len, er be|füllt,
er be|füll|te, er hat be|füllt

be|gabt, be|gab|ter,
am be|gab|tes|ten

be|geg|nen, er be|geg|net,
er be|geg|ne|te,
er ist be|geg|net

be|geis|tert, be|geis|ter|ter,
am be|geis|terts|ten

die **Be|geis|te|rung**

be|gin|nen, es be|ginnt,
es be|gann, es hat be|gon|nen

be|glei|ten, sie be|glei|tet,
sie be|glei|te|te,
sie hat be|glei|tet

der **Be|glei|ter**, die Be|glei|ter

die **Be|glei|te|rin**,
die Be|glei|te|rin|nen

die **Be|glei|tung**,
die Be|glei|tun|gen

be|grei|fen, er be|greift,
er be|griff, er hat be|grif|fen

der **Be|griff**, die Be|grif|fe

be|grü|ßen, sie be|grüßt,
sie be|grüß|te, sie hat be|grüßt

die **Be|grü|ßung**,
die Be|grü|ßun|gen

be|hä|big, be|hä|bi|ger,
am be|hä|bigs|ten

be|hal|ten, er be|hält,
er be|hielt, er hat be|hal|ten

der **Be|häl|ter**, die Be|häl|ter

be|han|deln, er be|han|delt,
er be|han|del|te,
er hat be|han|delt

be|haup|ten, sie be|haup|tet,
sie be|haup|te|te,
sie hat be|haup|tet

be|hilf|lich, be|hilf|li|cher, am be|hilf|lichs|ten
be|hin|dert, be|hin|der|ter, am be|hin|der|tes|ten
die **Be|hin|de|rung**, die Be|hin|de|run|gen
bei
bei|brin|gen, sie bringt bei, sie brach|te bei, sie hat bei|ge|bracht
beich|ten, er beich|tet, er beich|te|te, er hat ge|beich|tet
bei|de, die beiden
bei|des
der **Bei|fall**

die **Bei|la|ge**, die Bei|la|gen
beim (bei dem)
das **Bein**, die Bei|ne
bei|na|he (auch: bei|nah)
das **Bei|spiel**, die Bei|spie|le
bei|ßen, sie beißt, sie biss, sie hat ge|bis|sen
bei|ste|hen, er steht bei, er stand bei, er hat bei|ge|stan|den
bei|tra|gen, sie trägt bei, sie trug bei, sie hat bei|ge|tra|gen
be|kannt, be|kann|ter, am be|kann|tes|ten
die **Be|kannt|schaft**, die Be|kannt|schaf|ten
die **Be|klei|dung**
be|kom|men, er be|kommt, er be|kam, er hat be|kom|men
Be|la|rus
be|lei|di|gen, sie be|lei|digt, sie be|lei|dig|te, sie hat be|lei|digt
be|lei|di|gend, be|lei|di|gen|der, am be|lei|di|gends|ten
die **Be|lei|di|gung**, die Be|lei|di|gun|gen
Bel|gi|en
bel|len, er bellt, er bell|te, er hat ge|bellt
be|loh|nen, sie be|lohnt, sie be|lohn|te, sie hat be|lohnt
die **Be|loh|nung**, die Be|loh|nun|gen
be|mer|ken, sie be|merkt, sie be|merk|te, sie hat be|merkt
sich **be|mü|hen**, er be|müht sich, er be|müh|te sich, er hat sich be|müht
die **Be|mü|hung**, die Be|mü|hun|gen
be|nö|ti|gen, sie be|nö|tigt, sie be|nö|tig|te, sie hat be|nö|tigt
be|nut|zen, sie be|nutzt, sie be|nutz|te, sie hat be|nutzt
das **Ben|zin**, die Ben|zi|ne
be|ob|ach|ten, er be|ob|ach|tet, er be|ob|ach|te|te, er hat be|ob|ach|tet
die **Be|ob|ach|tung**, die Be|ob|ach|tun|gen
be|quem, be|que|mer, am be|quems|ten

be|rech|nen, sie be|rech|net, sie be|rech|ne|te, sie hat be|rech|net

be|reit

be|rei|ten, er be|rei|tet, er be|rei|te|te, er hat be|rei|tet

be|reits

die **Be|reit|schaft**, die Be|reit|schaf|ten

der **Berg**, die Ber|ge

ber|gig, ber|gi|ger, am ber|gigs|ten

der **Be|richt**, die Be|rich|te

be|rich|ten, er be|rich|tet, er be|rich|te|te, er hat be|rich|tet

Ber|lin

der **Be|ruf**, die Be|ru|fe

be|ru|hi|gen, sie be|ru|higt, sie be|ru|hig|te, sie hat be|ru|higt (auch: sie ist be|ru|higt)

be|rühmt, be|rühm|ter, am be|rühm|tes|ten

der **Be|rüh|rung**, die Be|rüh|run|gen

be|schäf|ti|gen, er be|schäf|tigt, er be|schäf|tig|te, er hat be|schäf|tigt

sich **be|schäf|ti|gen**, sie be|schäf|tigt sich, sie be|schäf|tig|te sich, sie hat sich be|schäf|tigt

der **Be|scheid**, die Be|schei|de

die **Be|schei|ni|gung**, die Be|schei|ni|gun|gen

die **Be|sche|rung**, die Be|sche|run|gen

be|schlie|ßen, er be|schließt, er be|schloss, er hat be|schlos|sen

be|schrei|ben, sie be|schreibt, sie be|schrieb, sie hat be|schrie|ben

die **Be|schrei|bung**, die Be|schrei|bun|gen

be|schüt|zen, er be|schützt, er be|schütz|te, er hat be|schützt

sich **be|schwe|ren**, sie be|schwert sich, sie be|schwer|te sich, sie hat sich be|schwert

be|schwer|lich, be|schwer|li|cher, am be|schwer|lichs|ten

der **Be|sen**, die Be|sen

be|setzt

be|sich|ti|gen, er be|sich|tigt, er be|sich|tig|te, er hat be|sich|tigt

be|sie|gen, sie be|siegt, sie be|sieg|te, sie hat be|siegt

sich **be|sin|nen**, sie be|sinnt sich, sie be|sann sich, sie hat sich be|son|nen

der **Be|sit|zer**, die Be|sit|zer

die **Be|sit|ze|rin**, die Be|sit|ze|rin|nen

be|son|de|re

be|son|ders

be|sor|gen, sie be|sorgt, sie be|sorg|te, sie hat be|sorgt

be|spre|chen, er be|spricht, er be|sprach, er hat be|spro|chen

A B C D E F G H I J K L M N O P Qu R S T U V W X Y Z

bes|ser, am bes|ten

beste / Beste

Kleinschreibung
die beste Schülerin
es ist am besten
bestens

Großschreibung
die Beste der Klasse
es ist das Beste

die **Bes|se|rung**, die Bes|se|run|gen
be|stau|nen, sie be|staunt, sie be|staun|te, sie hat be|staunt
das **Be|steck**, die Be|ste|cke

be|ste|hen, er be|steht, er be|stand, er hat be|stan|den
be|stel|len, er be|stellt, er be|stell|te, er hat be|stellt
die **Be|stel|lung**, die Be|stel|lun|gen
die **Bes|tie**, die Bes|ti|en
be|stim|men, sie be|stimmt, sie be|stimm|te, sie hat be|stimmt
be|stimmt
der **Be|such**, die Be|su|che
be|su|chen, er be|sucht, er be|such|te, er hat be|sucht
sich **be|tä|ti|gen**, sie be|tä|tigt sich, sie be|tä|tig|te sich, sie hat sich be|tä|tigt
be|ten, er be|tet, er be|te|te, er hat ge|be|tet
be|to|nen, sie be|tont, sie be|ton|te, sie hat be|tont
die **Be|to|nung**, die Be|to|nun|gen
be|trach|ten, er be|trach|tet, er be|trach|te|te, er hat be|trach|tet
der **Be|trieb**, die Be|trie|be
be|trübt, be|trüb|ter, am be|trüb|tes|ten
das **Bett**, die Bet|ten
bet|teln, sie bet|telt, sie bet|tel|te, sie hat ge|bet|telt
beu|gen, er beugt, er beug|te, er hat ge|beugt
die **Beu|le**, die Beu|len
die **Beu|te**, die Beu|ten
der **Beu|tel**, die Beu|tel
die **Be|völ|ke|rung**, die Be|völ|ke|run|gen
be|vor
be|vor|zu|gen, er be|vor|zugt, er be|vor|zug|te, er hat be|vor|zugt
be|wah|ren, sie be|wahrt, sie be|wahr|te, sie hat be|wahrt
be|we|gen, er be|wegt, er be|weg|te, er hat be|wegt
be|weg|lich, be|weg|li|cher, am be|weg|lichs|ten
die **Be|we|gung**, die Be|we|gun|gen
der **Be|weis**, die Be|wei|se
be|wei|sen, sie be|weist, sie be|wies, sie hat be|wie|sen
be|wir|ken, er be|wirkt, er be|wirk|te, er hat be|wirkt
der **Be|woh|ner**, die Be|woh|ner
die **Be|woh|ne|rin**, die Be|woh|ne|rin|nen

be|wölkt, be|wölk|ter,
am be|wölk|tes|ten
die **Be|wöl|kung**,
die Be|wöl|kun|gen
be|wun|dern, er be|wun|dert,
er be|wun|der|te,
er hat be|wun|dert
be|wusst|los
be|zahl|bar
be|zah|len, er be|zahlt,
er be|zahl|te, er hat be|zahlt
die **Be|zah|lung**,
die Be|zah|lun|gen
be|zau|bernd,
be|zau|bern|der,
am be|zau|bernds|ten

Bi

die **Bi|bel**, die Bi|beln
der **Bi|ber**, die Bi|ber

bie|der, bie|de|rer,
am bie|ders|ten
bie|gen, sie biegt, sie bog,
sie hat ge|bo|gen
bieg|sam, bieg|sa|mer,
am bieg|sams|ten
die **Bie|ne**, die Bie|nen
das **Bier**, die Bie|re
bie|ten, er bie|tet, er bot,
er hat ge|bo|ten
das **Bild**, die Bil|der
der **Bild|schirm**,
die Bild|schir|me

bil|lig, bil|li|ger, am bil|ligs|ten
bin|den, sie bin|det, sie band,
sie hat ge|bun|den
der **Bind|fa|den**, die Bind|fä|den
der **Bio|müll**

die **Bir|ke**, die Bir|ken
die **Bir|ne**, die Bir|nen

bis, bis Morgen
bis|her
der **Biss**, die Bis|se
biss|chen, ein bisschen
bit|te, hör bitte auf
die **Bit|te**, die Bit|ten
bit|ten, sie bit|tet, sie bat,
sie hat ge|be|ten
bit|ter, bit|te|rer, am bit|ters|ten

Bl

blank, blan|ker, am blanks|ten
die **Bla|se**, die Bla|sen
bla|sen, er bläst, er blies,
er hat ge|bla|sen
blass, blas|ser, am blas|ses|ten
(auch: bläs|ser,
am bläs|ses|ten)
das **Blatt**, die Blät|ter
blau, blau|er,
am blaus|ten

blau / Blau

Kleinschreibung

mein T-Shirt ist blau
mein blaues T-Shirt
sie malt das Haus blau an
blau gestreift
dunkelblau
hellblau
himmelblau

Großschreibung
das Blau des Himmels
ein tiefes Blau

die **Blau|bee|re**, die Blau|bee|ren
das **Blei**
blei|ben, er bleibt, er blieb, er ist ge|blie|ben
der **Blei|stift**, die Blei|stif|te
der **Blick**, die Bli|cke
bli|cken, sie blickt, sie blick|te, sie hat ge|blickt
blind
der **Blin|de**, die Blin|den
blin|ken, es blinkt, es blink|te, es hat ge|blinkt
blin|zeln, er blin|zelt, er blin|zel|te, er hat ge|blin|zelt
der **Blitz**, die Blit|ze
blitz|ar|tig
blit|zen, du blitzt, es blitzt, es blitz|te, es hat ge|blitzt
blitz|schnell
der **Block**, die Blö|cke
blöd, blö|der, am blö|des|ten
der **Blog**, die Blogs
blog|gen, du bloggst, er bloggt, er blogg|te, er hat ge|bloggt
blond, blon|der, am blon|des|ten
bloß
der (das) **Blue|tooth** (drahtlose Funkverbindung)
blü|hen, es blüht, es blüh|te, es hat ge|blüht
die **Blu|me**, die Blu|men
der **Blu|men|kohl**
das **Blut**
die **Blü|te**, die Blü|ten
blu|ten, er blu|tet, er blu|te|te, er hat ge|blu|tet
blu|tig, blu|ti|ger, am blu|tigs|ten

Bo

der **Bo|den**, die Bö|den
der **Bo|den|see**
der **Bo|gen**, die Bö|gen
die **Boh|ne**, die Boh|nen
boh|ren, sie bohrt, sie bohr|te, sie hat ge|bohrt
der **Boh|rer**, die Boh|rer
der **Bon** (Gutschein, Kassenzettel), die Bons
der (das) **Bon|bon**, die Bon|bons
das **Boot**, die Boo|te
der **Bord|stein**, die Bord|stei|ne
bös|ar|tig, bös|ar|ti|ger, am bös|ar|tigs|ten
bö|se, bö|ser, am bö|ses|ten
bos|haft, bos|haf|ter, am bos|haf|tes|ten
Bos|ni|en-Her|ze|go|wi|na
die **Bot|schaft**, die Bot|schaf|ten
bo|xen, du boxt, er boxt, er box|te, er hat ge|boxt

der **Bo|xer**, die Bo|xer
die **Bo|xe|rin**, die Bo|xe|rin|nen

Br

der **Brand**, die Brän|de
Bran|den|burg
brand|neu
bra|ten, sie brät, sie briet, sie hat ge|bra|ten
der **Bra|ten**, die Bra|ten
brau|chen, er braucht, er brauch|te, er hat ge|braucht
das **Brauch|tum**, die Brauch|tü|mer

braun, brau|ner, am brauns|ten

braun / Braun

Kleinschreibung
meine Hose ist braun
meine braune Hose
er malt das Haus braun an
braun gestreift
dunkelbraun
hellbraun
kastanienbraun

Großschreibung
das Braun der Kastanie
ein helles Braun

die **Brau|se**, die Brau|sen
die **Braut**, die Bräu|te
der **Bräu|ti|gam**, die Bräu|ti|ga|me
das **Braut|paar**, die Braut|paa|re
brav, bra|ver, am bravs|ten
bre|chen, es bricht, es brach, es ist ge|bro|chen
der **Brei**, die Breie
breit, brei|ter, am brei|tes|ten
Bre|men
die **Brem|se**, die Brem|sen
brem|sen, er bremst, er brems|te, er hat ge|bremst
brenn|bar
bren|nen, es brennt, es brann|te, es hat ge|brannt
bren|nend
die **Brenn|nes|sel**, die Brenn|nes|seln
der **Brenn|stoff**, die Brenn|stof|fe
das **Brett**, die Bret|ter
die **Bre|zel**, die Bre|zeln

der **Brief**, die Brie|fe
die **Brief|mar|ke**, die Brief|mar|ken
die **Bril|le**, die Bril|len
brin|gen, sie bringt, sie brach|te, sie hat ge|bracht
die **Bri|se**, die Bri|sen
der **Broc|co|li** = Brokkoli
der **Brok|ko|li** = Broccoli
die **Brom|bee|re**, die Brom|bee|ren
das **Brot**, die Bro|te
das **Bröt|chen**, die Bröt|chen
der **Brot|laib**, die Brot|lai|be
der **Brow|ser**, die Brow|ser
der **Bruch**, die Brü|che
die **Brü|cke**, die Brü|cken
der **Bru|der**, die Brü|der
die **Brü|he**, die Brü|hen
brü|hen, er brüht, er brüh|te, er hat ge|brüht
brül|len, sie brüllt, sie brüll|te, sie hat ge|brüllt
brum|men, er brummt, er brumm|te, er hat ge|brummt
der **Brun|nen**, die Brun|nen
die **Brust**, die Brüs|te
brü|ten, sie brü|tet, sie brü|te|te, sie hat ge|brü|tet

Bu

der **Bub** (auch: der Bu|be), die Bu|ben
das **Buch**, die Bü|cher
die **Bu|che**, die Bu|chen

die **Bü|che|rei**, die Bü|che|rei|en
die **Büch|se**, die Büch|sen

A B C D E F G H I J K L M N O P Qu R S T U V W X Y Z

der **Buch|sta|be**, die Buch|sta|ben
buch|sta|bie|ren, er buch|sta|biert, er buch|sta|bier|te, er hat buch|sta|biert
die **Bucht**, die Buch|ten
sich **bü|cken**, sie bückt sich, sie bück|te sich, sie hat sich ge|bückt
bud|deln, er bud|delt, er bud|del|te, er hat ge|bud|delt
die **Bu|de**, die Bu|den
der **Büf|fel**, die Büf|fel
der **Bü|gel**, die Bü|gel
bü|geln, sie bü|gelt, sie bü|gel|te, sie hat ge|bü|gelt
die **Büh|ne**, die Büh|nen
Bul|ga|ri|en
der **Bul|gur** (Hartweizen)
der **Bul|le**, die Bul|len
bum|meln, sie bum|melt, sie bum|mel|te, sie hat ge|bum|melt (auch: sie ist ge|bum|melt)
das **Bun|des|land**, die Bun|des|län|der
die **Bun|des|li|ga**, die Bun|des|li|gen
bunt, bun|ter, am bun|tes|ten
der **Bunt|stift**, die Bunt|stif|te
die **Burg**, die Bur|gen
der **Bur|ger** (besonders belegtes Brötchen), die Bur|ger
der **Bür|ger**, die Bür|ger
die **Bür|ge|rin**, die Bür|ge|rin|nen
der **Bür|ger|meis|ter**, die Bür|ger|meis|ter
die **Bür|ger|meis|te|rin**, die Bür|ger|meis|te|rin|nen
der **Bür|ger|steig**, die Bür|ger|stei|ge
das **Bür|ger|tum**
das **Bü|ro**, die Bü|ros
die **Bü|ro|klam|mer**, die Bü|ro|klam|mern

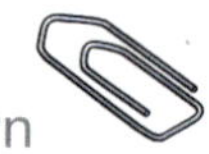

die **Bürs|te**, die Bürs|ten
bürs|ten, er bürs|tet, er bürs|te|te, er hat ge|bürs|tet
der **Bus**, die Bus|se
der **Busch**, die Bü|sche
bu|schig, bu|schi|ger, am bu|schigs|ten
der **Bus|fah|rer**, die Bus|fah|rer
die **Bus|fah|re|rin**, die Bus|fah|re|rin|nen
der **Bus|sard**, die Bus|sar|de
die **But|ter**

By

das **Byte** (Maß für elektronische Daten), die Bytes (auch: die Byte)

C c

Ca

das **Ca|brio** (auch: Cab|rio), die Ca|bri|os

das **Ca|fé**, die Ca|fés
das **Cam|ping**
der **Cam|ping|platz**, die Cam|ping|plä|tze

Cd

die **CD** (Compact Disc), die CDs
der **CD-Play|er** (auch: CD-Pla|yer), die CD-Play|er

Ce

das **Cel|lo**, die Cel|los (auch: die Cel|li)
Cel|si|us [C]
der **Cent** [ct], die Cent(s)

Ch

das **Cha|mä|le|on**, die Cha|mä|le|ons

der **Cham|pi|gnon** (auch: Cham|pig|non), die Cham|pi|gnons
die **Chan|ce**, die Chan|cen
das **Cha|os**
cha|o|tisch, cha|o|ti|scher, am cha|o|tischs|ten
chat|ten, er chat|tet, er chat|te|te, er hat ge|chat|tet
der **Chef**, die Chefs
die **Che|fin**, die Che|fin|nen
der **Chiem|see**
Chi|na
der **Chip**, die Chips
der **Chor**, die Chö|re
der **Christ**, die Chris|ten
das **Chris|ten|tum**
die **Chris|tin**, die Chris|tin|nen
das **Christ|kind**

Ci

cir|ca [ca.] = zirka
der **Cir|cus**, die Cir|cus|se = Zirkus
die **Ci|ty**, die Ci|tys

Cl

cle|ver (klug), cle|ve|rer, am cle|vers|ten
die **Cloud** (Netzwerk für Speicherkapazität), die Clouds
der **Clown**, die Clowns
die **Clow|nin**, die Clow|nin|nen

Cm

cm (Abkürzung für: Zentimeter)

Co

das **Cock|pit**, die Cock|pits
der **Code**, die Codes = Kode
die (das) **Co|la**, die Co|las
der **Co|mic**, die Co|mics
der **Com|pu|ter**, die Com|pu|ter
der **Con|tai|ner**, die Con|tai|ner
cool, coo|ler, am cools|ten
die **Corn|flakes**
die **Couch**, die Couchs (auch: die Cou|chen)

der **Cou|sin**, die Cou|sins
die **Cou|si|ne**, die Cou|si|nen = Kusine
das **Co|ver**, die Co|ver

Cr

die **Creme**, die Cremes = Crème
die **Crème**, die Crèmes = Creme
das **Crois|sant** (Hörnchen), die Crois|sants

Cu

die **Cur|ry|wurst**, die Cur|ry|würs|te
der **Cur|sor**, die Cur|sor (auch: die Cur|sors)

D d

Da

da
da|bei
das **Dach**, die Dä|cher

der **Dachs**, die Dach|se
der **Da|ckel**, die Da|ckel
da|durch
da|für
da|ge|gen
da|heim
da|hin
da|hin|ten
da|mals
die **Da|me**, die Da|men
da|mit
däm|lich, däm|li|cher, am däm|lichs|ten
der **Damm**, die Däm|me
die **Däm|me|rung**, die Däm|me|run|gen
der **Dampf**, die Dämp|fe
damp|fen, es dampft, es damp|fte, es hat ge|dampft
der **Damp|fer**, die Damp|fer

da|nach
da|ne|ben
Dä|ne|mark
der **Dank**, vielen Dank
dank|bar, dank|ba|rer, am dank|bars|ten
dan|ke, danke schön
dan|ken, er dankt, er dank|te, er hat ge|dankt
dann
dar|an (auch: da|ran)
dar|auf (auch: da|rauf)
dar|auf|se|tzen (auch: da|rauf|set|zen), er setzt dar|auf, er setz|te dar|auf, er hat dar|auf|ge|setzt
dar|aus (auch: da|raus)
dar|in (auch: da|rin)
dar|in|nen (auch: da|rin|nen)
dar|ü|ber (auch: da|rü|ber)
dar|um (auch: da|rum)
dar|un|ter (auch: da|run|ter)
das
dass

> **das / dass**
>
> **das (Artikel)**
> Ich treffe das Kind.
> Du gehst in das Haus.
> Ich glaube das (auch: dies) nicht.
> Er nimmt das Rad, das (auch: welches) dort steht.
>
> **dass (Bindewort)**
> Ich glaube, dass es schneien wird.
> Ich vermute, dass du bald gesund wirst.

die **Da|tei**, die Da|tei|en
der **Da|ten|schutz**
das **Da|tum**, die Da|ten
dau|er|haft, dau|er|haf|ter, am dau|er|haf|tes|ten

dau|ern, es dau|ert,
es dau|er|te,
es hat ge|dau|ert

der **Dau|men**, die Dau|men

da|von

da|vor

da|zu

da|zwi|schen

De

die **De|cke**, die De|cken

de|cken, sie deckt, sie deck|te,
sie hat ge|deckt

deh|nen, er dehnt, er dehn|te,
er hat ge|dehnt

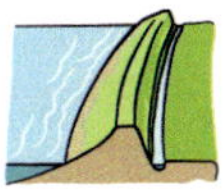

der **Deich**, die Dei|che

dein

dei|ne

dei|nem

dei|nen

dei|ner

dei|nes

de|ko|rie|ren, sie de|ko|riert,
sie de|ko|rier|te,
sie hat de|ko|riert

der **Del|fin**, die Del|fi|ne
= Delphin

der **Del|phin**, die Del|phi|ne
= Delfin

dem

die **De|mo|kra|tie**,
die De|mo|kra|ti|en

de|mons|trie|ren
(auch: de|monst|rie|ren),
er de|mons|triert,
er de|mons|trier|te,
er hat de|mons|triert

den, er sieht den Mond

de|nen

denk|bar

den|ken, sie denkt, sie dach|te,
sie hat ge|dacht

das **Denk|mal**,
die Denk|mä|ler
(auch: die Denk|ma|le)

denk|wür|dig, denk|wür|di|ger,
am denk|wür|digs|ten

denn, sie hat frei, denn es sind
Ferien

der

de|ren

der|sel|be

des

des|halb

des|sen

des|we|gen

das **De|tail**, die De|tails

der **De|tek|tiv**, die De|tek|ti|ve

die **De|tek|ti|vin**,
die De|tek|ti|vin|nen

deut|lich,
deut|li|cher, am deut|lichs|ten

deutsch

das **Deutsch**

deutsch / Deutsch

Kleinschreibung
die deutsche Sprache
sie spricht deutsch (nicht
spanisch)

Großschreibung
etwas auf Deutsch sagen
er spricht (gutes) Deutsch
sie hat in Deutsch geschrieben

der **Deut|sche**, die Deut|schen
die **Deut|sche**, die Deut|schen
Deutsch|land
der **De|zem|ber**
der **De|zi|me|ter** [dm],
die De|zi|me|ter

Di

das **Dia|gramm**, die Dia|gram|me
der **Dia|lekt** (Redeweise),
die Dia|lek|te
dich
dicht, dich|ter, am dich|tes|ten
dich|ten, er dich|tet,
er dich|te|te, er hat ge|dich|tet
der **Dich|ter**, die Dich|ter
die **Dich|te|rin**, die Dich|te|rin|nen
dick, di|cker, am dicks|ten
die
der **Dieb**, die Die|be
die **Die|bin**, die Die|bin|nen
die **Die|le**, die Die|len
die|nen, es dient, es dien|te,
es hat ge|dient
der **Diens|tag**,
die Diens|ta|ge
diens|tags

Dienstag / dienstags

Großschreibung
der Dienstag
am Dienstag
am Dienstagmorgen

Kleinschreibung
dienstags
dienstagabends

dies
die|se
die|sem
die|sen
die|ser
die|ses
die **Dif|fe|renz**, die Dif|fe|ren|zen
di|gi|tal
die **Di|gi|tal|ka|me|ra**,
die Di|gi|tal|ka|me|ras
das **Dik|tat**, die Dik|ta|te
dik|tie|ren, sie dik|tiert,
sie dik|tier|te,
sie hat dik|tiert
das **Ding**, die Din|ge
das **Dings**, die Din|ger
der **Di|no|sau|ri|er**,
die Di|no|sau|ri|er
dir
di|rekt
der **Di|rek|tor**, die Di|rek|to|ren
die **Di|rek|to|rin**,
die Di|rek|to|rin|nen
der **Di|ri|gent**, die Di|ri|gen|ten
die **Di|ri|gen|tin**,
die Di|ri|gen|tin|nen
die **Dis|kus|si|on**
(Meinungsaustausch),
die Dis|kus|si|o|nen
dis|ku|tie|ren, er dis|ku|tiert,
er dis|ku|tier|te,
er hat dis|ku|tiert
das **Dis|play**, die Dis|plays
die **Dis|tel**, die Dis|teln
di|vi|die|ren, sie di|vi|diert,
sie di|vi|dier|te,
sie hat di|vi|diert
die **Di|vi|si|on**, die Di|vi|si|o|nen

Dm

dm (Abkürzung für: Dezimeter)

Do

doch

der **Docht**, die Doch|te

der **Dok|tor**, die Dok|to|ren

die **Dok|to|rin**, die Dok|to|rin|nen

doll, dol|ler, am dolls|ten

der **Dom**, die Do|me

der **Domp|teur** (Tierbändiger), die Domp|teu|re

die **Domp|teu|rin** (Tierbändigerin), die Domp|teu|rin|nen

die **Do|nau**

der **Dö|ner**, die Dö|ner

der **Don|ner**, die Don|ner

don|nern, es don|nert, es don|ner|te, es hat ge|don|nert

der **Don|ners|tag**, die Don|ners|ta|ge

don|ners|tags

Donnerstag / donnerstags

Großschreibung

der Donnerstag

am Donnerstag

am Donnerstagmorgen

Kleinschreibung

donnerstags

donnerstagabends

doof, doo|fer, am doofs|ten

dop|pelt

das **Dorf**, die Dör|fer

der **Dorn**, die Dor|nen

der **Dorsch**, die Dor|sche

dort

die **Do|se**, die Do|sen

down|loa|den (herunterladen), sie down|loa|det, sie down|loa|de|te, sie hat down|ge|loa|det

Dr

der **Dra|che** (Tier), die Dra|chen

der **Dra|chen** (Spielzeug), die Dra|chen

der **Draht**, die Dräh|te

dran (daran)

der **Drang**, die Drän|ge

drän|geln, er drän|gelt, er drän|gel|te, er hat ge|drän|gelt

drän|gen, sie drängt, sie dräng|te, sie hat ge|drängt

drauf (darauf)

drauf|gän|ge|risch, drauf|gän|ge|ri|scher, am drauf|gän|ge|rischs|ten

drau|ßen

der **Dreck**

dre|ckig, dre|cki|ger, am dre|ckigs|ten

das **Dreh|buch**, die Dreh|bü|cher

dre|hen, er dreht, er dreh|te, er hat ge|dreht

die **Dre|hung**, die Dre|hun|gen

A B C D E F G H I J K L M N O P Qu R S T U V W X Y Z

drei

drei / Drei

Kleinschreibung
drei Jahre alt
es ist halb drei
drei mal vier
der dreijährige Junge
der 3-jährige Junge
dreimal
3-mal

Großschreibung
die Zahl Drei
eine Drei schreiben
eine Drei im Zeugnis

das **Drei|eck**, die Drei|ecke
drei|mal
drei|ßig
die **Drei|vier|tel|stun|de**, die Drei|vier|tel|stun|den
drei|zehn
Dres|den
drin (darin)
drin|gend, drin|gen|der, am drin|gends|ten
drin|nen
drit|te
drit|tens
dro|hen, er droht, er droh|te, er hat ge|droht
die **Droh|ne**, die Droh|nen
dröh|nen, es dröhnt, es dröhn|te, es hat ge|dröhnt
die **Dro|hung**, die Dro|hun|gen
das **Dro|me|dar**, die Dro|me|da|re
drü|ben
drü|ber (darüber)
der **Druck**, die Dru|cke
dru|cken, sie druckt, sie druck|te, sie hat ge|druckt
drü|cken, er drückt, er drück|te, er hat ge|drückt
der **Dru|cker**, die Dru|cker

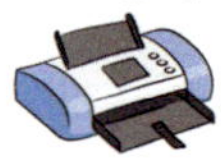

drun|ter (darunter)

Ds

der **Dschun|gel**, die Dschun|gel

Du

du
der **Duft**, die Düf|te
dumm, düm|mer, am dümms|ten
die **Dumm|heit**, die Dumm|hei|ten
die **Dü|ne**, die Dü|nen
dun|kel, dunk|ler, am dun|kels|ten
dun|kel|grün
die **Dun|kel|heit**
dünn, dün|ner, am dünns|ten
durch
durch|aus
durch|ein|an|der (auch: durch|ei|nan|der)
das **Durch|ein|an|der** (auch: Durch|ei|nan|der)
durch|füh|ren, sie führt durch, sie führ|te durch, sie hat durch|ge|führt

der **Durch|gang**, die Durch|gän|ge
durch|le|sen, er liest durch, er las durch, er hat durch|ge|le|sen
der **Durch|mes|ser**, die Durch|mes|ser
der **Durch|schnitt**, die Durch|schnit|te
durch|schnitt|lich
durch|sich|tig
dür|fen, sie darf, sie durf|te, sie hat ge|durft
dürr, dür|rer, am dürrs|ten
der **Durst**
durs|tig, durs|ti|ger, am durs|tigs|ten
die **Du|sche**, die Du|schen
du|schen, du duschst, er duscht, er dusch|te, er hat ge|duscht
die **Dü|se**, die Dü|sen
Düs|sel|dorf

Dv

die **DVD** (digital versatile disc), die DVDs

Dy

der **Dy|na|mo**, die Dy|na|mos

E e

Ea

das **E-Au|to** (Elektroauto), die E-Au|tos

Eb

die **Eb|be**, die Eb|ben
eben
eben|falls
eben|so
das **E-Bike** (Elektrofahrrad), die E-Bikes
das **E-Book** (elektronisches Buch), die E-Books

Ec

das **Echo**, die Echos
die **Ech|se**, die Ech|sen

echt
die **Ecke**, die Ecken
eckig

Ed

edel, ed|ler, am edels|ten

Ef

der **Ef|fekt**, die Ef|fek|te

Eg

egal
ego|is|tisch, ego|is|ti|scher, am ego|is|tischs|ten

Eh

ehe, noch ehe sie kam
die **Ehe** (Lebensbund), die Ehen
das **Ehe|paar**, die Ehe|paa|re
die **Eh|re**
ehr|gei|zig, ehr|gei|zi|ger, am ehr|gei|zigs|ten
ehr|lich, ehr|li|cher, am ehr|lichs|ten
die **Ehr|lich|keit**

Ei

das **Ei**, die Ei|er

die **Ei|che**, die Ei|chen

die **Ei|chel**, die Ei|cheln

das **Eich|hörn|chen**, die Eich|hörn|chen

die **Ei|dech|se**, die Ei|dech|sen

eif|rig, ei|fri|ger, am ei|frigs|ten

ei|gen

die **Ei|gen|schaft**, die Ei|gen|schaf|ten

ei|gent|lich

das **Ei|gen|tum**

die **Ei|le**

ei|len, sie eilt, sie eil|te, sie ist ge|eilt

ei|lig, ei|li|ger, am ei|ligs|ten

der **Ei|mer**, die Ei|mer

ein

ein|an|der (auch: ei|nan|der)

die **Ein|bahn|stra|ße**, die Ein|bahn|stra|ßen

ein|bre|chen, er bricht ein, er brach ein, er ist ein|ge|bro|chen

der **Ein|bre|cher**, die Ein|bre|cher

die **Ein|bre|che|rin**, die Ein|bre|che|rin|nen

ein|cre|men, sie cremt ein, sie crem|te ein, sie hat ein|ge|cremt

ei|ne

ei|nem

ei|nen

ei|ner

der **Ei|ner**, die Ei|ner

ei|nes

ein|fach, ein|fa|cher, am ein|fachs|ten

die **Ein|fahrt**, die Ein|fahr|ten

der **Ein|fall**, die Ein|fäl|le

ein|fal|len, es fällt ein, es fiel ein, es ist ein|ge|fal|len

ein|fär|ben, er färbt ein, er färb|te ein, er hat ein|ge|färbt

ein|fü|gen, sie fügt ein, sie füg|te ein, sie hat ein|ge|fügt

ein|fül|len, er füllt ein, er füll|te ein, er hat ein|ge|füllt

ein|ge|ben, sie gibt ein, sie gab ein, sie hat ein|ge|ge|ben

ein|ge|hen, er geht ein, er ging ein, er hat ein|ge|gan|gen

ein|gie|ßen, sie gießt ein, sie goss ein, sie hat ein|ge|gos|sen

ein|hun|dert

ei|ni|ge

sich **ei|ni|gen**, er ei|nigt sich, er ei|nig|te sich, er hat sich ge|ei|nigt

ein|kau|fen, sie kauft ein, sie kauf|te ein, sie hat ein|ge|kauft

ein|la|den, er lädt ein, er lud ein, er hat ein|ge|la|den

die **Ein|la|dung**, die Ein|la|dun|gen

die **Ein|lei|tung**, die Ein|lei|tun|gen

sich **ein|log|gen**, er loggt sich ein, er logg|te sich ein, er hat sich ein|ge|loggt

ein|mal
ein|neh|men, sie nimmt ein, sie nahm ein, sie hat ein|ge|nom|men
ein|pa|cken, er packt ein, er pack|te ein, er hat ein|ge|packt
ein|rich|ten, sie rich|tet ein, sie rich|te|te ein, sie hat ein|ge|rich|tet
eins

eins / Eins

Kleinschreibung
ein Jahr alt
es ist halb eins
ein mal vier
der einjährige Junge
der 1-jährige Junge
einmal
1-mal

Großschreibung
die Zahl Eins
eine Eins schreiben
eine Eins im Zeugnis
viele Einsen

ein|sam, ein|sa|mer, am ein|sams|ten
die **Ein|sam|keit**
der **Ein|satz**, die Ein|sät|ze
ein|schla|fen, er schläft ein, er schlief ein, er ist ein|ge|schla|fen
ein|schließ|lich
das **Ein|schrei|ben**, die Ein|schrei|ben
ein|schüch|tern, sie schüch|tert ein, sie schüch|ter|te ein, sie hat ein|ge|schüch|tert
ein|spa|ren, sie spart ein, sie spar|te ein, sie hat ein|ge|spart
ein|ste|cken, er steckt ein, er steck|te ein, er hat ein|ge|steckt
ein|stei|gen, sie steigt ein, sie stieg ein, sie ist ein|ge|stie|gen
ein|stel|lig
der **Ein|sturz**, die Ein|stür|ze
ein|tau|send
ein|ver|stan|den
ein|wer|fen, er wirft ein, er warf ein, er hat ein|ge|wor|fen
der **Ein|woh|ner**, die Ein|woh|ner
die **Ein|woh|ne|rin**, die Ein|woh|ne|rin|nen
die **Ein|zahl**
ein|zah|len, sie zahlt ein, sie zahl|te ein, sie hat ein|ge|zahlt
die **Ein|zah|lung**, die Ein|zah|lun|gen
ein|zeln
ein|zel|ne
ein|zel|nen
ein|zi|ge
das **Eis**
der **Eis|bär**, die Eis|bä|ren

die **Eis|die|le**, die Eis|die|len
das **Ei|sen**
das **Eis|ho|ckey**
das **Ei|weiß**, die Ei|wei|ße

Ek

sich **ekeln**, er ekelt sich,
er ekel|te sich,
er hat sich ge|ekelt
ek|lig (auch: eke|lig),
ek|li|ger, am ek|ligs|ten

El

die **El|be**
der **Elch**, die El|che
der **Ele|fant**, die Ele|fan|ten
elek|trisch (auch: elekt|risch)
elf

elf / Elf

Kleinschreibung
elf Jahr alt
es ist halb elf
elf mal vier
das elfjährige Mädchen
das 11-jährige Mädchen
elfmal
11-mal

Großschreibung
die Zahl Elf
die Elf (Fußballteam)

die **El|fe**, die El|fen
die **Els|ter**,
die Els|tern
die **El|tern**

Em

die **E-Mail** (elektronische Post),
die E-Mails
der **Em|bryo** (auch: Emb|ryo),
die Em|bry|o|nen
(auch: die Em|bry|os)
das **Emo|ji**, die Emo|jis

emo|ti|o|nal,
emo|ti|o|na|ler,
am emo|ti|o|nals|ten
der **Emp|fang**, die Emp|fän|ge
emp|fan|gen, sie emp|fängt,
sie emp|fing,
sie hat emp|fan|gen
der **Emp|fän|ger**, die Emp|fän|ger
die **Emp|fän|ge|rin**,
die Emp|fän|ge|rin|nen
emp|feh|len, er emp|fiehlt,
er emp|fahl, er hat emp|foh|len
die **Emp|feh|lung**,
die Emp|feh|lun|gen
emp|fin|den, er emp|fin|det,
er emp|fand,
er hat emp|fun|den
emp|find|lich, emp|find|li|cher,
am emp|find|lichs|ten
die **Emp|find|lich|keit**,
die Emp|find|lich|kei|ten
em|pört
die **Em|pö|rung**, die Em|pö|run|gen

En

das **En|de**, die En|den
en|den, es en|det, es en|de|te,
es hat ge|en|det
das **End|er|geb|nis**,
die End|er|geb|nis|se
end|gül|tig

end|lich
end|los
der **End|punkt**, die End|punk|te
das **End|spiel**, die End|spie|le
der **End|spurt**, die End|spurts (auch: die End|spur|te)
die **End|sta|ti|on**, die End|sta|ti|o|nen
die **En|dung**, die En|dun|gen
die **Ener|gie**, die Ener|gi|en
eng, en|ger, am engs|ten
der **En|gel**, die En|gel

eng|lisch
der **En|kel**, die En|kel
die **En|ke|lin**, die En|ke|lin|nen
ent|de|cken, sie ent|deckt, sie ent|deck|te, sie hat ent|deckt
die **En|te**, die En|ten
ent|fer|nen, sie ent|fernt, sie ent|fern|te, sie hat ent|fernt
ent|fernt
die **Ent|fer|nung**, die Ent|fer|nun|gen
ent|füh|ren, er ent|führt, er ent|führ|te, er hat ent|führt
ent|ge|gen
ent|geg|nen, sie ent|geg|net, sie ent|geg|ne|te, sie hat ent|geg|net
ent|glei|sen, er ent|gleist, er ent|gleis|te, er ist ent|gleist
ent|kom|men, sie ent|kommt, sie ent|kam, sie ist ent|kom|men
ent|lang
die **Ent|schä|di|gung**, die Ent|schä|di|gun|gen
ent|schei|den, er ent|schei|det, er ent|schied, er hat ent|schie|den
sich **ent|schlie|ßen**, sie ent|schließt sich, sie ent|schloss sich, sie hat sich ent|schlos|sen
ent|schlüs|seln, sie ent|schlüs|selt, sie ent|schlüs|sel|te, sie hat ent|schlüs|selt
sich **ent|schul|di|gen**, er ent|schul|digt sich, er ent|schul|dig|te sich, er hat sich ent|schul|digt
die **Ent|schul|di|gung**, die Ent|schul|di|gun|gen
das **Ent|set|zen**
ent|setz|lich, ent|setz|li|cher, am ent|setz|lichs|ten
ent|sor|gen, sie ent|sorgt, sie ent|sorg|te, sie hat ent|sorgt
sich **ent|span|nen**, er ent|spannt sich, er ent|spann|te sich, er hat sich ent|spannt
die **Ent|span|nung**
ent|ste|hen, es ent|steht, es ent|stand, es ist ent|stan|den
ent|täu|schen, du ent|täuschst, sie ent|täuscht, sie ent|täusch|te, sie hat ent|täuscht
ent|we|der
ent|wer|fen, sie ent|wirft, sie ent|warf, sie hat ent|wor|fen

A B C D E F G H I J K L M N O P Qu R S T U V W X Y Z

ent|wi|ckeln, er ent|wi|ckelt,
er ent|wi|ckelte,
er hat ent|wi|ckelt

die **Ent|wick|lung**,
die Ent|wick|lun|gen

ent|zif|fern, sie ent|zif|fert,
sie ent|zif|fer|te,
sie hat ent|zif|fert

ent|zün|den, er ent|zün|det,
er ent|zün|de|te,
er hat ent|zün|det

Er

er

das **Er|be**

er|beu|ten, er er|beu|tet,
er er|beu|te|te, er hat er|beu|tet

die **Erb|schaft**, die Erb|schaf|ten

die **Erb|se**, die Erb|sen

die **Erd|bee|re**, die Erd|bee|ren

die **Er|de**

die **Erd|er|wär|mung**,
die Erd|er|wär|mun|gen

das **Erd|ge|schoss**,
die Erd|ge|schos|se

die **Erd|nuss**,
die Erd|nüs|se

der **E-Rea|der** (elektronisches
Lesegerät), die E-Rea|der

sich **er|eig|nen**, es er|eig|net sich,
es er|eig|ne|te sich,
es hat sich er|eig|net

das **Er|eig|nis**, die Er|eig|nis|se

er|eig|nis|reich,
er|eig|nis|rei|cher,
am er|eig|nis|reichs|ten

er|fah|ren, sie er|fährt,
sie er|fuhr, sie hat er|fah|ren

er|fin|den, er er|fin|det,
er er|fand, er hat er|fun|den

die **Er|fin|dung**, die Er|fin|dun|gen

der **Er|folg**, die Er|fol|ge

er|folg|reich, er|folg|rei|cher,
am er|folg|reichs|ten

er|for|schen, sie er|forscht,
sie er|forsch|te,
sie hat er|forscht

er|fül|len, er er|füllt, er er|füll|te,
er hat er|füllt

Er|furt

er|gän|zen, er er|gänzt,
er er|gänz|te, er hat er|gänzt

die **Er|gän|zung**,
die Er|gän|zun|gen

das **Er|geb|nis**, die Er|geb|nis|se

er|grei|fen, sie er|greift,
sie er|griff, sie hat er|grif|fen

er|hal|ten, er er|hält, er er|hielt,
er hat er|hal|ten

er|hel|len, sie er|hellt,
sie er|hell|te,
sie hat er|hellt

sich **er|ho|len**, sie er|holt sich,
sie er|hol|te sich,
sie hat sich er|holt

die **Er|ho|lung**

sich **er|in|nern**, er er|in|nert sich,
er er|in|ner|te sich,
er hat sich er|in|nert

die **Er|in|ne|rung**,
die Er|in|ne|run|gen

er|käl|tet

die **Er|käl|tung**, die Er|käl|tun|gen

er|ken|nen, sie er|kennt,
sie er|kann|te, sie hat er|kannt

die **Er|kennt|nis**, die Er|kennt|nis|se

er|klä|ren, sie er|klärt, sie er|klär|te, sie hat er|klärt
die **Er|klä|rung**, die Er|klä|run|gen
er|kran|ken, er er|krankt, er er|krank|te, er ist er|krankt
sich **er|kun|di|gen**, sie er|kun|digt sich, sie er|kun|dig|te sich, sie hat sich er|kun|digt
er|lau|ben, er er|laubt, er er|laub|te, er hat er|laubt
die **Er|laub|nis**, die Er|laub|nis|se
er|le|ben, sie er|lebt, sie er|leb|te, sie hat er|lebt
das **Er|leb|nis**, die Er|leb|nis|se
er|le|di|gen, sie er|le|digt, sie er|le|dig|te, sie hat er|le|digt
er|leich|tert
er|ler|nen, er er|lernt, er er|lern|te, er hat er|lernt
er|mah|nen, sie er|mahnt, sie er|mahn|te, sie hat er|mahnt
er|mun|tern, sie er|mun|tert, sie er|mun|ter|te, sie hat er|mun|tert
er|näh|ren, er er|nährt, er er|nähr|te, er hat er|nährt
die **Er|näh|rung**
ernst, erns|ter, am erns|tes|ten
der **Ernst**
die **Ern|te**, die Ern|ten

ern|ten, sie ern|tet, sie ern|te|te, sie hat ge|ern|tet
er|öff|nen, er er|öff|net, er er|öff|ne|te, er hat er|öff|net
die **Er|öff|nung**, die Er|öff|nun|gen
der **E-Rol|ler** (Elektroroller), die E-Rol|ler

er|ra|ten, sie er|rät, sie er|riet, sie hat er|ra|ten
er|reich|bar, er|reich|ba|rer, am er|reich|bars|ten
er|rei|chen, er er|reicht, er er|reich|te, er hat er|reicht
er|schei|nen, sie er|scheint, sie er|schien, sie ist er|schie|nen
er|schöpft, er|schöpf|ter, am er|schöpf|tes|ten
er|schre|cken, sie er|schreckt, sie er|schrak, sie ist er|schro|cken
er|schro|cken
erst
er|star|ren, sie er|starrt, sie er|starr|te, sie ist er|starrt
er|staun|lich, er|staun|li|cher, am er|staun|lichs|ten
er|staunt, er|staun|ter, am er|staun|tes|ten
ers|te

erste / Erste

Kleinschreibung
die erste Klasse
mein erstes Fahrrad

Großschreibung
als Erste am Ziel
als Erstes will ich ...
der Erste des Monats
Erste Hilfe leisten

ers|tens
ers|ter

er|sti|cken, er er|stickt, er er|stick|te, er ist er|stickt
er|strah|len, sie er|strahlt, sie er|strahl|te, sie ist er|strahlt
er|trin|ken, er er|trinkt, er er|trank, er ist er|trun|ken
er|wach|sen
der **Er|wach|se|ne**, die Er|wach|se|nen
die **Er|wach|se|ne**, die Er|wach|se|nen
er|war|ten, sie er|war|tet, sie er|war|te|te, sie hat er|war|tet
die **Er|war|tung**, die Er|war|tun|gen
er|wi|dern, er er|wi|dert, er er|wi|der|te, er hat er|wi|dert
er|wi|schen, du er|wischst, sie er|wischt, sie er|wisch|te, sie hat er|wischt
er|zäh|len, sie er|zählt, sie er|zähl|te, sie hat er|zählt
die **Er|zäh|lung**, die Er|zäh|lun|gen
er|zeu|gen, er er|zeugt, er er|zeug|te, er hat er|zeugt
der **Er|zie|her**, die Er|zie|her
die **Er|zie|he|rin**, die Er|zie|he|rin|nen

Es

es
der **Esel**, die Esel
ess|bar
es|sen, er isst, er aß, er hat ge|ges|sen
das **Es|sen**, die Es|sen
Est|land

Et

die **Eta|ge** (Stockwerk), die Eta|gen
das **Eti|kett**, die Eti|ket|ten
das **Etui**, die Etu|is

et|wa
et|was

Eu

euch
eu|er
die **Eu|le**, die Eu|len
eu|re
der **Eu|ro** [€], die Eu|ros
Eu|ro|pa
der **Eu|ro|pä|er**, die Eu|ro|pä|er
die **Eu|ro|pä|e|rin**, die Eu|ro|pä|e|rin|nen
eu|ro|pä|isch
der **Eu|ter**, die Eu|ter

Ev

evan|ge|lisch

Ew

ewig
die **Ewig|keit**, die Ewig|kei|ten

Ex

das **Ex|pe|ri|ment** (Versuch), die Ex|pe|ri|men|te
ex|pe|ri|men|tie|ren, sie ex|pe|ri|men|tiert, sie ex|pe|ri|men|tier|te, sie hat ex|pe|ri|men|tiert
der **Ex|per|te** (Fachmann), die Ex|per|ten
die **Ex|per|tin** (Fachfrau), die Ex|per|tin|nen

ex|plo|die|ren, es ex|plo|diert,
es ex|plo|dier|te,
es ist ex|plo|diert

die **Ex|plo|si|on**,
die Ex|plo|si|o|nen

ex|tra (auch: ext|ra)

ex|trem (auch: ext|rem)

F f

Fa

die **Fa|bel**, die Fa|beln

fa|bel|haft, fa|bel|haf|ter,
am fa|bel|haf|tes|ten

die **Fa|brik** (auch: Fab|rik),
die Fa|bri|ken

das **Fach**, die Fä|cher

der **Fa|den**, die Fä|den

fä|hig, fä|hi|ger, am fä|higs|ten

die **Fä|hig|keit**, die Fä|hig|kei|ten

die **Fah|ne**, die Fah|nen

die **Fäh|re**, die Fäh|ren

fah|ren, er fährt, er fuhr,
er ist ge|fah|ren
(auch: er hat ge|fah|ren)

der **Fah|rer**, die Fah|rer

die **Fah|re|rin**, die Fah|re|rin|nen

fah|rig, fah|ri|ger,
am fah|rigs|ten

das **Fahr|rad**, die Fahr|rä|der

der **Fahr|rad|fah|rer**,
die Fahr|rad|fah|rer

die **Fahr|rad|fah|re|rin**,
die Fahr|rad|fah|re|rin|nen

der **Fahr|rad|helm**,
die Fahr|rad|hel|me

die **Fahr|rad|ket|te**,
die Fahr|rad|ket|ten

der **Fahr|rad|stän|der**,
die Fahr|rad|stän|der

der **Fahr|rad|weg**,
die Fahr|rad|we|ge

der **Fahr|schein**, die Fahr|schei|ne

der **Fahr|stuhl**, die Fahr|stüh|le

die **Fahrt**, die Fahr|ten

die **Fähr|te**, die Fähr|ten

fahr|tüch|tig, fahr|tüch|ti|ger,
am fahr|tüch|tigs|ten

das **Fahr|zeug**, die Fahr|zeu|ge

fair (gerecht), fai|rer,
am fairs|ten

der **Fal|ke**, die Fal|ken

der **Fall**, die Fäl|le

die **Fal|le**, die Fal|len

fal|len, sie fällt, sie fiel,
sie ist ge|fal|len

fäl|len, er fällt, er fäll|te,
er hat ge|fällt

fäl|lig

falls

der **Fall|schirm**,
die Fall|schir|me

falsch

das **Falsch|geld**, die Falsch|gel|der

fal|ten, sie fal|tet, sie fal|te|te,
sie hat ge|fal|tet

die **Fa|mi|lie**, die Fa|mi|li|en

fan|gen, er fängt, er fing,
er hat ge|fan|gen

die **Fan|ta|sie**, die Fan|ta|si|en
= Phantasie

fan|ta|sie|los, fan|ta|sie|lo|ser,
am fan|ta|sie|lo|ses|ten
= phantasielos

A B C D E F G H I J K L M N O P Qu R S T U V W X Y Z

fan|ta|sie|voll, fan|ta|sie|vol|ler, am fan|ta|sie|volls|ten = phantasievoll
fan|tas|tisch, fan|tas|ti|scher, am fan|tas|tischs|ten = phantastisch
die **Far|be**, die Far|ben
fär|ben, sie färbt, sie färb|te, sie hat ge|färbt
far|big, far|bi|ger, am far|bigs|ten
der **Fa|sching**, die Fa|schin|ge (auch: die Fa|schings)
die **Fas|nacht**, die Fas|nach|ten = Fastnacht
das **Fass**, die Fäs|ser

fas|sen, sie fasst, sie fass|te, sie hat ge|fasst
fas|sungs|los
fast
fas|ten, er fas|tet, er fas|te|te, er hat ge|fas|tet
die **Fast|nacht**, die Fast|nach|ten = Fasnacht
faul, fau|ler, am fauls|ten
die **Faul|heit**
die **Faust**, die Fäus|te

Fe

der **Fe|bru|ar** (auch: Feb|ru|ar)
die **Fe|der**, die Fe|dern
das **Fe|der|mäpp|chen**, die Fe|der|mäpp|chen
die **Fee**, die Fe|en

fe|gen, er fegt, er feg|te, er hat ge|fegt
feh|len, sie fehlt, sie fehl|te, sie hat ge|fehlt
der **Feh|ler**, die Feh|ler
feh|ler|frei
feh|ler|haft
die **Fei|er**, die Fei|ern
fei|er|lich, fei|er|li|cher, am fei|er|lichs|ten
fei|ern, er fei|ert, er fei|er|te, er hat ge|fei|ert
fei|ge, fei|ger, am feigs|ten
die **Fei|ge**, die Fei|gen
fei|len, sie feilt, sie feil|te, sie hat ge|feilt
fein, fei|ner, am feins|ten
der **Feind**, die Fein|de
die **Fein|din**, die Fein|din|nen
die **Feind|schaft**, die Feind|schaf|ten
das **Feld**, die Fel|der
die **Feld|maus**, die Feld|mäu|se
das **Fell**, die Fel|le
der **Fels** (auch: der Fel|sen), die Fel|sen
das **Fens|ter**, die Fens|ter
die **Fe|ri|en**
das **Fer|kel**, die Fer|kel
fern, fer|ner, am ferns|ten
die **Fern|be|die|nung**, die Fern|be|die|nun|gen
fern|se|hen, er sieht fern, er sah fern, er hat fern|ge|se|hen
der **Fern|se|her**, die Fern|se|her
der **Fern|seh|spot**, die Fern|seh|spots
die **Fer|se**, die Fer|sen
fer|tig
fest, fes|ter, am fes|tes|ten
das **Fest**, die Fes|te

fest|hal|ten, sie hält fest,
sie hielt fest,
sie hat fest|ge|hal|ten
fest|lich, fest|li|cher,
am fest|lichs|ten
die **Fest|plat|te**, die Fest|plat|ten
fest|stel|len, er stellt fest,
er stell|te fest,
er hat fest|ge|stellt
der **Fest|tag**, die Fest|ta|ge
der **Fe|ta** (Schafskäse)
fett, fet|ter, am fet|tes|ten
das **Fett**, die Fet|te
fett|arm, fett|är|mer,
am fett|ärms|ten
fet|tig, fet|ti|ger, am fet|tigs|ten
feucht, feuch|ter,
am feuch|tes|ten
die **Feuch|tig|keit**
das **Feu|er**, die Feu|er
feu|er|spei|end
(auch: Feu|er spei|end)
die **Feu|er|wehr**, die Feu|er|weh|ren
das **Feu|er|werk**,
die Feu|er|wer|ke

Fi

die **Fi|bel**, die Fi|beln
die **Fich|te**, die Fich|ten
das **Fie|ber**
fies, fie|ser, am fie|ses|ten
die **Fi|gur**, die Fi|gu|ren
das **Fi|let** (zartes Fleischstück),
die Fi|lets
der **Film**, die Fil|me
der **Filz|stift**, die Filz|stif|te
fin|den, er fin|det, er fand,
er hat ge|fun|den
der **Fin|ger**, die Fin|ger
der **Fink**, die Fin|ken
Finn|land
die **Fins|ter|nis**, die Fins|ter|nis|se
die **Fir|ma**, die Fir|men
der **Fisch**, die Fi|sche
das **Fisch|bröt|chen**,
die Fisch|bröt|chen
der **Fi|scher**, die Fi|scher
fit, fit|ter, am fit|tes|ten
fix, fi|xer, am fi|xes|ten

Fl

flach, fla|cher, am flachs|ten
die **Flä|che**, die Flä|chen
die **Flag|ge**, die Flag|gen
der **Fla|min|go**,
die Fla|min|gos

die **Flam|me**, die Flam|men
fla|nie|ren, sie fla|niert,
sie fla|nier|te, sie hat fla|niert
die **Fla|sche**, die Fla|schen
flat|tern, er flat|tert,
er flat|ter|te, er ist ge|flat|tert
die **Flau|te**, die Flau|ten
flech|ten, du flichst, sie flicht,
sie flocht, sie hat ge|floch|ten
der **Fleck**, die Fle|cken
fle|ckig, fle|cki|ger,
am fle|ckigs|ten
die **Fle|der|maus**,
die Fle|der|mäu|se

das **Fleisch**
der **Fleiß**
flei|ßig, flei|ßi|ger,
am flei|ßigs|ten
fli|cken, sie flickt, sie flick|te,
sie hat ge|flickt

A B C D E F G H I J K L M N O P Qu R S T U V W X Y Z

die **Flie|ge**,
die Flie|gen

flie|gen, er fliegt, er flog,
er ist ge|flo|gen
flie|hen, sie flieht, sie floh,
sie ist ge|flo|hen
das **Fließ|band**, die Fließ|bän|der
flie|ßen, es fließt, es floss,
es ist ge|flos|sen
flink, flin|ker, am flin|kes|ten
flit|zen, du flitzt, er flitzt,
er flitz|te, er ist ge|flitzt
die **Flo|cke**, die Flo|cken
flo|ckig, flo|cki|ger,
am flo|ckigs|ten
der **Floh**, die Flö|he
der **Floh|markt**, die Floh|märk|te
das **Floß**, die Flö|ße

die **Flos|se**, die Flos|sen
die **Flö|te**, die Flö|ten
flucht|ar|tig
flüch|ten, sie flüch|tet,
sie flüch|te|te,
sie ist ge|flüch|tet
der **Flug**, die Flü|ge
der **Flü|gel**, die Flü|gel
das **Flug|zeug**, die Flug|zeu|ge
flun|kern, er flun|kert,
er flun|ker|te, er hat ge|flun|kert
der **Flur**, die Flu|re
der **Fluss**, die Flüs|se
flüs|sig, flüs|si|ger,
am flüs|sigs|ten
die **Flüs|sig|keit**,
die Flüs|sig|kei|ten
flüs|tern, er flüs|tert,
er flüs|ter|te,
er hat ge|flüs|tert
die **Flut**, die Flu|ten
der **Fly|er**, die Fly|er

Fo

das **Foh|len**, die Foh|len
der **Föhn**, die Föh|ne

föh|nen, er föhnt,
er föhn|te, er hat ge|föhnt
fol|gen, sie folgt, sie folg|te,
sie ist ge|folgt
die **För|de**, die För|den
for|dern, er for|dert,
er for|der|te, er hat ge|for|dert
för|dern, sie för|dert,
sie för|der|te,
sie hat ge|för|dert
die **Fo|rel|le**, die Fo|rel|len
die **Form**, die For|men
das **For|mat**, die For|ma|te
for|ma|tie|ren, sie for|ma|tiert,
sie for|ma|tier|te,
sie hat for|ma|tiert
for|men, er formt, er form|te,
er hat ge|formt
die **For|schung**, die For|schun|gen
der **Förs|ter**, die Förs|ter
die **Förs|te|rin**, die Förs|te|rin|nen
fort
fort|schrei|ben,
er schreibt fort,
er schrieb fort,
er hat fort|ge|schrie|ben
das **Fo|to**, die Fo|tos
fo|to|gra|fie|ren,
sie fo|to|gra|fiert,
sie fo|to|gra|fier|te,
sie hat fo|to|gra|fiert
die **Fo|to|ko|pie**, die Fo|to|ko|pi|en

fo|to|ko|pie|ren, er fo|to|ko|piert, er fo|to|ko|pier|te, er hat fo|to|ko|piert

Fr

die **Fra|ge**, die Fra|gen
fra|gen, er fragt, er frag|te, er hat ge|fragt
sich **fra|gen**, sie fragt sich, sie frag|te sich, sie hat sich ge|fragt
Frank|reich
die **Frau**, die Frau|en
frech, fre|cher, am frechs|ten
die **Frech|heit**, die Frech|hei|ten
frei, frei|er, am frei|es|ten
die **Frei|heit**, die Frei|hei|ten
frei|spre|chen, er spricht frei, er sprach frei, er hat frei|ge|spro|chen
der **Frei|tag**, die Frei|ta|ge
frei|tags

Freitag / freitags

Großschreibung
der Freitag
am Freitag
am Freitagmorgen

Kleinschreibung
freitags
freitagabends

die **Frei|zeit**

fremd, frem|der, am frem|des|ten
fremd|ar|tig, fremd|ar|ti|ger, am fremd|ar|tigs|ten
der **Frem|de**, die Frem|den
die **Frem|de**, die Frem|den
fres|sen, es frisst, es fraß, es hat ge|fres|sen
die **Freu|de**, die Freu|den
freu|dig, freu|di|ger, am freu|digs|ten
freud|los
freud|voll, freud|vol|ler, am freud|volls|ten
sich **freu|en**, er freut sich, er freu|te sich, er hat sich ge|freut
der **Freund**, die Freun|de
die **Freun|din**, die Freun|din|nen
freund|lich, freund|li|cher, am freund|lichs|ten
freund|li|cher|wei|se
die **Freund|lich|keit**, die Freund|lich|kei|ten
die **Freund|schaft**, die Freund|schaf|ten
der **Frie|den** (auch: Frie|de), die Frie|den

fried|lich, fried|li|cher, am fried|lichs|ten
frie|ren, sie friert, sie fror, sie hat ge|fro|ren
frisch, fri|scher, am fri|sches|ten
der **Fri|seur**, die Fri|seu|re = Frisör
die **Fri|seu|rin**, die Fri|seu|rin|nen = Frisörin

A B C D E F G H I J K L M N O P Qu R S T U V W X Y Z

fri|sie|ren, sie fri|siert, sie fri|sier|te, sie hat fri|siert
der **Fri|sör**, die Fri|sö|re = Friseur
die **Fri|sö|rin**, die Fri|sö|rin|nen = Friseurin
froh, fro|her, am fro|hes|ten (auch: am frohs|ten)
fröh|lich, fröh|li|cher, am fröh|lichs|ten
die **Fröh|lich|keit**
der **Front|strah|ler**, die Front|strah|ler
der **Frosch**, die Frö|sche
der **Frost**, die Frös|te
die **Frucht**, die Früch|te
früh, frü|her, am frü|hes|ten (auch: am frühs|ten)
der **Früh|blü|her**, die Früh|blü|her
die **Frü|he**
frü|her
der **Früh|ling**, die Früh|lin|ge
das **Früh|stück**, die Früh|stü|cke
früh|stü|cken, er früh|stückt, er früh|stück|te, er hat ge|früh|stückt
der **Frust**

Fu

der **Fuchs**, die Füch|se
füh|len, sie fühlt, sie fühl|te, sie hat ge|fühlt
der **Füh|ler**, die Füh|ler
füh|ren, er führt, er führ|te, er hat ge|führt
die **Füh|rung**, die Füh|run|gen
die **Ful|da**
fül|len, sie füllt, sie füll|te, sie hat ge|füllt
der **Fül|ler**, die Fül|ler
der **Fund**, die Fun|de
fünf

fünf / Fünf

Kleinschreibung
fünf Jahre alt
es ist halb fünf
fünf mal vier
der fünfjährige Junge
der 5-jährige Junge
fünfmal
5-mal

Großschreibung
die Zahl Fünf
eine Fünf schreiben
eine Fünf im Zeugnis

fünf|mal
fünf|zehn
fünf|zig
der **Funk**
fun|keln, es fun|kelt, es fun|kel|te, es hat ge|fun|kelt
die **Funk|ti|on**, die Funk|ti|o|nen
funk|ti|o|nie|ren, es funk|ti|o|niert, es funk|ti|o|nier|te, es hat funk|ti|o|niert
für
die **Furcht**
furcht|bar, furcht|ba|rer, am furcht|bars|ten

fürch|ten, er fürch|tet,
er fürch|te|te, er hat ge|fürch|tet
furcht|los
furcht|sam, furcht|sa|mer,
am furcht|sams|ten
das **Fürs|ten|tum**,
die Fürs|ten|tü|mer
das **Für|wort**, die Für|wör|ter
der **Fuß**, die Fü|ße
der **Fuß|ball**, die Fuß|bäl|le
der **Fuß|gän|ger**,
die Fuß|gän|ger

die **Fuß|gän|ge|rin**,
die Fuß|gän|ge|rin|nen
die **Fuß|gän|ger|zo|ne**,
die Fuß|gän|ger|zo|nen
das **Fut|ter**
füt|tern, sie füt|tert,
sie füt|ter|te, sie hat ge|füt|tert
das **Fu|tur**, die Fu|tu|re

G g

G

g (Abkürzung für: Gramm)

Ga

die **Ga|bel**, die Ga|beln
gäh|nen, er gähnt, er gähn|te,
er hat ge|gähnt
die **Ga|la|xie**, die Ga|la|xi|en
ga|lop|pie|ren, sie ga|lop|piert,
sie ga|lop|pier|te,
sie hat ga|lop|piert
(auch: sie ist ga|lop|piert)
der **Gang**, die Gän|ge
die **Gang|schal|tung**,
die Gang|schal|tun|gen
die **Gans**, die Gän|se
die **Gän|se|haut**
ganz
gan|ze
gar, gar kein, gar nicht
die **Ga|ra|ge**,
die Ga|ra|gen

die **Gar|di|ne**, die Gar|di|nen
die **Gar|ne|le**, die Gar|ne|len
der **Gar|ten**, die Gär|ten
der **Gärt|ner**, die Gärt|ner
die **Gärt|ne|rin**, die Gärt|ne|rin|nen
das **Gas**, die Ga|se
die **Gas|se**, die Gas|sen
der **Gast**, die Gäs|te
der **Gast|ge|ber**, die Gast|ge|ber
die **Gast|ge|be|rin**,
die Gast|ge|be|rin|nen
der **Gau|men**, die Gau|men

Ge

das **Ge|bäck**, die Ge|bä|cke
das **Ge|bäu|de**, die Ge|bäu|de
ge|ben, er gibt, er gab,
er hat ge|ge|ben
das **Ge|biet**, die Ge|bie|te
das **Ge|bir|ge**,
die Ge|bir|ge

ge|bo|ren, sie ist ge|bo|ren,
sie wur|de ge|bo|ren
ge|brau|chen, er ge|braucht,
er ge|brauch|te,
er hat ge|braucht
die **Ge|bühr**, die Ge|büh|ren
die **Ge|burt**, die Ge|bur|ten
der **Ge|burts|tag**, die Ge|burts|ta|ge

A B C D E F **G** H I J K L M N O P Qu R S T U V W X Y Z

das **Ge|büsch**, die Ge|bü|sche
das **Ge|dächt|nis**, die Ge|dächt|nis|se
der **Ge|dan|ke**, die Ge|dan|ken
ge|dank|lich
ge|den|ken, sie ge|denkt, sie ge|dach|te, sie hat ge|dacht
das **Ge|dicht**, die Ge|dich|te
die **Ge|duld**
ge|dul|dig, ge|dul|di|ger, am ge|dul|digs|ten
die **Ge|fahr**, die Ge|fah|ren
ge|fähr|lich, ge|fähr|li|cher, am ge|fähr|lichs|ten
das **Ge|fäl|le**, die Ge|fäl|le
ge|fal|len, es ge|fällt, es ge|fiel, es hat ge|fal|len
ge|fan|gen
die **Ge|fan|gen|schaft**, die Ge|fan|gen|schaf|ten
das **Ge|fäng|nis**, die Ge|fäng|nis|se
das **Ge|fie|der**, die Ge|fie|der
ge|frä|ßig, ge|frä|ßi|ger, am ge|frä|ßigs|ten
das **Ge|fühl**, die Ge|füh|le
ge|gen
die **Ge|gend**, die Ge|gen|den
ge|gen|ein|an|der (auch: ge|gen|ei|nan|der)
ge|gen|sei|tig
der **Ge|gen|stand**, die Ge|gen|stän|de
ge|gen|über
die **Ge|gen|wart**
der **Geg|ner**, die Geg|ner
die **Geg|ne|rin**, die Geg|ne|rin|nen
ge|häs|sig, ge|häs|si|ger, am ge|häs|sigs|ten

das **Ge|häu|se**, die Ge|häu|se

das **Ge|he|ge**, die Ge|he|ge
ge|heim
das **Ge|heim|nis**, die Ge|heim|nis|se
ge|heim|nis|voll, ge|heim|nis|vol|ler, am ge|heim|nis|volls|ten
ge|hen, er geht, er ging, er ist ge|gan|gen
das **Ge|hirn**, die Ge|hir|ne
ge|hö|ren, es ge|hört, es ge|hör|te, es hat ge|hört
ge|hör|los
ge|hor|sam, ge|hor|sa|mer, am ge|hor|sams|ten
der **Geh|weg**, die Geh|we|ge
die **Gei|ge**, die Gei|gen
der **Geist**, die Geis|ter
der **Geiz**
gei|zig, gei|zi|ger, am gei|zigs|ten
ge|lähmt
das **Ge|län|de**, die Ge|län|de
das **Ge|län|der**, die Ge|län|der
gelb, gel|ber, am gelbs|ten
gelb|lich
das **Geld**, die Gel|der
der **Geld|beu|tel**, die Geld|beu|tel
die **Ge|le|gen|heit**, die Ge|le|gen|hei|ten
das **Ge|lenk**, die Ge|len|ke
ge|lin|gen, es ge|lingt, es ge|lang, es ist ge|lun|gen
gel|ten, du giltst, es gilt, es galt, es hat ge|gol|ten
ge|mäch|lich, ge|mäch|li|cher, am ge|mäch|lichs|ten

das **Ge|mäl|de**, die Ge|mäl|de
ge|mein, ge|mei|ner,
am ge|meins|ten
die **Ge|mein|de**, die Ge|mein|den
ge|mein|sam
die **Ge|mein|sam|keit**,
die Ge|mein|sam|kei|ten
das **Ge|mü|se**,
die Ge|mü|se

ge|müt|lich,
ge|müt|li|cher,
am ge|müt|lichs|ten
die **Ge|müt|lich|keit**
ge|nau, ge|nau|er,
am ge|naus|ten
ge|nau|so

gelb / Gelb

Kleinschreibung
mein Pulli ist gelb
mein gelber Pulli
sie malt die Sonne gelb aus
gelb gestreift
hellgelb
sonnengelb

Großschreibung
das Gelb der Sonne
ein strahlendes Gelb
die Ampel steht auf Gelb
das Gelbe vom Ei

das **Gen|der**
(Geschlechtsidentität),
die Gen|der
gen|dern, er gen|dert,
er gen|der|te, er hat ge|gen|dert

ge|ni|al, ge|ni|a|ler,
am ge|ni|als|ten
ge|nie|ßen, du ge|nießt,
sie ge|nießt, sie ge|noss,
sie hat ge|nos|sen
ge|nug
ge|nü|gen, er ge|nügt,
er ge|nüg|te, er hat ge|nügt
der **Ge|nuss**,
die Ge|nüs|se

das **Ge|päck**
der **Ge|päck|trä|ger**,
die Ge|päck|trä|ger
ge|ra|de = gra|de
ge|ra|de|aus
das **Ge|rät**, die Ge|rä|te
das **Ge|räusch**, die Ge|räu|sche
ge|räusch|arm,
ge|räusch|är|mer,
am ge|räusch|ärms|ten
ge|recht, ge|rech|ter,
am ge|rech|tes|ten
die **Ge|rech|tig|keit**
ge|reizt
gern, ger|ne
die **Gers|te**
der **Ge|ruch**, die Ge|rü|che
das **Ge|rüm|pel**
ge|samt
der **Ge|sang**, die Ge|sän|ge
das **Ge|schäft**, die Ge|schäf|te
ge|sche|hen, es ge|schieht,
es ge|schah, es ist ge|sche|hen
ge|scheit, ge|schei|ter,
am ge|schei|tes|ten
das **Ge|schenk**, die Ge|schen|ke
die **Ge|schich|te**,
die Ge|schich|ten

A B C D E F G H I J K L M N O P Qu R S T U V W X Y Z

A B C D E F G H I J K L M N O P Qu R S T U V W X Y Z

ge|schickt, ge|schick|ter, am ge|schick|tes|ten

ge|schie|den

das **Ge|schirr**, die Ge|schir|re

das **Ge|schlecht**, die Ge|schlech|ter

der **Ge|schmack**, die Ge|schmä|cke

ge|schmack|voll, ge|schmack|vol|ler, am ge|schmack|volls|ten

das **Ge|schrei**

ge|schwind, ge|schwin|der, am ge|schwin|des|ten

die **Ge|schwin|dig|keit**, die Ge|schwin|dig|kei|ten

die **Ge|schwis|ter**

die **Ge|sell|schaft**, die Ge|sell|schaf|ten

das **Ge|setz**, die Ge|set|ze

das **Ge|sicht**, die Ge|sich|ter

das **Ge|spenst**, die Ge|spens|ter

das **Ge|spräch**, die Ge|sprä|che

ge|stal|ten, er ge|stal|tet, er ge|stal|te|te, er hat ge|stal|tet

die **Ge|stal|tung**, die Ge|stal|tun|gen

das **Ge|ständ|nis**, die Ge|ständ|nis|se

ges|tern

ge|streift

ge|sund, ge|sün|der, am ge|sün|des|ten

die **Ge|sund|heit**

das **Ge|tränk**, die Ge|trän|ke

das **Ge|trei|de**

das **Ge|wächs**, die Ge|wäch|se

die **Ge|walt**

ge|wal|tig, ge|wal|ti|ger, am ge|wal|tigs|ten

ge|walt|los

ge|walt|sam, ge|walt|sa|mer, am ge|walt|sams|ten

das **Ge|wäs|ser**, die Ge|wäs|ser

das **Ge|weih**, die Ge|wei|he

das **Ge|wicht**, die Ge|wich|te

der **Ge|winn**, die Ge|win|ne

ge|win|nen, sie ge|winnt, sie ge|wann, sie hat ge|won|nen

ge|wiss

das **Ge|wis|sen**, die Ge|wis|sen

das **Ge|wit|ter**, die Ge|wit|ter

sich **ge|wöh|nen**, er ge|wöhnt sich, er ge|wöhn|te sich, er hat sich ge|wöhnt

die **Ge|wohn|heit**, die Ge|wohn|hei|ten

ge|wöhn|lich, ge|wöhn|li|cher, am ge|wöhn|lichs|ten

das **Ge|würz**, die Ge|wür|ze

die **Ge|zeit**, die Ge|zei|ten

Gi

die **Gier**

gie|ßen, du gießt, sie gießt, sie goss, sie hat ge|gos|sen

die **Gieß|kan|ne**, die Gieß|kan|nen

das **Gift**, die Gif|te

gif|tig, gif|ti|ger, am gif|tigs|ten

das **Gi|ga|byte** [GB] (Maß für elektronische Daten), die Gi|ga|bytes (auch: die Gi|ga|byte)

der **Gip|fel**, die Gip|fel

die **Gi|raf|fe**, die Gi|raf|fen

die **Gi|tar|re**, die Gi|tar|ren
das **Git|ter**, die Git|ter

Gl

der **Glanz**
glän|zen, du glänzt, es glänzt, es glänz|te, es hat ge|glänzt
glän|zend
das **Glas**, die Glä|ser
glä|sern
glas|klar
glatt, glat|ter, am glat|tes|ten
die **Glät|te**
die **Glat|ze**, die Glat|zen
der **Glau|be** (auch: der Glau|ben)
glau|ben, er glaubt, er glaub|te, er hat ge|glaubt
glaub|haft, glaub|haf|ter, am glaub|haf|tes|ten
gläu|big, gläu|bi|ger, am gläu|bigs|ten
gleich
gleich|auf
gleich|gül|tig
das **Gleis**, die Glei|se
der **Glet|scher**, die Glet|scher
das **Glied**, die Glie|der
glit|zern, es glit|zert, es glit|zer|te, es hat ge|glit|zert
der **Glo|bus**, die Glo|ben (auch: die Glo|bus|se)
das **Glöck|chen**, die Glöck|chen
die **Glo|cke**, die Glo|cken
glot|zen, du glotzt, er glotzt, er glotz|te, er hat ge|glotzt
das **Glück**
glück|lich, glück|li|cher, am glück|lichs|ten

der **Glück|wunsch**, die Glück|wün|sche
glü|hen, es glüht, es glüh|te, es hat ge|glüht

Go

das **Gold**
gol|den
der **Gold|fisch**, die Gold|fi|sche
gön|nen, sie gönnt, sie gönn|te, sie hat ge|gönnt
der **Go|ril|la**, die Go|ril|las
der **Gott**, die Göt|ter
die **Göt|tin**, die Göt|tin|nen

Gr

das **Grab**, die Grä|ber
gra|ben, er gräbt, er grub, er hat ge|gra|ben
der **Gra|ben**, die Grä|ben
das **Grad**, die Gra|de
gra|de = gerade
das **Graf|fi|ti**, die Graf|fi|tis
das **Gramm** [g], die Gram|me
das **Gras**, die Grä|ser
der **Gras|hüp|fer**, die Gras|hüp|fer
gräss|lich, gräss|li|cher, am gräss|lichs|ten
die **Gra|tu|la|ti|on**, die Gra|tu|la|ti|o|nen
gra|tu|lie|ren, sie gra|tu|liert, sie gra|tu|lier|te, sie hat gra|tul|iert
grau, grau|er, am graus|ten
das **Grau|en**

A B C D E F G H I J K L M N O P Qu R S T U V W X Y Z

grau|en|haft, grau|en|haf|ter, am grau|en|haf|tes|ten
grau|en|voll, grau|en|vol|ler, am grau|en|volls|ten
gräu|lich
grau|sam, grau|sa|mer, am grau|sams|ten
grei|fen, er greift, er griff, er hat ge|grif|fen
die **Gren|ze**, die Gren|zen
Grie|chen|land
der **Grieß**
der **Griff**, die Grif|fe
der **Grill**, die Grills
die **Gril|le**, die Gril|len

gril|len, sie grillt, sie grill|te, sie hat ge|grillt
grim|mig, grim|mi|ger, am grim|migs|ten
grob, grö|ber, am gröbs|ten
Grön|land
der **Grön|land|wal**, die Grön|land|wa|le
groß, grö|ßer, am größ|ten
Groß|bri|tan|ni|en
die **Grö|ße**, die Grö|ßen
die **Groß|el|tern**
die **Groß|mut|ter**, die Groß|müt|ter
groß|schrei|ben, er schreibt groß, er schrieb groß, er hat groß|ge|schrie|ben
der **Groß|va|ter**, die Groß|vä|ter
groß|zü|gig, groß|zü|gi|ger, am groß|zü|gigs|ten
die **Gru|be**, die Gru|ben
grü|beln, er grü|belt, er grü|bel|te, er hat ge|grü|belt
die **Gruft**, die Grüf|te
grün, grü|ner, am grüns|ten

grün / Grün

Kleinschreibung

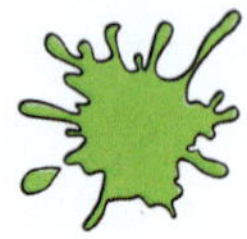

meine Jacke ist grün
meine grüne Jacke
sie malt das Haus grün an
grün gestreift
dunkelgrün
hellgrün
apfelgrün

Großschreibung
das Grün des Waldes
ein leuchtendes Grün
die Ampel steht auf Grün

der **Grund**, die Grün|de
gründ|lich, gründ|li|cher, am gründ|lichs|ten
die **Grund|schu|le**, die Grund|schu|len
die **Grün|dung**, die Grün|dun|gen
die **Grup|pe**, die Grup|pen
gru|se|lig, gru|se|li|ger, am gru|se|ligs|ten
sich **gru|seln**, er gru|selt sich, er gru|selte sich, er hat sich ge|gru|selt
der **Gruß**, die Grü|ße
grü|ßen, du grüßt, sie grüßt, sie grüß|te, sie hat ge|grüßt
Grüß Gott!

Gu

gu|cken, er guckt, er guck|te, er hat ge|guckt
der (das) **Gul|ly**, die Gul|lys
gül|tig
das (der) **Gum|mi**, die Gum|mis
der **Gum|mi|stie|fel**, die Gum|mi|stie|fel
güns|tig, güns|ti|ger, am güns|tigs|ten
die **Gur|ke**, die Gur|ken
der **Gurt**, die Gur|te
der **Gür|tel**, die Gür|tel
gut, bes|ser, am bes|ten
das **Gu|te**
gut|mü|tig, gut|mü|ti|ger, am gut|mü|tigs|ten

Gy

das **Gym|na|si|um**, die Gym|na|si|en
die **Gym|nas|tik**

H h

Ha

das **Haar**, die Haa|re
ha|ben, ich ha|be, du hast, er hat, wir ha|ben, ihr habt, sie ha|ben, er hat|te, sie hat ge|habt
der **Ha|bicht**, die Ha|bich|te
die **Ha|cke**, die Ha|cken
der **Ha|fen**, die Hä|fen
der **Ha|fer**
die **Ha|fer|flo|cke**, die Ha|fer|flo|cken
der **Ha|gel**

der **Hahn**, die Häh|ne
das **Hähn|chen**, die Hähn|chen
der **Hai**, die Haie
hä|keln, er hä|kelt, er hä|kel|te, er hat ge|hä|kelt
der **Ha|ken**, die Ha|ken
halb, hal|be
die **Hälf|te**, die Hälf|ten
die **Hal|le**, die Hal|len
hal|lo
das **Hal|lo|ween**, die Hal|lo|weens
der **Halm**, die Hal|me
der **Hals**, die Häl|se
hal|ten, du hältst, sie hält, sie hielt, sie hat ge|hal|ten
die **Hal|te|stel|le**, die Hal|te|stel|len
die **Hal|tung**, die Hal|tun|gen
Ham|burg
der **Ham|mel**, die Ham|mel
der **Ham|mer**, die Häm|mer
ham|peln, sie ham|pelt, sie ham|pel|te, sie hat ge|ham|pelt
der **Hams|ter**, die Hams|ter

die **Hand**, die Hän|de
der **Hand|ball**, die Hand|bäl|le
han|deln, er han|delt, er han|del|te, er hat ge|han|delt
der **Händ|ler**, die Händ|ler
die **Händ|le|rin**, die Händ|le|rin|nen
die **Hand|lung**, die Hand|lun|gen
das **Hand|tuch**, die Hand|tü|cher
das **Hand|werk**
der **Hand|wer|ker**, die Hand|wer|ker

die **Hand|wer|ke|rin**,
die Hand|wer|ke|rin|nen
das **Han|dy**, die Han|dys
der **Hang**, die Hän|ge
hän|gen, er hängt,
er hing (auch: er häng|te),
er hat ge|han|gen
Han|no|ver
die **Har|ke**, die Har|ken

die **Har|pu|ne**,
die Har|pu|nen
hart, här|ter, am här|tes|ten
der **Harz**
der **Ha|se**, die Ha|sen
der **Hass**
has|sen, er hasst, er hass|te,
er hat ge|hasst
häss|lich, häss|li|cher,
am häss|lichs|ten
has|ten, sie has|tet,
sie has|te|te, sie ist ge|has|tet
has|tig, has|ti|ger,
am has|tigs|ten
hau|en, er haut, er hau|te,
er hat ge|hau|en
der **Hau|fen**, die Hau|fen
häu|fig, häu|fi|ger,
am häu|figs|ten
die **Haupt|schu|le**,
die Haupt|schu|len
die **Haupt|stadt**, die Haupt|städ|te
das **Haus**, die Häu|ser, zu Hause
die **Haus|auf|ga|be**,
die Haus|auf|ga|ben
das **Häus|chen**, die Häus|chen
das **Häus|lein**, die Häus|lein
häus|lich, häus|li|cher,
am häus|lichs|ten
der **Haus|meis|ter**,
die Haus|meis|ter
die **Haus|meis|te|rin**,
die Haus|meis|te|rin|nen
die **Haus|tür**, die Haus|tü|ren
die **Haut**, die Häu|te
die **Ha|vel**

He

der **He|bel**, die He|bel
he|ben, er hebt, er hob,
er hat ge|ho|ben
die **He|cke**, die He|cken
das **Heft**, die Hef|te
hef|tig, hef|ti|ger,
am hef|tigs|ten
die **Hei|de**, die Hei|den
die **Hei|del|bee|re**,
die Hei|del|bee|ren

heil
das **Hei|lig|tum**, die Hei|lig|tü|mer
das **Heim**, die Hei|me
die **Hei|mat**
heim|fah|ren, sie fährt heim,
sie fuhr heim,
sie ist heim|ge|fah|ren
heim|ge|hen, er geht heim,
er ging heim,
er ist heim|ge|gan|gen
heim|kom|men, er kommt heim,
er kam heim,
er ist heim|ge|kom|men
heim|lich, heim|li|cher,
am heim|lichs|ten
hei|ra|ten, sie hei|ra|tet,
sie hei|ra|te|te,
sie hat ge|hei|ra|tet
heiß, hei|ßer, am hei|ßes|ten

hei|ßen, du heißt, er heißt, er hieß, er hat ge|hei|ßen
hei|ter, hei|te|rer, am hei|ters|ten
die Hei|ter|keit
hei|zen, du heizt, sie heizt, sie heiz|te, sie hat ge|heizt
die Hei|zung, die Hei|zun|gen
der Held, die Hel|den
die Hel|din, die Hel|din|nen
hel|fen, er hilft, er half, er hat ge|hol|fen
hell, hel|ler, am hells|ten
hell|blau
die Hel|lig|keit
der Helm, die Hel|me
das Hemd, die Hem|den
der Hen|kel, die Hen|kel
die Hen|ne, die Hen|nen

her, es ist lange her
her|ab (auch: he|rab)
her|an (auch: he|ran)
her|auf (auch: he|rauf)
her|aus (auch: he|raus)
her|aus|ge|hen (auch: he|raus|ge|hen), er geht her|aus, er ging her|aus, er ist her|aus|ge|gan|gen
her|aus|gu|cken (auch: he|raus|gu|cken), sie guckt her|aus, sie guck|te her|aus, sie hat her|aus|ge|guckt
her|aus|ho|len (auch: he|raus|ho|len), er holt her|aus, er hol|te her|aus, er hat her|aus|ge|holt
her|aus|kom|men (auch: he|raus|kom|men), sie kommt her|aus, sie kam her|aus, sie ist her|aus|ge|kom|men
herb, her|ber, am herbs|ten
der Herbst, die Herbs|te
der Herd (Ofen), die Her|de
die Her|de (Tiergruppe), die Her|den

her|ein (auch: he|rein)
her|ein|ge|hen (auch: he|rein|ge|hen), er geht her|ein, er ging her|ein, er ist her|ein|ge|gan|gen
her|ein|kom|men (auch: he|rein|kom|men), sie kommt her|ein, sie kam her|ein, sie ist her|ein|ge|kom|men
her|ein|ste|cken (auch: he|rein|ste|cken), er steckt her|ein, er steck|te her|ein, er hat her|ein|ge|steckt
der He|ring, die He|rin|ge
her|kom|men, sie kommt her, sie kam her, sie ist her|ge|kom|men
der Herr, die Her|ren
herr|lich, herr|li|cher, am herr|lichs|ten
die Herr|schaft
her|stel|len, er stellt her, er stell|te her, er hat her|ge|stellt

A B C D E F G H I J K L M N O P Qu R S T U V W X Y Z

die **Her|stel|lung**,
die Her|stel|lun|gen

her|ü|ber (auch: he|rü|ber)

her|um (auch: he|rum)

her|um|dre|hen
(auch: he|rum|dre|hen),
sie dreht her|um,
sie dreh|te her|um,
sie hat her|um|ge|dreht

her|um|fah|ren
(auch: he|rum|fah|ren),
er fährt her|um, er fuhr her|um,
er ist her|um|ge|fah|ren

her|um|lau|fen
(auch: he|rum|lau|fen),
er läuft her|um, er lief her|um,
er ist her|um|ge|lau|fen

her|un|ter (auch: he|run|ter)

her|un|ter|fah|ren
(auch: he|run|ter|fah|ren),
sie fährt her|un|ter,
sie fuhr her|un|ter,
sie ist her|un|ter|ge|fah|ren

her|un|ter|fal|len
(auch: he|run|ter|fal|len),
er fällt her|un|ter,
er fiel her|un|ter,
er ist her|un|ter|ge|fal|len

her|un|ter|ge|hen
(auch: he|run|ter|ge|hen),
sie geht her|un|ter,
sie ging her|un|ter,
sie ist her|un|ter|ge|gan|gen

her|un|ter|kom|men
(auch: he|run|ter|kom|men),
er kommt her|un|ter,
er kam her|un|ter,
er ist her|un|ter|ge|kom|men

her|un|ter|la|den
(auch: he|run|ter|la|den),
sie lädt her|un|ter,
sie lud her|un|ter,
sie hat her|un|ter|ge|la|den

her|un|ter|rut|schen
(auch: he|run|ter|rut|schen),
er rutscht her|un|ter,
er rutsch|te her|un|ter,
er ist her|un|ter|ge|rutscht

her|vor

her|vor|ru|fen, es ruft her|vor,
es rief her|vor,
es hat her|vor|ge|ru|fen

das **Herz**, die Her|zen

herz|haft, herz|haf|ter,
am herz|haf|tes|ten

das **Herz|klop|fen**

herz|lich, herz|li|cher,
am herz|lichs|ten

die **Herz|lich|keit**

Hes|sen

het|zen, du hetzt, sie hetzt,
sie hetz|te, sie hat ge|hetzt

das **Heu**

heu|len,
er heult,
er heul|te, er hat ge|heult

der **Heu|ler**, die Heu|ler

heu|te

die **He|xe**, die He|xen

der **He|xer**, die He|xer

Hi

hier

hier|her

hier|hin

die **Hil|fe**, die Hil|fen

hilfs|be|reit, hilfs|be|rei|ter, am hilfs|be|rei|tes|ten
die **Him|bee|re**, die Him|bee|ren
der **Him|mel**, die Him|mel
die **Him|mels|rich|tung**, die Him|mels|rich|tun|gen
himm|lisch, himm|li|scher, am himm|lischs|ten
hin
hin|auf (auch: hi|nauf)
hin|auf|ge|hen (auch: hi|nauf|ge|hen), er geht hin|auf, er ging hin|auf, er ist hin|auf|ge|gan|gen
hin|aus (auch: hi|naus)
das **Hin|der|nis**, die Hin|der|nis|se
hin|ein (auch: hi|nein)
hin|ein|fah|ren (auch: hi|nein|fah|ren), sie fährt hin|ein, sie fuhr hin|ein, sie ist hin|ein|ge|fah|ren
hin|ein|ge|hen (auch: hi|nein|ge|hen), er geht hin|ein, er ging hin|ein, er ist hin|ein|ge|gan|gen
hin|ein|le|gen (auch: hi|nein|le|gen), sie legt hin|ein, sie leg|te hin|ein, sie hat hin|ein|ge|legt
hin|fah|ren, sie fährt hin, sie fuhr hin, sie ist hin|ge|fah|ren
hin|fal|len, sie fällt hin, sie fiel hin, sie ist hin|ge|fal|len
hin|flie|gen, er fliegt hin, er flog hin, er ist hin|ge|flo|gen
hin|ge|hen, sie geht hin, sie ging hin, sie ist hin|ge|gan|gen
hin|ken, er hinkt, er hink|te, er hat ge|hinkt
hin|kom|men, sie kommt hin, sie kam hin, sie ist hin|ge|kom|men
hin|le|gen, er legt hin, er leg|te hin, er hat hin|ge|legt
hin|schau|en, sie schaut hin, sie schau|te hin, sie hat hin|ge|schaut
hin|set|zen, er setzt hin, er setz|te hin, er hat hin|ge|setzt
hin|stel|len, er stellt hin, er stell|te hin, er hat hin|ge|stellt
hin|ten
hin|ter
hin|ter|häl|tig, hin|ter|häl|ti|ger, am hin|ter|häl|tigs|ten
hin|ter|her
das **Hin|ter|rad**, die Hin|ter|rä|der
hin|ü|ber (auch: hi|nü|ber)
hin|un|ter (auch: hi|nun|ter)
der **Hin|weis**, die Hin|wei|se
der **Hirsch**, die Hir|sche
der **Hit** (erfolgreiches Lied), die Hits
die **Hit|ze**

Ho

das **Hob|by**, die Hob|bys
hoch, hö|her, am höchs|ten
hoch|fah|ren, sie fährt hoch, sie fuhr hoch, sie ist hoch|ge|fah|ren

A B C D E F G H I J K L M N O P Qu R S T U V W X Y Z

hoch|ge|hen, er geht hoch, er ging hoch, er ist hoch|ge|gan|gen
das **Hoch|haus**, die Hoch|häu|ser
hoch|kom|men, sie kommt hoch, sie kam hoch, sie ist hoch|ge|kom|men
hoch|la|den, er lädt hoch, er lud hoch, er hat hoch|ge|la|den
höchs|tens
die **Hoch|zeit**, die Hoch|zei|ten
ho|cken, er hockt, er hock|te, er hat ge|hockt (auch: er ist ge|hockt)
der **Ho|cker**, die Ho|cker
der **Ho|den**, die Ho|den
der **Hof**, die Hö|fe
hof|fen, sie hofft, sie hoff|te, sie hat ge|hofft
hof|fent|lich
die **Hoff|nung**, die Hoff|nun|gen
höf|lich, höf|li|cher, am höf|lichs|ten
die **Höf|lich|keit**, die Höf|lich|kei|ten
die **Hö|he**, die Hö|hen
hohl, hoh|ler, am hohls|ten
die **Höh|le**, die Höh|len
ho|len, er holt, er hol|te, er hat ge|holt
das **Holz**, die Höl|zer
höl|zern
die **Home|page** (Internetseite), die Home|pa|ges
der **Ho|nig**
hop|peln, er hop|pelt, er hop|pel|te, er ist ge|hop|pelt
hop|sen, sie hopst, sie hops|te, sie ist ge|hopst
hör|bar, hör|ba|rer, am hör|bars|ten
hö|ren, er hört, er hör|te, er hat ge|hört
der **Hö|rer**, die Hö|rer

das **Horn**, die Hör|ner
der **Hort**, die Hor|te
die **Ho|se**, die Ho|sen
das **Ho|tel**, die Ho|tels

Hu

hübsch, hüb|scher, am hüb|sches|ten

der **Huf**, die Hu|fe
der **Hü|gel**, die Hü|gel
das **Huhn**, die Hüh|ner
die **Hül|le**, die Hül|len
die **Hül|se**, die Hül|sen
die **Hum|mel**, die Hum|meln
der **Hum|mer**, die Hum|mer
hum|peln, sie hum|pelt, sie hum|pel|te, sie hat ge|hum|pelt (auch: sie ist ge|hum|pelt)
der **Hund**, die Hun|de
hun|dert

hundert / Hundert

Kleinschreibung
bis hundert zählen
hundert Ameisen
hundert mal vier

Großschreibung
die Zahl Hundert

der **Hun|der|ter**, die Hun|der|ter
der **Hun|ger**
hung|rig, hung|ri|ger, am hung|rigs|ten
die **Hu|pe**, die Hu|pen
hu|pen, sie hupt, sie hup|te, sie hat ge|hupt
hüp|fen, er hüpft, er hüpf|te, er ist ge|hüpft
hus|ten, sie hus|tet, sie hus|te|te, sie hat ge|hus|tet
der **Hus|ten**
der **Hut**, die Hü|te
hü|ten, er hü|tet, er hü|te|te, er hat ge|hü|tet
die **Hüt|te**, die Hüt|ten

Hy

die **Hy|ä|ne**, die Hy|ä|nen
der **Hy|per|link**, die Hy|per|links
der **Hy|per|text**, die Hy|per|tex|te

I i

Ic

ich

Id

die **Idee**, die Ide|en

Ig

der **Igel**, die Igel

Ih

ihm, sie hilft ihm
ihn, er mag ihn
ih|nen
ihr
ih|re

ihnen, ihre / Ihnen, Ihre

Kleinschreibung
Er gibt ihnen (den Kindern) eine Urkunde.
Sie hat ihre Hunde gut erzogen.
Sie spricht mit ihren Kindern.

Großschreibung
„Gefällt Ihnen das Bild?“, fragt Mona ihre Lehrerin.
„Ich mag Ihre Hunde. Dürfen wir mit Ihren Hunden spielen?“, fragt Onur die Frau.
(höfliche Anrede)

ih|rem
ih|ren
ih|rer
ih|res

Il

die **Il|lus|tra|ti|on** (Bebilderung) (auch: Il|lust|ra|ti|on), die Il|lus|tra|ti|o|nen

Im

im (in dem), im Garten
der **Imam**, die Ima|me (auch: die Imams)
der **Im|biss**, die Im|bis|se
im|mer
imp|fen, sie impft, sie impf|te, sie hat ge|impft

A B C D E F G H I J K L M N O P Qu R S T U V W X Y Z

A B C D E F G H I J K L M N O P Qu R S T U V W X Y Z

die **Imp|fung**, die Imp|fun|gen
im|po|nie|ren, er im|po|niert, er im|po|nier|te, er hat im|po|niert

In

in, in der Schule
die **In|dus|trie** (auch: In|dust|rie), die In|dus|tri|en
die **In|fek|ti|on**, die In|fek|ti|o|nen
die **In|for|ma|ti|on**, die In|for|ma|ti|o|nen
sich **in|for|mie|ren**, sie in|for|miert sich, sie in|for|mier|te sich, sie hat sich in|for|miert
der **In|halt**, die In|hal|te
die **In|klu|si|on**, die In|klu|si|o|nen
der **In|li|ner**, die In|li|ner

der **In|line|ska|ter**, die In|line|ska|ter
die **In|line|ska|te|rin**, die In|line|ska|te|rin|nen
der **Inn** (Fluss)
in|nen
in|ner|halb
ins (in das)

das **In|sekt**, die In|sek|ten
die **In|sel**, die In|seln
ins|ge|samt
die **In|stal|la|ti|on** (auch: Ins|tal|la|ti|on), die In|stal|la|ti|o|nen
in|stal|lie|ren (auch: ins|tal|lie|ren), er in|stal|liert, er in|stal|lier|te, er hat in|stal|liert
der **In|stinkt** (auch: Ins|tinkt), die In|stink|te
das **In|stru|ment** (auch: Ins|tru|ment), die In|stru|men|te

die **In|te|gra|ti|on** (auch: In|teg|ra|ti|on), die In|te|gra|ti|o|nen
in|te|grie|ren (einbeziehen) (auch: in|teg|rie|ren), sie in|te|griert, sie in|te|grier|te, sie hat in|te|griert
in|tel|li|gent, in|tel|li|gen|ter, am in|tel|li|gen|tes|ten
die **In|tel|li|genz**, die In|tel|li|gen|zen
in|te|res|sant (auch: in|ter|es|sant), in|te|res|san|ter, am in|te|res|san|tes|ten
das **In|te|res|se** (auch: In|ter|es|se), die In|te|res|sen
sich **in|te|res|sie|ren** (auch: in|ter|es|sie|ren), er in|te|res|siert sich, er in|te|res|sier|te sich, er hat sich in|te|res|siert
in|ter|na|ti|o|nal
das **In|ter|net**

das **In|ter|view** (Befragung), die In|ter|views
in|ter|vie|wen, er in|ter|viewt, er in|ter|view|te, er hat in|ter|viewt
in|zwi|schen

Ir

ir|gend
ir|gend|ei|ne
ir|gend|ei|ner

ir|gend|et|was
ir|gend|wann
ir|gend|was
ir|gend|wel|che
ir|gend|wer
ir|gend|wie
ir|gend|wo
die **Iris** (Teil des Auges), die Iris
Ir|land
irr (auch: ir|re)
sich **ir|ren**, er irrt sich, er irr|te sich, er hat sich ge|irrt
der **Irr|tum**, die Irr|tü|mer

Is

die **Isar**
der **Is|lam**
Is|land
die **Iso|lie|rung**, die Iso|lie|run|gen

It

Ita|li|en

J j

Ja

ja
die **Jacht**, die Jach|ten = Yacht

die **Ja|cke**, die Ja|cken
die **Jagd**, die Jag|den
ja|gen, er jagt, er jag|te, er hat ge|jagt
der **Jä|ger**, die Jä|ger
die **Jä|ge|rin**, die Jä|ge|rin|nen
der **Ja|gu|ar**, die Ja|gu|a|re
das **Jahr**, die Jah|re
die **Jah|res|zeit**, die Jah|res|zei|ten
das **Jahr|hun|dert**, die Jahr|hun|der|te
jähr|lich
das **Jahr|zehnt**, die Jahr|zehn|te
der **Jäh|zorn**
der (das) **Jak**, die Jaks = Yak
der **Jam|mer**
jäm|mer|lich, jäm|mer|li|cher, am jäm|mer|lichs|ten
jam|mern, sie jam|mert, sie jam|mer|te, sie hat ge|jam|mert
der **Ja|nu|ar**
Ja|pan
jau|len, er jault, er jaul|te, er hat ge|jault

Je

je
die **Jeans**, die Jeans
je|de
je|dem
je|den
je|den|falls
je|der
je|des
je|doch
je|mand
je|ner
jetzt

Jo

der **Job** (Arbeit), die Jobs
jog|gen, sie joggt, sie jogg|te, sie ist ge|joggt (auch: sie hat ge|joggt)

A B C D E F G H I J K L M N O P Qu R S T U V W X Y Z

der **Jo|ghurt**, die Jo|ghurts
= Jogurt
der **Jo|gurt**, die Jo|gurts
= Joghurt
die **Jo|han|nis|bee|re**,
die Jo|han|nis|bee|ren
das **Jo-Jo**, die Jo-Jos = Yo-Yo
jon|glie|ren (auch: jong|lie|ren),
sie jon|gliert, sie jon|glier|te,
sie hat jon|gliert

Ju

ju|beln, er ju|belt, er ju|bel|te,
er hat ge|ju|belt
ju|cken, es juckt, es juck|te,
es hat ge|juckt
der **Ju|de**, die Ju|den
das **Ju|den|tum**
die **Jü|din**, die Jü|din|nen
jü|disch
das **Ju|do**
die **Ju|gend**
ju|gend|lich, ju|gend|li|cher,
am ju|gend|lichs|ten
der **Ju|li**
jung, jün|ger, am jüngs|ten
der **Jun|ge**, die Jun|gen
der **Ju|ni**
die **Ju|ry**, die Ju|rys

K k

Ka

das **Ka|bel**, die Ka|bel
die **Ka|bi|ne**, die Ka|bi|nen
der **Kä|fer**, die Kä|fer
der **Kaf|fee**, die Kaf|fees
der **Kä|fig**, die Kä|fi|ge
kahl
der **Kai|ser**, die Kai|ser
die **Kai|se|rin**, die Kai|se|rin|nen
der **Ka|ka|du**, die Ka|ka|dus
der **Ka|kao**, die Ka|kaos
der **Kak|tus**, die Kak|teen
das **Kalb**, die Käl|ber
der **Ka|len|der**, die Ka|len|der
kalt, käl|ter, am käl|tes|ten
die **Käl|te**
das **Ka|mel**, die Ka|me|le
die **Ka|me|ra**, die Ka|me|ras
der **Ka|min**, die Ka|mi|ne

der **Kamm**, die Käm|me
käm|men, sie kämmt,
sie kämm|te, sie hat ge|kämmt
die **Kam|mer**, die Kam|mern
der **Kampf**, die Kämp|fe
kämp|fen, er kämpft,
er kämpf|te, er hat ge|kämpft
kampf|los
der **Ka|nal**, die Ka|nä|le
das **Kän|gu|ru**, die Kän|gu|rus
das **Ka|nin|chen**, die Ka|nin|chen
die **Kan|ne**, die Kan|nen
die **Kan|ti|ne**, die Kan|ti|nen
der **Kanz|ler**, die Kanz|ler
die **Kanz|le|rin**, die Kanz|le|rin|nen
ka|pie|ren, sie ka|piert,
sie ka|pier|te, sie hat ka|piert
der **Ka|pi|tän**, die Ka|pi|tä|ne
die **Ka|pi|tä|nin**, die Ka|pi|tä|nin|nen
das **Ka|pi|tel**, die Ka|pi|tel
die **Kap|pe**, die Kap|pen
ka|putt, ka|put|ter,
am ka|put|tes|ten

die **Ka|pu|ze**, die Ka|pu|zen
der **Kar|frei|tag**, die Kar|frei|ta|ge
ka|riert
der **Kar|ne|val**, die Kar|ne|va|le
die **Ka|rot|te**, die Ka|rot|ten
die **Kar|te**, die Kar|ten
die **Kar|tei**, die Kar|tei|en
die **Kar|tof|fel**, die Kar|tof|feln
der **Kar|ton**, die Kar|tons
das **Ka|rus|sell**, die Ka|rus|sells (auch: die Ka|rus|sel|le)

der **Kä|se**, die Kä|se
das (der) **Kas|perl**, die Kas|perl (auch: die Kas|perln)
die **Kas|se**, die Kas|sen
die **Kas|set|te**, die Kas|set|ten
kas|sie|ren, sie kas|siert, sie kas|sier|te, sie hat kas|siert
die **Kas|ta|nie**, die Kas|ta|ni|en
der **Kas|ten**, die Käs|ten
die **Ka|ta|stro|phe** (auch: Ka|tas|tro|phe), die Ka|ta|stro|phen
der **Ka|ter**, die Ka|ter
ka|tho|lisch
die **Kat|ze**, die Kat|zen
kau|en, sie kaut, sie kau|te, sie hat ge|kaut
kau|fen, er kauft, er kauf|te, er hat ge|kauft
der **Käu|fer**, die Käu|fer
die **Käu|fe|rin**, die Käu|fe|rin|nen
käuf|lich
die **Kaul|quap|pe**, die Kaul|quap|pen

kaum

Ke

der **Ke|gel**, die Ke|gel
ke|geln, sie ke|gelt, sie ke|gel|te, sie hat ge|ke|gelt
keh|ren, er kehrt, er kehr|te, er hat ge|kehrt
kein
kei|ne
kei|nem
kei|nen
kei|ner
kei|nes
der (das) **Keks**, die Kek|se
die **Kel|le**, die Kel|len
der **Kel|ler**, die Kel|ler
ken|nen, sie kennt, sie kann|te, sie hat ge|kannt
ken|nen|ler|nen (auch: ken|nen ler|nen), er lernt ken|nen, er lern|te ken|nen, er hat ken|nen|ge|lernt
die **Kennt|nis**, die Kennt|nis|se
das **Kenn|zei|chen**, die Kenn|zei|chen
der **Kerl**, die Ker|le
der **Kern**, die Ker|ne
die **Ker|ze**, die Ker|zen
der **Kes|sel**, die Kes|sel
der (das) **Ket|chup** (auch: Ketch|up), die Ket|chups
die **Ket|te**, die Ket|ten
die **Keu|le**, die Keu|len

Kf

das **Kfz** (Abkürzung für: Kraftfahrzeug)

A B C D E F G H I J K L M N O P Qu R S T U V W X Y Z

Kg

kg (Abkürzung für: Kilogramm)

Ki

die **KI** (Abkürzung für: künstliche Intelligenz)
die **Ki|cher|erb|se**, die Ki|cher|erb|sen
ki|chern, er ki|chert, er ki|cher|te, er hat ge|ki|chert
ki|cken, sie kickt, sie kick|te, sie hat ge|kickt
der **Kie|fer** (Teil des Kopfes), die Kie|fer

die **Kie|fer** (Baum), die Kie|fern

Kiel
der **Kie|sel**, die Kie|sel
das **Ki|lo**, die Ki|los
das **Ki|lo|gramm** [kg], die Ki|lo|gramm
der **Ki|lo|me|ter** [km], die Ki|lo|me|ter
das **Kind**, die Kin|der
der **Kin|der|gar|ten**, die Kin|der|gär|ten
kin|disch, kin|di|scher, am kin|dischs|ten
das **Kinn**, die Kin|ne
das **Ki|no**, die Ki|nos
kip|pen, sie kippt, sie kipp|te, sie hat ge|kippt
die **Kir|che**, die Kir|chen
die **Kir|sche**, die Kir|schen
das **Kis|sen**, die Kis|sen
die **Kis|te**, die Kis|ten
kit|zeln, es kit|zelt, es kit|zel|te, es hat ge|kit|zelt
die **Ki|wi**, die Ki|wis

Kl

kla|gen, er klagt, er klag|te, er hat ge|klagt
die **Klam|mer**, die Klam|mern
der **Klang**, die Klän|ge
die **Klap|pe**, die Klap|pen
klap|pen, es klappt, es klapp|te, es hat ge|klappt
klap|pern, es klap|pert, es klap|per|te, es hat ge|klap|pert
die **Klap|per|schlan|ge**, die Klap|per|schlan|gen
klar, kla|rer, am klars|ten
die **Klar|heit**
klas|se, das findet sie klasse
die **Klas|se**, die Klas|sen
der **Klas|sen|raum**, die Klas|sen|räu|me
klat|schen, du klatschst, er klatscht, er klatsch|te, er hat ge|klatscht
klau|en, sie klaut, sie klau|te, sie hat ge|klaut
das **Kla|vier**, die Kla|vie|re

das **Kle|be|band**, die Kle|be|bän|der
kle|ben, es klebt, es kleb|te, es hat ge|klebt
der **Kle|ber**, die Kle|ber
kleb|rig, kleb|ri|ger, am kleb|rigs|ten
der **Klecks**, die Kleck|se
der **Klee**

das **Klee|blatt**, die Klee|blät|ter
das **Kleid**, die Klei|der
sich **klei|den**, sie klei|det sich,
sie klei|de|te sich,
sie hat sich ge|klei|det
die **Klei|dung**
klein, klei|ner, am kleins|ten
klein|schrei|ben,
er schreibt klein,
er schrieb klein,
er hat klein|ge|schrie|ben
der **Kleis|ter**, die Kleis|ter
klem|men, es klemmt,
es klemm|te, es hat ge|klemmt
die **Klet|te**, die Klet|ten
klet|tern, er klet|tert,
er klet|ter|te, er ist ge|klet|tert
(auch: er hat ge|klet|tert)
kli|cken, er klickt, er klick|te,
er hat ge|klickt
das **Kli|ma**, die Kli|ma|ta
kli|ma|neu|tral
(auch: kli|ma|neut|ral)
der **Kli|ma|wan|del**
die **Klin|ge**, die Klin|gen
die **Klin|gel**, die Klin|geln

klin|geln, es klin|gelt,
es klin|gel|te,
es hat ge|klin|gelt
klin|gen, es klingt, es klang,
es hat ge|klun|gen
die **Klip|pe**, die Klip|pen
klir|ren, es klirrt, es klirr|te,
es hat ge|klirrt
das **Klo**, die Klos
klop|fen, es klopft, es klopf|te,
es hat ge|klopft
der **Kloß**, die Klö|ße

klug, klü|ger, am klügs|ten
die **Klug|heit**

Km

km (Abkürzung für: Kilometer)

Kn

knab|bern, sie knab|bert,
sie knab|ber|te,
sie hat ge|knab|bert
kna|cken, es knackt,
es knack|te, es hat ge|knackt
kna|ckig, kna|cki|ger,
am kna|ckigs|ten
knack|sen, es knackst,
es knacks|te,
es hat ge|knackst
der **Knall**, die Knal|le
knal|len, es knallt,
es knall|te, es hat ge|knallt
knapp, knap|per,
am knapps|ten
der **Knap|pe**, die Knap|pen
knar|ren, es knarrt, es knarr|te,
es hat ge|knarrt
knei|fen, er kneift, er kniff,
er hat ge|knif|fen
die **Kne|te**
kne|ten, er kne|tet, er kne|te|te,
er hat ge|kne|tet
der **Knick**, die Kni|cke
kni|cken, sie knickt,
sie knick|te, sie hat ge|knickt
der **Knicks**, die Knick|se
das **Knie**, die Knie
kni|en, er kniet, er knie|te,
er hat ge|kniet
(auch: er ist ge|kniet)

A B C D E F G H I J K L M N O P Qu R S T U V W X Y Z

knif|fe|lig (auch: kniff|lig),
knif|fe|li|ger,
am knif|fe|ligs|ten
der **Knirps**, die Knirp|se
kno|beln, sie kno|belt,
sie kno|bel|te,
sie hat ge|kno|belt
der **Knob|lauch**
der **Kno|chen**, die Kno|chen
kno|chig, kno|chi|ger,
am kno|chigs|ten
der **Knö|del**, die Knö|del
die **Knol|le**, die Knol|len
der **Knopf**, die Knöp|fe
die **Knos|pe**, die Knos|pen
kno|ten, er kno|tet, er kno|te|te,
er hat ge|kno|tet
der **Kno|ten**, die Kno|ten
knur|ren, sie knurrt,
sie knurr|te, sie hat ge|knurrt
knusp|rig, knusp|ri|ger,
am knus|prigs|ten

Ko

der **Ko|bel**, die Ko|bel
der **Koch**, die Kö|che
ko|chen, er kocht, er koch|te,
er hat ge|kocht
die **Kö|chin**, die Kö|chin|nen
der **Koch|topf**, die Koch|töp|fe
der **Kode**, die Kodes = Code
der **Kö|der**, die Kö|der
der **Kof|fer**, die Kof|fer
der **Kohl**
die **Koh|le**, die Koh|len
die **Kohl|mei|se**, die Kohl|mei|sen
der **Kohl|ra|bi**, die Kohl|ra|bi
(auch: die Kohl|ra|bis)
die **Ko|kos|nuss**, die Ko|kos|nüs|se
der **Ko|li|bri** (auch: Ko|lib|ri),
die Ko|li|bris
kom|bi|nie|ren, sie kom|bi|niert,
sie kom|bi|nier|te,
sie hat kom|bi|niert
ko|misch, ko|mi|scher,
am ko|mischs|ten
kom|men, er kommt, er kam,
er ist ge|kom|men
der **Kom|mis|sar**,
die Kom|mis|sa|re
die **Kom|mis|sa|rin**,
die Kom|mis|sa|rin|nen
kom|mu|ni|zie|ren,
sie kom|mu|ni|ziert,
sie kom|mu|ni|zier|te,
sie hat kom|mu|ni|ziert
der **Kom|pass**, die Kom|pas|se
der **Kom|post**, die Kom|pos|te
das **Kom|pott**, die Kom|pot|te
die **Kon|fe|renz**, die Kon|fe|ren|zen
das **Kon|fet|ti**
der **Kon|flikt** (Streit), die Kon|flik|te
der **Kö|nig**, die Kö|ni|ge
die **Kö|ni|gin**, die Kö|ni|gin|nen
kön|nen, du kannst,
sie kann, sie konn|te,
sie hat ge|konnt
die **Kon|so|le**,
die Kon|so|len

der **Kon|so|nant** (Mitlaut),
die Kon|so|nan|ten
kon|su|mie|ren, er kon|su|miert,
er kon|su|mier|te,
er hat kon|su|miert
kon|tra (gegen)
(auch: kont|ra)

die **Kon|trol|le** (auch: Kont|rol|le), die Kon|trol|len
kon|trol|lie|ren (auch: kont|rol|lie|ren), er kon|trol|liert, er kon|trol|lier|te, er hat kon|trol|liert
das **Kon|zert**, die Kon|zer|te
der **Kopf**, die Köp|fe
kopf|über
die **Ko|pie**, die Ko|pi|en
ko|pie|ren, sie ko|piert, sie ko|pier|te, sie hat ko|piert
die **Ko|ral|le**, die Ko|ral|len

der **Ko|ran**
der **Korb**, die Kör|be
der **Kor|ken**, die Kor|ken
das **Korn**, die Kör|ner
der **Kör|per**, die Kör|per
die **Kor|rek|tur**, die Kor|rek|tu|ren
kor|ri|gie|ren, er kor|ri|giert, er kor|ri|gier|te, er hat kor|ri|giert
Ko|so|vo
kost|bar, kost|ba|rer, am kost|bars|ten
kos|ten, es kos|tet, es kos|te|te, es hat ge|kos|tet
das **Kos|tüm**, die Kos|tü|me

Kr

die **Krab|be**, die Krab|ben
krab|beln, es krab|belt, es krab|bel|te, es ist ge|krab|belt
der **Krach**, die Krä|che
kra|chen, es kracht, es krach|te, es hat ge|kracht
kräch|zen, du krächzt, sie krächzt, sie krächz|te, sie hat ge|krächzt
die **Kraft**, die Kräf|te
kräf|tig, kräf|ti|ger, am kräf|tigs|ten
kraft|los, kraft|lo|ser, am kraft|lo|ses|ten
kraft|voll, kraft|vol|ler, am kraft|volls|ten
der **Kra|gen**, die Kra|gen
die **Krä|he**, die Krä|hen
krä|hen, er kräht, er kräh|te, er hat ge|kräht

der **Kra|ke**, die Kra|ken
die **Kral|le**, die Kral|len
der **Kran**, die Krä|ne
krank, krän|ker, am krän|kes|ten
die **Krank|heit**, die Krank|hei|ten
der **Kranz**, die Krän|ze
krass, kras|ser, am kras|ses|ten
krat|zen, du kratzt, es kratzt, es kratz|te, es hat ge|kratzt
krau|len, sie krault, sie kraul|te, sie hat ge|krault

das **Kraut**, die Kräu|ter
kre|a|tiv, kre|a|ti|ver, am kre|a|tivs|ten
der **Krebs**, die Kreb|se
die **Krei|de**, die Krei|den
der **Kreis**, die Krei|se
krei|schen, du kreischst, er kreischt, er kreisch|te, er hat ge|kreischt
krei|sen, sie kreist, sie kreis|te, sie hat ge|kreist

das **Kreuz**, die Kreu|ze
kreu|zen, du kreuzt, sie kreuzt, sie kreuz|te, sie hat ge|kreuzt
die **Kreu|zung**, die Kreu|zun|gen
krib|beln, es krib|belt, es krib|bel|te, es hat ge|krib|belt
krie|chen, er kriecht, er kroch, er ist ge|kro|chen
der **Krieg**, die Krie|ge
krie|gen, du kriegst, er kriegt, er krieg|te, er hat ge|kriegt
der **Kri|mi**, die Kri|mis

die **Krip|pe**, die Krip|pen
die **Kri|se**, die Kri|sen
der **Kris|tall**, die Kris|tal|le
die **Kri|tik**, die Kri|ti|ken
kri|ti|sie|ren, sie kri|ti|siert, sie kri|ti|sier|te, sie hat kri|ti|siert
krit|zeln, er krit|zelt, er krit|zel|te, er hat ge|krit|zelt
Kro|a|ti|en
das **Kro|ko|dil**, die Kro|ko|di|le
der **Kro|kus**, die Kro|kus|se
die **Kro|ne**, die Kro|nen
die **Krö|te**, die Krö|ten
der **Krug**, die Krü|ge
der **Krü|mel**, die Krü|mel
krumm, krum|mer, am krumms|ten
die **Krus|te**, die Krus|ten

Ku

die **Kü|che**, die Kü|chen
der **Ku|chen**, die Ku|chen
der **Ku|ckuck**, die Ku|cku|cke
die **Ku|gel**, die Ku|geln
der **Ku|gel|fisch**, die Ku|gel|fi|sche
der **Ku|gel|schrei|ber**, die Ku|gel|schrei|ber
die **Kuh**, die Kü|he
kühl, küh|ler, am kühls|ten
die **Kuh|le**, die Kuh|len
küh|len, er kühlt, er kühl|te, er hat ge|kühlt
der **Kühl|schrank**, die Kühl|schrän|ke
kühn, küh|ner, am kühns|ten
das **Kü|ken**, die Kü|ken
der **Kum|mer**
sich **küm|mern**, sie küm|mert sich, sie küm|mer|te sich, sie hat sich ge|küm|mert
der **Kun|de**, die Kun|den
kün|di|gen, er kün|digt, er kün|dig|te, er hat ge|kün|digt
die **Kun|din**, die Kun|din|nen
künf|tig (in Zukunft)
die **Kunst**, die Küns|te
der **Künst|ler**, die Künst|ler
die **Künst|le|rin**, die Künst|le|rin|nen
künst|lich, künst|li|cher, am künst|lichs|ten
der **Kunst|stoff**, die Kunst|stof|fe
das **Kup|fer**
der **Kür|bis**, die Kür|bis|se
der **Kurs**, die Kur|se
die **Kur|ve**, die Kur|ven
kurz, kür|zer, am kür|zes|ten
die **Kür|ze**
kür|zen, du kürzt, er kürzt, er kürz|te, er hat ge|kürzt
ku|sche|lig (auch: kusch|lig), ku|sche|li|ger, am ku|sche|ligs|ten

ku|scheln, sie ku|schelt,
sie ku|schel|te,
sie hat ge|ku|schelt
die **Ku|si|ne**, die Ku|si|nen
= Cousine
der **Kuss**, die Küs|se
küs|sen, er küsst, er küss|te,
er hat ge|küsst
die **Küs|te**, die Küs|ten
die **Kut|sche**,
die Kut|schen

der **Kut|ter**, die Kut|ter

L l

L

l (Abkürzung für: Liter)

La

das **La|bor**, die La|bo|re
lä|cheln, sie lä|chelt,
sie lä|chel|te, sie hat ge|lä|chelt
das **Lä|cheln**
la|chen, er lacht, er lach|te,
er hat ge|lacht
das **La|chen**
lach|haft, lach|haf|ter,
am lach|haf|tes|ten
der **Lachs**, die Lach|se

der **Lack**, die La|cke
la|den, du lädst, sie lädt,
sie lud, sie hat ge|la|den
der **La|den**, die Lä|den
das **La|ger**, die La|ger
lahm, lah|mer,
am lahms|ten
der **Laib** (feste Masse), die Lai|be
der **Laich** (im Wasser abgelegte
Eier), die Lai|che
der **Laie** (Nichtfachmann),
die Lai|en
die **Lai|in** (Nichtfachfrau),
die Lai|in|nen
die **La|krit|ze** (auch: Lak|rit|ze),
die La|krit|zen
das **La|ma**, die La|mas
das **Lamm**, die Läm|mer
die **Lam|pe**, die Lam|pen
das **Land**, die Län|der
die **Land|kar|te**, die Land|kar|ten
die **Land|schaft**,
die Land|schaf|ten
die **Land|wirt|schaft**
lang, län|ger, am längs|ten
lan|ge
die **Län|ge**, die Län|gen
lang|sam, lang|sa|mer,
am lang|sams|ten
lang|wei|lig, lang|wei|li|ger,
am lang|wei|ligs|ten
der **Lap|pen**, die Lap|pen
der (das) **Lap|top**,
die Lap|tops

die **Lär|che** (Baum), die Lär|chen
der **Lärm**
lär|men, er lärmt, er lärm|te,
er hat ge|lärmt
die **Lar|ve**, die Lar|ven
der **La|ser**, die La|ser
las|sen, sie lässt, sie ließ,
sie hat ge|las|sen
die **Last**, die Las|ten
das **Las|ten|rad**, die Las|ten|rä|der
der **Las|ter**, die Las|ter

die **La|ter|ne**, die La|ter|nen
die **Lat|te**, die Lat|ten
die **Latz|ho|se**, die Latz|ho|sen
das **Laub**
die **Lau|be**, die Lau|ben
der **Laub|hau|fen**, die Laub|hau|fen
der **Lauch**
der **Lauf**, die Läu|fe
lau|fen, er läuft, er lief,
er ist ge|lau|fen
(auch: er hat ge|lau|fen)
der **Läu|fer**, die Läu|fer
die **Läu|fe|rin**, die Läu|fe|rin|nen
das **Lauf|rad**, die Lauf|rä|der
die **Laus**, die Läu|se
lau|schen, du lauschst,
er lauscht, er lausch|te,
er hat ge|lauscht
laut, lau|ter, am lau|tes|ten
läu|ten, es läu|tet, es läu|te|te,
es hat ge|läu|tet
die **Laut|stär|ke**,
die Laut|stär|ken
die **La|wi|ne**,
die La|wi|nen

das **Lay|out**, die Lay|outs
(auch: das Lay-out,
die Lay-outs)

Le

le|ben, sie lebt, sie leb|te,
sie hat ge|lebt
das **Le|ben**, die Le|ben
le|ben|dig, le|ben|di|ger,
am le|ben|digs|ten
der **Le|bens|raum**,
die Le|bens|räu|me
die **Le|ber|wurst**, die Le|ber|würs|te
das **Le|be|we|sen**, die Le|be|we|sen
das **Leck**, die Lecks
le|cken, er leckt, er leck|te,
er hat ge|leckt
le|cker, le|cke|rer,
am le|ckers|ten
leer
die **Lee|re**,
er spürt eine große Leere
lee|ren, er leert, er leer|te,
er hat ge|leert
le|gen, sie legt, sie leg|te,
sie hat ge|legt
der **Lehm**, die Leh|me
die **Leh|ne**, die Leh|nen
die **Leh|re**, die Leh|ren
leh|ren, er lehrt, er lehr|te,
er hat ge|lehrt
der **Leh|rer**, die Leh|rer
die **Leh|re|rin**, die Leh|re|rin|nen
der **Leib** (Körper), die Lei|ber
leicht, leich|ter, am leich|tes|ten
leid, ich bin es leid
das **Leid**, die Lei|den,
sie klagt ihm ihr Leid
lei|den, sie lei|det, sie litt,
sie hat ge|lit|ten
lei|der
leid|tun, es tut ihr leid,
es tat ihr leid,
es hat ihr leid|ge|tan
lei|hen, er leiht, er lieh,
er hat ge|lie|hen
die **Lei|ne**, die Lei|nen
lei|se, lei|ser, am lei|ses|ten
die **Leis|te**, die Leis|ten
leis|ten, er leis|tet, er leis|te|te,
er hat ge|leis|tet

lei|ten, sie lei|tet, sie lei|te|te, sie hat ge|lei|tet

die **Lei|ter** (Gegenstand), die Lei|tern

der **Lei|ter** (Person), die Lei|ter

die **Lei|te|rin** (Person), die Lei|te|rin|nen

die **Lei|tung**, die Lei|tun|gen

len|ken, er lenkt, er lenk|te, er hat ge|lenkt

der **Len|ker**, die Len|ker

der **Le|o|pard**, die Le|o|par|den

die **Ler|che** (Vogel), die Ler|chen

ler|nen, sie lernt, sie lern|te, sie hat ge|lernt

lern|fä|hig, lern|fä|hi|ger, am lern|fä|higs|ten

les|bar, les|ba|rer, am les|bars|ten

le|sen, er liest, er las, er hat ge|le|sen

der **Le|se|pa|te**, die Le|se|paten

die **Le|se|pa|tin**, die Le|se|pa|tin|nen

der **Le|ser**, die Le|ser

die **Le|se|rin**, die Le|se|rin|nen

le|ser|lich, le|ser|li|cher, am le|ser|lichs|ten

das **Le|se|zei|chen**, die Le|se|zei|chen

Lett|land

letz|te

letz|tem

letz|ten

letz|ter

letz|tes

die **Leuch|te**, die Leuch|ten

leuch|ten, es leuch|tet, es leuch|te|te, es hat ge|leuch|tet

der **Leucht|turm**, die Leucht|tür|me

die **Leu|te**

das **Le|xi|kon**, die Le|xi|ka

Li

die **Li|bel|le**, die Li|bel|len

das **Licht**, die Lich|ter

das **Lich|ter|fest**, die Lich|ter|fes|te

die **Lich|tung**, die Lich|tun|gen

lieb, lie|ber, am liebs|ten

die **Lie|be**

lie|ben, sie liebt, sie lieb|te, sie hat ge|liebt

lie|ber

lie|be|voll, lie|be|vol|ler, am lie|be|volls|ten

der **Lieb|ling**, die Lieb|lin|ge

die **Lieb|lings|mu|sik**

lieb|los, lieb|lo|ser, am lieb|lo|ses|ten

Liech|ten|stein

das **Lied**, die Lie|der

letzte / Letzte

Kleinschreibung
das letzte Mal
der letzte Versuch
zum letzten Mal

Großschreibung
der Letzte am Ziel
sie kam als Letzte

lie|fern, er lie|fert, er lie|fer|te, er hat ge|lie|fert

die **Lie|ge**, die Lie|gen

lie|gen, es liegt, es lag, es hat ge|le|gen

der **Lie|ge|stuhl**, die Lie|ge|stüh|le

li|ken (positiv bewerten), du likst, sie likt, sie lik|te, sie hat ge|likt (auch: sie hat ge|liked)

li|la, er trägt ein lila Shirt

die **Li|mo|na|de**, die Li|mo|na|den

die **Lin|de**, die Lin|den

das **Li|ne|al**, die Li|ne|a|le

die **Li|nie**, die Li|ni|en

der **Link** (Verknüpfung zwischen Internetseiten), die Links

lin|ke, der linke Fuß

links

die **Lin|se**, die Lin|sen

die **Lip|pe**, die Lip|pen

die **List**, die Lis|ten

die **Lis|te**, die Lis|ten

lis|tig, lis|ti|ger, am lis|tigs|ten

Li|tau|en

der (das) **Li|ter** [l], die Li|ter

live (original, direkt), das Spiel wird live übertragen

Lk

der **Lkw** (Abkürzung für: Lastkraftwagen), die Lkws (auch: der LKW, die LKWs)

Lo

das **Lob**, die Lo|be

lo|ben, sie lobt, sie lob|te, sie hat ge|lobt

das **Loch**, die Lö|cher

der **Lo|cher**, die Lo|cher

lo|cker, lo|cke|rer, am lo|ckers|ten

lo|dern, es lo|dert, es lo|der|te, es hat ge|lo|dert

der **Löf|fel**, die Löf|fel

die **Lo|gik**

das (der) **Log-in** (Einloggen mit dem Computer), die Log-ins (auch: das Log|in, die Log|ins)

der **Lohn**, die Löh|ne

sich **loh|nen**, es lohnt sich, es lohn|te sich, es hat sich ge|lohnt

die **Lok**, die Loks

die **Lo|ko|mo|ti|ve**, die Lo|ko|mo|ti|ven

der **Lor|beer**, die Lor|bee|ren

los, hier ist viel los

das **Los**, die Lo|se

lö|schen, du löschst, er löscht, er lösch|te, er hat ge|löscht

lo|sen, sie lost, sie los|te, sie hat ge|lost

lö|sen, er löst, er lös|te, er hat ge|löst

los|fah|ren, sie fährt los, sie fuhr los, sie ist los|ge|fah|ren

los|ge|hen, er geht los, er ging los, er ist los|ge|gan|gen

los|las|sen, sie lässt los, sie ließ los, sie hat los|ge|las|sen

los|lau|fen, er läuft los, er lief los, er ist los|ge|lau|fen

los|le|gen, sie legt los,
sie leg|te los,
sie hat los|ge|legt
los|stür|men, er stürmt los,
er stürm|te los,
er ist los|ge|stürmt
die **Lö|sung**, die Lö|sun|gen
die **Lot|te|rie**, die Lot|te|ri|en
der **Lö|we**, die Lö|wen
der **Lö|wen|zahn**

Lu

der **Luchs**, die Luch|se
die **Lü|cke**, die Lü|cken
der **Lü|cken|text**, die Lü|cken|tex|te
die **Luft**, die Lüf|te
der **Luft|bal|lon**, die Luft|bal|lons
lüf|ten, sie lüf|tet, sie lüf|te|te,
sie hat ge|lüf|tet
luf|tig, luf|ti|ger, am luf|tigs|ten
die **Luft|ma|trat|ze**
(auch: Luft|mat|rat|ze),
die Luft|ma|trat|zen
die **Luft|pum|pe**, die Luft|pum|pen
die **Lü|ge**, die Lü|gen
lü|gen, er lügt, er log,
er hat ge|lo|gen
die **Lu|pe**, die Lu|pen
die **Lust**
lus|tig, lus|ti|ger, am lus|tigs|ten
lust|los, lust|lo|ser,
am lust|lo|ses|ten
lust|voll, lust|vol|ler,
am lust|volls|ten
lut|schen, du lutschst,
er lutscht, er lutsch|te,
er hat ge|lutscht
der **Lut|scher**, die Lut|scher

Lu|xem|burg
der **Lu|xus**

M m

M

m (Abkürzung für: Meter)

Ma

mach|bar
ma|chen, sie macht,
sie mach|te, sie hat ge|macht
die **Macht**, die Mäch|te
mäch|tig, mäch|ti|ger,
am mäch|tigs|ten
das **Mäd|chen**, die Mäd|chen
Mag|de|burg
der **Mag|net** (auch: Ma|gnet),
die Mag|ne|te
mag|ne|tisch
(auch: ma|gne|tisch)
mä|hen, er mäht, er mäh|te,
er hat ge|mäht
das **Mahl**, die Mäh|ler
(auch: die Mah|le)
mah|len, sie mahlt, sie mahl|te,
sie hat ge|mah|len,
das Getreide wird gemahlen
die **Mäh|ne**, die Mäh|nen
mah|nen, er mahnt, er mahn|te,
er hat ge|mahnt
die **Mah|nung**, die Mah|nun|gen
der **Mai**
der **Mai|kä|fer**,
die Mai|kä|fer

die (das) **Mail**, die Mails

mai|len (eine E-Mail schreiben), du mailst, sie mailt, sie mail|te, sie hat ge|mailt
der **Main**
Mainz
der **Mais**
Ma|ke|do|ni|en
mal
das **Mal**, die Ma|le

mal / Mal

Kleinschreibung
auf einmal
diesmal
(noch) einmal
malnehmen

Großschreibung
das letzte Mal
zum letzten Mal
dieses Mal
viele Male

ma|len, er malt, er mal|te, er hat ge|malt, er malt ein Bild
der **Ma|ler**, die Ma|ler
die **Ma|le|rin**, die Ma|le|rin|nen
Mal|ta
das **Malz**
mal|zig
die **Ma|ma**, die Ma|mas
man, das sieht man
manch
man|che
man|cher
man|ches
manch|mal
die **Man|da|ri|ne**, die Man|da|ri|nen

die **Man|del**, die Man|deln
die **Man|go**, die Man|gos
der **Mann**, die Män|ner
männ|lich
die **Mann|schaft**, die Mann|schaf|ten
der **Man|tel**, die Män|tel
die **Map|pe**, die Map|pen
das **Mär|chen**, die Mär|chen
der **Mar|der**, die Mar|der
die **Mar|ga|ri|ne**
der **Ma|ri|en|kä|fer**, die Ma|ri|en|kä|fer

die **Ma|ri|ne**
die **Mar|ke**, die Mar|ken
mar|kie|ren, er mar|kiert, er mar|kier|te, er hat mar|kiert
der **Markt**, die Märk|te
der **Markt|platz**, die Markt|plät|ze
die **Mar|me|la|de**, die Mar|me|la|den
mar|schie|ren, sie mar|schiert, sie mar|schier|te, sie ist mar|schiert
der **März**
die **Ma|schi|ne**, die Ma|schi|nen
die **Mas|ke**, die Mas|ken
das **Maß**, die Ma|ße
das **Maß|band**, die Maß|bän|der
die **Mas|se**, die Mas|sen
das **Ma|te|ri|al**, die Ma|te|ri|a|li|en
die **Ma|the|ma|tik**
der **Ma|tro|se** (auch: Mat|ro|se), die Ma|tro|sen

A B C D E F G H I J K L M N O P Qu R S T U V W X Y Z

die **Ma|tro|sin** (auch: Mat|ro|sin),
die Ma|tro|sin|nen
der **Matsch**
mat|schig, mat|schi|ger,
am mat|schigs|ten
matt, mat|ter, am mat|tes|ten
die **Mat|te**, die Mat|ten
die **Mau|er**, die Mau|ern
das **Maul**, die Mäu|ler
der **Maul|wurf**,
die Maul|wür|fe

die **Maus**, die Mäu|se
Ma|ze|do|ni|en

Me

me|ckern, er me|ckert,
er me|cker|te,
er hat ge|me|ckert
Meck|len|burg-Vor|pom|mern
die **Me|dail|le**, die Me|dail|len
die **Me|dia|thek**, die Me|dia|the|ken
die **Me|di|en**
die **Me|di|ta|ti|on** (Nachdenken,
religiöse Vertiefung),
die Me|di|ta|ti|o|nen
das **Me|di|um**, die Me|di|en
die **Me|di|zin**, die Me|di|zi|nen
das **Meer**, die Mee|re
der **Mee|res|spie|gel**

die **Meer|jung|frau**,
die Meer|jung|frau|en
das **Meer|schwein|chen**,
die Meer|schwein|chen
das **Me|ga|byte** [MB]
(Maß für elektronische Daten),
die Me|ga|bytes
(auch: die Me|ga|byte)
das **Mehl**
mehr, sie möchte mehr
meh|re|re
die **Mehr|zahl**
mei|den, er mei|det, er mied,
er hat ge|mie|den
mein
mei|ne
mei|nem
mei|nen, er mag meinen Hund
mei|nen, er meint, er mein|te,
er hat ge|meint
mei|ner
mei|nes
die **Mei|nung**, die Mei|nun|gen
die **Mei|se**, die Mei|sen
meis|te, die meisten Kinder
am **meis|ten**
meis|tens
die **Meis|ter|schaft**,
die Meis|ter|schaf|ten
mel|den, sie mel|det,
sie mel|de|te,
sie hat ge|mel|det
die **Mel|dung**, die Mel|dun|gen
die **Me|lo|die**, die Me|lo|di|en
die **Me|lo|ne**, die Me|lo|nen
die **Men|ge**, die Men|gen
die **Men|sa**, die Men|sen
der **Mensch**, die Men|schen
mensch|lich
die **Mens|tru|a|ti|on** (Regelblutung)
(auch: Menst|ru|a|ti|on),
die Mens|tru|a|ti|o|nen
das **Me|nü**, die Me|nüs
mer|ken, er merkt, er merk|te,
er hat ge|merkt
merk|wür|dig, merk|wür|di|ger,
am merk|wür|digs|ten

mes|sen, sie misst, sie maß, sie hat ge|mes|sen
der **Mes|sen|ger**, die Mes|sen|ger
das **Mes|ser**, die Mes|ser
mes|ser|scharf
das **Me|tall**, die Me|tal|le
der **Me|te|o|rit**, die Me|te|o|ri|ten
der **Me|ter** [m], die Me|ter
die **Me|tho|de**, die Me|tho|den

Mg

mg (Abkürzung für: Milligramm)

Mi

mi|au|en, er mi|aut, er mi|au|te, er hat mi|aut
mich
die **Mie|ne**, die Mie|nen, er macht eine böse Miene
mies, mie|ser, am mie|ses|ten
die **Mie|te**, die Mie|ten
mie|ten, sie mie|tet, sie mie|te|te, sie hat ge|mie|tet
der **Mi|grant** (auch: Mig|rant), die Mi|gran|ten
die **Mi|gran|tin** (auch: Mig|ran|tin), die Mi|gran|tin|nen
die **Mi|gra|ti|on** (Aus- oder Einwanderung von Menschen) (auch: Mig|ra|ti|on), die Mi|gra|ti|o|nen
mi|grie|ren (auch: mig|rie|ren), er mi|griert, er mi|grier|te, er ist mi|griert
das **Mi|kro|fon** (auch: Mik|ro|fon), die Mi|kro|fo|ne
das **Mi|kro|skop** (auch: Mik|ros|kop), die Mi|kro|sko|pe

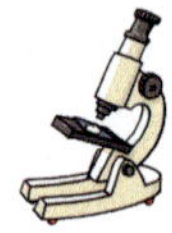

die **Milch**
mild, mil|der, am mil|des|ten
die **Mil|li|ar|de**, die Mil|li|ar|den
das **Mil|li|gramm** [mg], die Mil|li|gramm
der **Mil|li|li|ter** [ml], die Mil|li|li|ter
der **Mil|li|me|ter** [mm], die Mil|li|me|ter
die **Mil|li|on**, die Mil|li|o|nen
min|des|tens
die (das) **Mind|map**, die Mind|maps
die **Mi|ne**, die Mi|nen, die Mine steckt im Kugelschreiber
das **Mi|ne|ral**, die Mi|ne|ra|li|en
mi|nus
die **Mi|nu|te**, die Mi|nu|ten
mir
mi|schen, du mischst, sie mischt, sie misch|te, sie hat ge|mischt
miss|lin|gen, es miss|lingt, es miss|lang, es ist miss|lun|gen
miss|ra|ten, es miss|rät, es miss|riet, es ist miss|ra|ten
miss|trau|isch, miss|trau|i|scher, am miss|trau|ischs|ten
das **Miss|ver|ständ|nis**, die Miss|ver|ständ|nis|se
miss|ver|ste|hen, sie miss|ver|steht, sie miss|ver|stand, sie hat miss|ver|stan|den
der **Mist**

mit
mit|brin|gen, sie bringt mit,
sie brach|te mit,
sie hat mit|ge|bracht
mit|ein|an|der
(auch: mit|ei|nan|der)
mit|fah|ren, er fährt mit,
er fuhr mit, er ist mit|ge|fah|ren
mit|füh|len, er fühlt mit,
er fühl|te mit, er hat mit|ge|fühlt
mit|ge|hen, sie geht mit,
sie ging mit,
sie ist mit|ge|gan|gen
mit|la|chen, er lacht mit,
er lach|te mit, er hat mit|ge|lacht
der **Mit|laut**, die Mit|lau|te
das **Mit|leid**
mit|ma|chen, sie macht mit,
sie mach|te mit,
sie hat mit|ge|macht
mit|neh|men, sie nimmt mit,
sie nahm mit,
sie hat mit|ge|nom|men
der **Mit|tag**, die Mit|ta|ge
das **Mit|tag|es|sen**,
die Mit|tag|es|sen
mit|tags

Mittag / mittags

Großschreibung
am Mittag
heute Mittag
der Dienstagmittag

Kleinschreibung
mittags
dienstagmittags

die **Mit|te**
mit|teil|sam, mit|teil|sa|mer,
am mit|teil|sams|ten
das **Mit|tel**, die Mit|tel
mit|ten, mitten in der Nacht
die **Mit|ter|nacht**
der **Mitt|woch**,
die Mitt|wo|che
mitt|wochs

Mittwoch / mittwochs

Großschreibung
der Mittwoch
am Mittwoch
am Mittwochmorgen

Kleinschreibung
mittwochs
mittwochabends

mi|xen,
du mixt, er mixt, er mix|te,
er hat ge|mixt
der **Mi|xer**, die Mi|xer

Ml

ml (Abkürzung für: Milliliter)

Mm

mm
(Abkürzung für: Millimeter)

Mo

das **Mob|bing**
das **Mö|bel**, die Mö|bel
die **Mo|de**, die Mo|den
das **Mo|dell**, die Mo|del|le

A B C D E F G H I J K L **M** N O P Qu R S T U V W X Y Z

mo|dern, mo|der|ner, am mo|derns|ten
mö|gen, du magst, sie mag, sie moch|te, sie hat ge|mocht
mög|lich
die **Mög|lich|keit**, die Mög|lich|kei|ten
mög|lichst
der **Mohn**

die **Möh|re**, die Möh|ren
die **Mohr|rü|be**, die Mohr|rü|ben
Moin!
Mol|da|wi|en
der **Mo|ment**, die Mo|men|te
Mo|na|co
der **Mo|nat**, die Mo|na|te
der **Mond**, die Mon|de
der **Mond|schein**
der **Mo|ni|tor**, die Mo|ni|to|re
das **Mons|ter**, die Mons|ter
der **Mon|tag**, die Mon|ta|ge
mon|tags

Montag / montags

Großschreibung
der Montag
am Montag
am Montagmorgen

Kleinschreibung
montags
montagabends

Mon|te|ne|gro (auch: Mon|te|neg|ro)

das **Moor**, die Moo|re
das **Moos**, die Moo|se
mor|gen
der **Mor|gen**, die Mor|gen

Morgen / morgen

Großschreibung
am Morgen
eines Morgens
heute Morgen
der Dienstagmorgen
Guten Morgen!

Kleinschreibung
morgen Abend
bis morgen

mor|gens, morgens ist die Luft oft frisch
die **Mo|schee**, die Mo|sche|en
die **Mo|sel**
der **Mos|lem**, die Mos|lems = Muslim
die **Mos|le|min**, die Mos|le|min|nen = Muslima, Muslimin
mos|le|misch = muslimisch
das **Mo|tiv**, die Mo|ti|ve
der **Mo|tor**, die Mo|to|ren
das **Mo|tor|rad**, die Mo|tor|rä|der
der **Mo|tor|rol|ler**, die Mo|tor|rol|ler
die **Mot|te**, die Mot|ten
mot|zen, du motzt, sie motzt, sie motz|te, sie hat ge|motzt

das **Moun|tain|bike**,
die Moun|tain|bikes
die **Mö|we**, die Mö|wen

Mu

die **Mü|cke**, die Mü|cken
mü|de, mü|der, am mü|des|ten
die **Mü|dig|keit**
der **Muf|fin**, die Muf|fins
die **Mü|he**, die Mü|hen
sich **mü|hen**, er müht sich,
er müh|te sich,
er hat sich ge|müht
die **Müh|le**, die Müh|len
müh|sam, müh|sa|mer,
am müh|sams|ten
der **Müll**
die **Müll|ab|fuhr**,
die Müll|ab|fuh|ren
die **Müll|ton|ne**, die Müll|ton|nen
die **Müll|tren|nung**
das **Mul|ti|me|dia** (Zusammen-
wirken verschiedener Medien
wie Text, Bild, Audio, Video)
die **Mul|ti|pli|ka|ti|on**,
die Mul|ti|pli|ka|ti|o|nen
mul|ti|pli|zie|ren,
sie mul|ti|pli|ziert,
sie mul|ti|pli|zierte,
sie hat mul|ti|pli|ziert
die **Mu|mie**, die Mu|mi|en

Mün|chen
der **Mund**, die Mün|der
münd|lich
der **Mund|schutz**
mun|keln, er mun|kelt,
er mun|kel|te,
er hat ge|mun|kelt

mun|ter, mun|te|rer,
am mun|ters|ten
die **Mun|ter|keit**
die **Mün|ze**, die Mün|zen
die **Mü|ritz**
die **Mur|mel**, die Mur|meln
mur|meln, sie mur|melt,
sie mur|mel|te,
sie hat ge|mur|melt
mur|ren, er murrt, er murr|te,
er hat ge|murrt
mür|risch, mür|ri|scher,
am mür|rischs|ten
das (der) **Mus**, die Mu|se
die **Mu|schel**, die Mu|scheln
das **Mu|se|um**, die Mu|se|en
das **Mu|si|cal**, die Mu|si|cals
die **Mu|sik**
mu|si|ka|lisch, mu|si|ka|li|scher,
am mu|si|ka|lischs|ten
der **Mus|kel**, die Mus|keln
mus|ku|lös, mus|ku|lö|ser,
am mus|ku|lö|ses|ten

das **Müs|li**, die Müs|lis
der **Mus|lim**, die Mus|li|me
= Moslem
die **Mus|li|ma**, die Mus|li|mas
(auch: die Mus|li|men)
= Moslemin, Muslimin
die **Mus|li|min**, die Mus|li|min|nen
= Moslemin, Muslima
mus|li|misch = moslemisch
müs|sen, sie muss,
sie muss|te, sie hat ge|musst
das **Mus|ter**, die Mus|ter
der **Mut**
mu|tig, mu|ti|ger,
am mu|tigs|ten

mut|los, mut|lo|ser, am mut|lo|ses|ten
die **Mut|ter**, die Müt|ter
der **Mut|ter|tag**, die Mut|ter|ta|ge
die **Müt|ze**, die Müt|zen

N n

Na

na!
der **Na|bel**, die Na|bel
nach
der **Nach|bar**, die Nach|barn
die **Nach|ba|rin**, die Nach|ba|rin|nen
nach|dem
nach|den|ken, sie denkt nach, sie dach|te nach, sie hat nach|ge|dacht
nach|fra|gen, er fragt nach, er frag|te nach, er hat nach|ge|fragt
nach|hal|tig, nach|hal|ti|ger, am nach|hal|tigs|ten
die **Nach|hal|tig|keit**
nach Hau|se (auch: nach|hau|se)
nach|her
nach|lau|fen, sie läuft nach, sie lief nach, sie ist nach|ge|lau|fen
nach|le|sen, er liest nach, er las nach, er hat nach|ge|le|sen
nach|ma|chen, sie macht nach, sie mach|te nach, sie hat nach|ge|macht

der **Nach|mit|tag**, die Nach|mit|ta|ge
nach|mit|tags

Nachmittag / nachmittags

Großschreibung
am Nachmittag
eines Nachmittags
heute Nachmittag
der Dienstagnachmittag

Kleinschreibung
nachmittags
dienstagnachmittags

der **Nach|na|me**, die Nach|na|men
die **Nach|richt**, die Nach|rich|ten
nach|schla|gen, er schlägt nach, er schlug nach, er hat nach|ge|schla|gen
nächs|te

nächste / Nächste

Kleinschreibung
das nächste Mal
der nächste Tag
in der nächsten Zeit

Großschreibung
Wer ist der Nächste?

nächs|ter
nächs|tes

die **Nacht**, die Näch|te
nachts

Nacht / nachts

Großschreibung
in der Nacht
eines Nachts
heute Nacht
es wird Nacht
Gute Nacht

Kleinschreibung
nachts
dienstagnachts
nächtlich

der **Nach|wuchs**
nackt
die **Na|del**, die Na|deln
der **Na|gel**, die Nä|gel

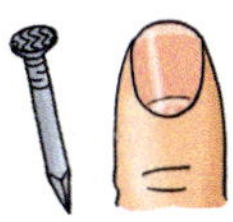

nah (auch: na|he), nä|her, am nächs|ten
die **Nä|he**
nä|hen, sie näht, sie näh|te, sie hat ge|näht
die **Nah|rung**
das **Nah|rungs|mit|tel**, die Nah|rungs|mit|tel
die **Naht**, die Näh|te
der **Na|me**, die Na|men
näm|lich
die **Nar|be**, die Nar|ben
die **Nar|zis|se**, die Nar|zis|sen

na|schen, du naschst, er nascht, er nasch|te, er hat ge|nascht
die **Na|se**, die Na|sen
das **Nas|horn**, die Nas|hör|ner
nass, nas|ser, am nas|ses|ten (auch: näs|ser, am näs|ses|ten)
die **Näs|se**
die **Na|ti|on**, die Na|ti|o|nen
die **Na|ti|o|nal|hym|ne**, die Na|ti|o|nal|hym|nen
die **Na|ti|o|na|li|tät** (Staatsangehörigkeit), die Na|ti|o|na|li|tä|ten
die **Na|tur**, die Na|tu|ren
na|tür|lich, na|tür|li|cher, am na|tür|lichs|ten

Ne

der **Ne|bel**, die Ne|bel
ne|ben
ne|ben|her
neb|lig, neb|li|ger, am neb|ligs|ten
der **Ne|ckar**
der **Nef|fe**, die Nef|fen
neh|men, du nimmst, er nimmt, er nahm, er hat ge|nom|men
der **Neid**
nei|disch, nei|di|scher, am nei|dischs|ten
neid|los
neid|voll
nein
der **Nek|tar**, die Nek|ta|re
die **Nek|ta|ri|ne**, die Nek|ta|ri|nen
die **Nel|ke**, die Nel|ken
nen|nen, sie nennt, sie nann|te, sie hat ge|nannt
ner|vös, ner|vö|ser, am ner|vö|ses|ten

die **Nes|sel**, die Nes|seln
das **Nest**, die Nes|ter
nett, net|ter, am net|tes|ten
das **Netz**, die Net|ze
neu, neu|er, am neu|es|ten
die **Neu|gier|de**
neu|gie|rig, neu|gie|ri|ger, am neu|gie|rigs|ten
die **Neu|heit**, die Neu|hei|ten
die **Neu|ig|keit**, die Neu|ig|kei|ten
das **Neu|jahr**, die Neu|jah|re
neun

neun / Neun

Kleinschreibung
neun Jahre alt
es ist halb neun
neun mal vier
der neunjährige Junge
der 9-jährige Junge
neunmal
9-mal

Großschreibung
die Zahl Neun

neun|mal
neun|zehn
neun|zig

Ni

nicht
die **Nich|te**, die Nich|ten
nichts
ni|cken, er nickt, er nick|te, er hat ge|nickt
nie
nie|der
nie|der|ge|schla|gen, nie|der|ge|schla|ge|ner, am nie|der|ge|schla|gens|ten
die **Nie|der|lan|de**
Nie|der|sach|sen
der **Nie|der|schlag**, die Nie|der|schlä|ge
nied|lich, nied|li|cher, am nied|lichs|ten
nied|rig, nie|dri|ger, am nie|drigs|ten
nie|mals
nie|mand
nie|man|den
die **Nie|re**, die Nie|ren
nie|seln, es nie|selt, es nie|sel|te, es hat ge|nie|selt
nie|sen, sie niest, sie nies|te, sie hat ge|niest
der **Ni|ko|laus**, die Ni|ko|läu|se
das **Nil|pferd**, die Nil|pfer|de

nir|gends
nir|gend|wo
der **Nist|kas|ten**, die Nist|käs|ten
die **Ni|xe**, die Ni|xen

No

noch
noch|mal (auch: noch mal)
das **No|men**, die No|men
die **Non|ne**, die Non|nen
der **Nor|den**
nörd|lich, nörd|li|cher, am nörd|lichs|ten
der **Nord|pol**
Nord|rhein-West|fa|len

die **Nord|see**
nör|geln, er nör|gelt, er nör|gel|te, er hat ge|nör|gelt
nor|mal, nor|ma|ler, am nor|mals|ten
Nor|we|gen
die **Not**, die Nö|te
die **No|te**, die No|ten
das **Note|book**, die Note|books
no|tie|ren, sie no|tiert, sie no|tier|te, sie hat no|tiert
nö|tig, nö|ti|ger, am nö|tigs|ten
die **No|tiz**, die No|ti|zen
der **Not|ruf**, die Not|ru|fe
not|wen|dig, not|wen|di|ger, am not|wen|digs|ten
der **No|vem|ber**

Nu

die **Nu|del**, die Nu|deln
null

> **null / Null**
>
> 
>
> **Kleinschreibung**
> es steht eins zu null
> eine Zahl durch null teilen
> du hast null Fehler
> es ist unter null Grad
>
> **Großschreibung**
> die Zahl Null

die **Num|mer**, die Num|mern
num|me|rie|ren, sie num|me|riert, sie num|me|rier|te, sie hat num|me|riert
nun
nur
nu|scheln, er nu|schelt, er nu|schel|te, er hat ge|nu|schelt
die **Nuss**, die Nüs|se
die **Nu|tria** (auch: Nut|ria), die Nu|tri|as

nut|zen, du nutzt, sie nutzt, sie nutz|te, sie hat ge|nutzt
der **Nut|zen**, die Nut|zen
nüt|zen, du nützt, es nützt, es nütz|te, es hat ge|nützt
nütz|lich, nütz|li|cher, am nütz|lichs|ten

O o

Oa

die **Oa|se**, die Oa|sen

Ob

ob
ob|dach|los
oben
der **Ober**, die Ober
die **Ober|flä|che**, die Ober|flä|chen
das **Ober|teil**, die Ober|tei|le
das **Ob|jekt**, die Ob|jek|te
das **Obst**

ob|wohl

Oc

der **Och|se**, die Och|sen

Od

öde, öder, am ödes|ten
oder
die **Oder**

Of

der **Ofen**, die Öfen
of|fen
die **Of|fen|heit**
öf|fent|lich
die **Öf|fent|lich|keit**
off|line
öff|nen, sie öff|net, sie öff|ne|te, sie hat ge|öff|net
die **Öff|nung**, die Öff|nun|gen
oft, öf|ter, am öf|tes|ten
oft|mals

Oh

oh ja! = o ja!
oh|ne
ohn|mäch|tig
das **Ohr**, die Oh|ren
die **Ohr|fei|ge**, die Ohr|fei|gen
der **Ohr|ring**, die Ohr|rin|ge

Oj

o ja! = oh ja!
oje!

Ok

o. k. (Abkürzung für: okay) (auch: O. K.)
der **Ok|to|ber**

Ol

das **Öl**, die Öle
die **Oli|ve**, die Oli|ven
Olym|pia
die **Olym|pi|a|de**, die Olym|pi|a|den

Om

die **Oma** (Großmutter), die Omas
der **Om|ni|bus**, die Om|ni|bus|se

On

der **On|kel**, die On|kel
on|line
der **On|line|un|ter|richt**, die On|line|un|ter|rich|te

Op

der **Opa** (Großvater), die Opas
die **Oper**, die Opern, der Gesang der Oper gefällt ihr
die **Ope|ra|ti|on**, die Ope|ra|ti|o|nen
ope|rie|ren, sie ope|riert, sie ope|rier|te, sie hat ope|riert
das **Op|fer**, die Op|fer
das **Op|fer|fest**, die Op|fer|fes|te
der **Op|ti|ker**, die Op|ti|ker
die **Op|ti|ke|rin**, die Op|ti|ke|rin|nen
op|ti|mal

Or

orange, er trägt ein oranges Hemd
die **Oran|ge**, die Oran|gen
der **Orang-Utan**, die Orang-Utans
das **Or|ches|ter**, die Or|ches|ter
der **Or|den**, die Or|den
or|dent|lich, or|dent|li|cher, am or|dent|lichs|ten
ord|nen, sie ord|net, sie ord|ne|te, sie hat ge|ord|net

der **Ord|ner**, die Ord|ner
die **Ord|nung**
or|ga|ni|sie|ren, er or|ga|ni|siert,
er or|ga|ni|sier|te,
er hat or|ga|ni|siert
die **Or|gel**, die Or|geln
der **Ori|ent**
sich **ori|en|tie|ren**,
sie ori|en|tiert sich,
sie ori|en|tier|te sich,
sie hat sich ori|en|tiert
das **Ori|gi|nal**, die Ori|gi|na|le
der **Or|kan** (heftiger Sturm),
die Or|ka|ne
der **Ort**, die Or|te
die **Ort|schaft**, die Ort|schaf|ten

Os

der **Os|ten**
das **Os|ter|ei**, die Os|ter|ei|er
das **Os|ter|fest**, die Os|ter|fes|te
der **Os|ter|ha|se**, die Os|ter|ha|sen
das **Os|tern**, die Os|tern
Ös|ter|reich
öst|lich, öst|li|cher,
am öst|lichs|ten
die **Ost|see**

Ot

der **Ot|ter**, die Ot|ter

Ov

oval

Oz

der **Oze|an**, die Oze|a|ne
das (der) **Ozon**
die **Ozon|schicht**

P p

Pa

paar
das **Paar**, die Paa|re

paar / Paar

Kleinschreibung
paar (mehrere)
ein paar Leute
ein paar Häuser weiter

Großschreibung
Paar (zwei)
ein Paar Socken
das Paar, das heiratet

das **Päck|chen**,
die Päck|chen
pa|cken, sie packt, sie pack|te,
sie hat ge|packt
das **Pad|del**, die Pad|del
pad|deln, er pad|delt,
er pad|del|te, er hat ge|pad|delt
das **Pa|ket**, die Pa|ke|te
die **Pal|me**, die Pal|men
die **Pa|nik**, die Pa|ni|ken
pa|nisch
die **Pan|ne**, die Pan|nen
der **Pan|tof|fel**, die Pan|tof|feln
die **Pan|to|mi|me**,
die Pan|to|mi|men
der **Pan|zer**, die Pan|zer
der **Pa|pa**, die Pa|pas
der **Pa|pa|gei**, die Pa|pa|gei|en

das **Pa|pier**, die Pa|pie|re
die **Pap|pe**, die Pap|pen
die (der) **Pa|pri|ka** (auch: Pap|ri|ka), die Pa|pri|kas

der **Papst**, die Päps|te
das **Pa|ra|dies**, die Pa|ra|die|se
pa|ral|lel (auch: par|al|lel)
das **Pa|ral|le|lo|gramm** (auch: Par|al|le|lo|gramm), die Pa|ral|le|lo|gram|me
das **Pär|chen**, die Pär|chen
der **Par|cours** (Hindernisstrecke), die Par|cours
der **Park**, die Parks
par|ken, sie parkt, sie park|te, sie hat ge|parkt
der **Park|platz**, die Park|plät|ze
die **Par|tei**, die Par|tei|en
das **Par|ter|re** (Erdgeschoss), die Par|ter|res
der **Part|ner**, die Part|ner
die **Part|ne|rin**, die Part|ne|rin|nen
die **Part|ner|schaft**, die Part|ner|schaf|ten
die **Par|ty**, die Par|tys
der **Pass**, die Päs|se
pas|sen, es passt, es pass|te, es hat ge|passt
pas|send, pas|sen|der, am pas|sends|ten
pas|sie|ren, es pas|siert, es pas|sier|te, es ist pas|siert
der **Pas|tor**, die Pas|to|ren
die **Pas|to|rin**, die Pas|to|rin|nen
der **Pa|te**, die Pa|ten
der **Pa|ti|ent**, die Pa|ti|en|ten
die **Pa|ti|en|tin**, die Pa|ti|en|tin|nen
die **Pa|tin**, die Pa|tin|nen
die **Pau|ke**, die Pau|ken
die **Pau|se**, die Pau|sen
pau|sie|ren, sie pau|siert, sie pau|sier|te, sie hat pau|siert

Pc

der **PC** (Abkürzung für: Personal Computer), die PCs

Pe

das **Pech**
das **Pe|dal**, die Pe|da|le
der **Pe|li|kan**, die Pe|li|ka|ne
der **Pelz**, die Pel|ze
der **Pe|nis** (Glied, männliches Geschlechtsorgan), die Pe|nis|se
per|fekt
das **Per|fekt**, die Per|fek|te
die **Per|son**, die Per|so|nen
per|sön|lich
pet|zen, du petzt, er petzt, er petz|te, er hat ge|petzt

Pf

der **Pfad**, die Pfa|de
der **Pfad|fin|der**, die Pfad|fin|der
die **Pfad|fin|de|rin**, die Pfad|fin|de|rin|nen
das **Pfand**, die Pfän|der
pfän|den, er pfän|det, er pfän|de|te, er hat ge|pfän|det
die **Pfan|ne**, die Pfan|nen
der **Pfar|rer**, die Pfar|rer
die **Pfar|re|rin**, die Pfar|re|rin|nen
der **Pfau**, die Pfau|en
der **Pfef|fer**

die **Pfei|fe**, die Pfei|fen
pfei|fen, sie pfeift, sie pfiff, sie hat ge|pfif|fen
der **Pfeil**, die Pfei|le
das **Pferd**, die Pfer|de
der **Pfiff**, die Pfif|fe
das **Pfings|ten**, die Pfings|ten
das **Pfingst|fest**, die Pfingst|fes|te
der **Pfir|sich**, die Pfir|si|che

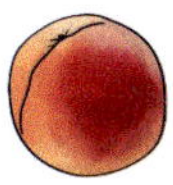

die **Pflan|ze**, die Pflan|zen
pflan|zen, sie pflanzt, sie pflanz|te, sie hat ge|pflanzt
das **Pflas|ter**, die Pflas|ter
die **Pflau|me**, die Pflau|men
die **Pfle|ge**
pfle|gen, er pflegt, er pfleg|te, er hat ge|pflegt
der **Pfle|ger**, die Pfle|ger
die **Pfle|ge|rin**, die Pfle|ge|rin|nen
die **Pflicht**, die Pflich|ten
pflü|cken, er pflückt, er pflück|te, er hat ge|pflückt
der **Pflug**, die Pflü|ge
pflü|gen, sie pflügt, sie pflüg|te, sie hat ge|pflügt
die **Pfor|te**, die Pfor|ten
die **Pfo|te**, die Pfo|ten

pfui!
das **Pfund** (500 Gramm), die Pfun|de
die **Pfüt|ze**, die Pfüt|zen

Ph

die **Phan|ta|sie**, die Phan|ta|si|en = Fantasie
phan|ta|sie|los, phan|ta|sie|lo|ser, am phan|ta|sie|lo|ses|ten = fantasielos
phan|ta|sie|voll, phan|ta|sie|vol|ler, am phan|ta|sie|volls|ten = fantasievoll
phan|tas|tisch, phan|tas|ti|scher, am phan|tas|tischs|ten = fantastisch
der **Pha|rao**, die Pha|ra|o|nen
die **Phy|sik**

Pi

das **Pick|nick**, die Pick|ni|cke (auch: die Pick|nicks)
pie|pen, es piept, es piep|te, es hat ge|piept
pi|ken, es pikt, es pik|te, es hat ge|pikt = piksen
pik|sen, es pikst, es piks|te, es hat ge|pikst = piken
die **Pil|le**, die Pil|len
der **Pi|lot**, die Pi|lo|ten
die **Pi|lo|tin**, die Pi|lo|tin|nen

der **Pilz**, die Pil|ze
der **Pin|gu|in**, die Pin|gu|i|ne
pink, sie hat ein pinkes Shirt
die **Pinn|wand**, die Pinn|wän|de
der **Pin|sel**, die Pin|sel
das **Pi|pi**
der **Pi|rat**, die Pi|ra|ten
die **Pi|ra|tin**, die Pi|ra|tin|nen
die **Pis|to|le**, die Pis|to|len
die **Piz|za**, die Piz|zas (auch: die Piz|zen)

A B C D E F G H I J K L M N O P Qu R S T U V W X Y Z

Pk

der **Pkw** (Abkürzung für: Personenkraftwagen), die Pkws (auch: der PKW, die PKWs)

Pl

das **Pla|kat**, die Pla|ka|te
der **Plan**, die Plä|ne
die **Pla|ne**, die Pla|nen
pla|nen, er plant, er plan|te, er hat ge|plant
der **Pla|net**, die Pla|ne|ten
plan|los, plan|lo|ser, am plan|lo|ses|ten
plap|pern, sie plap|pert, sie plap|per|te, sie hat ge|plap|pert
das **Plas|tik**
die **Plas|tik|tü|te**, die Plas|tik|tü|ten
platt, plat|ter, am plat|tes|ten
das **Platt|deutsch**
die **Plat|te**, die Plat|ten
der **Platz**, die Plät|ze
das **Plätz|chen**, die Plätz|chen
plat|zen, du platzt, es platzt, es platz|te, es ist ge|platzt
das **Ple|num**, die Ple|nen
plötz|lich
plump, plum|per, am plumps|ten
der **Plu|ral**, die Plu|ra|le
plus

Po

der **Po**, die Pos
der **Pod|cast**, die Pod|casts
die **Poin|te** (überraschender Schluss), die Poin|ten
der **Po|kal**, die Po|ka|le
der **Pol**, die Po|le
Po|len
die **Po|li|zei**
der **Po|li|zist**, die Po|li|zis|ten
die **Po|li|zis|tin**, die Po|li|zis|tin|nen
das **Pols|ter**, die Pols|ter
pol|tern, es pol|tert, es pol|ter|te, es hat ge|pol|tert
die **Pommes|frites**
das **Po|ny**, die Po|nys
der **Pool** (Schwimmbecken), die Pools
das **Pop|corn**
der **Po|po**, die Po|pos
das **Porte|mon|naie** (Geldbeutel), die Porte|mon|naies = Portmonee

das **Port|fo|lio** (Sammlung von Arbeiten), die Port|fo|li|os
das **Port|mo|nee** (Geldbeutel), die Port|mo|nees = Portemonnaie
Por|tu|gal
die **Post**
pos|ten, er pos|tet, er pos|te|te, er hat ge|pos|tet
die **Post|kar|te**, die Post|kar|ten
Pots|dam

Pr

die **Pracht**
präch|tig, präch|ti|ger, am präch|tigs|ten
das **Prä|di|kat**, die Prä|di|ka|te
prah|len, sie prahlt, sie prahl|te, sie hat ge|prahlt

prak|tisch, prak|ti|scher, am prak|tischs|ten

die **Pra|li|ne**, die Pra|li|nen

prall, pral|ler, am pralls|ten

die **Pran|ke**, die Pran|ken

das **Prä|sens**, die Prä|sen|tia (auch: die Prä|sen|zi|en)

prä|sen|tie|ren, sie prä|sen|tiert, sie prä|sen|tier|te, sie hat prä|sen|tiert

der **Prä|si|dent**, die Prä|si|den|ten

die **Prä|si|den|tin**, die Prä|si|den|tin|nen

pras|seln, es pras|selt, es pras|sel|te, es hat ge|pras|selt

das **Prä|te|ri|tum**, die Prä|te|ri|ta

die **Pra|xis**, die Pra|xen

die **Pre|digt**, die Pre|dig|ten

der **Preis**, die Prei|se

prel|len, sie prellt, sie prell|te, sie ist ge|prellt (auch: sie hat ge|prellt)

pres|sen, er presst, er press|te, er hat ge|presst

der **Pries|ter**, die Pries|ter

die **Pries|te|rin**, die Pries|te|rin|nen

pri|ma

der **Prinz**, die Prin|zen

die **Prin|zes|sin**, die Prin|zes|sin|nen

das **Pris|ma**, die Pris|men

pri|vat

pro (für)

die **Pro|be**, die Pro|ben

pro|ben, sie probt, sie prob|te, sie hat ge|probt

pro|bie|ren, er pro|biert, er pro|bier|te, er hat pro|biert

das **Pro|blem** (auch: Prob|lem), die Pro|ble|me

pro|ble|ma|tisch (auch: prob|le|ma|tisch), pro|ble|ma|ti|scher, am pro|ble|ma|tischs|ten

das **Pro|dukt**, die Pro|duk|te

pro|du|zie|ren, sie pro|du|ziert, sie pro|du|zier|te, sie hat pro|du|ziert

der **Pro|fes|sor**, die Pro|fes|so|ren

die **Pro|fes|so|rin**, die Pro|fes|so|rin|nen

der **Pro|fi** (Fachfrau oder Fachmann), die Pro|fis

das **Pro|gramm**, die Pro|gram|me

pro|gram|mie|ren, sie pro|gram|miert, sie pro|gram|mier|te, sie hat pro|gram|miert

das **Pro|jekt** (Vorhaben), die Pro|jek|te

das **Pro|no|men**, die Pro|no|men

der **Pro|pel|ler**, die Pro|pel|ler

das **Pros|pekt** (auch: Pro|spekt), die Pros|pek|te

pro|tes|tie|ren, er pro|tes|tiert, er pro|tes|tier|te, er hat pro|tes|tiert

das **Pro|to|koll**, die Pro|to|kol|le

der **Pro|vi|ant**

das **Pro|zent**, die Pro|zen|te

der **Pro|zess**, die Pro|zes|se

prü|fen, sie prüft, sie prüf|te, sie hat ge|prüft

die **Prü|fung**, die Prü|fun|gen
prus|ten, er prus|tet,
er prus|te|te, er hat ge|prus|tet

Pu

die **Pu|ber|tät**
das **Pu|bli|kum**
(auch: Pub|li|kum)

der **Puck**, die Pucks
der **Pud|ding**, die Pud|dings
der **Pu|del**, die Pu|del
pu|del|wohl
der **Pul|li**, die Pul|lis
der **Pul|lo|ver** (auch: Pull|o|ver),
die Pul|lo|ver
der **Puls**, die Pul|se
das **Pult**, die Pul|te
das **Pul|ver**, die Pul|ver
die **Pum|pe**, die Pum|pen
pum|pen, er pumpt,
er pump|te, er hat ge|pumpt
der **Punkt**, die Punk|te
pünkt|lich, pünkt|li|cher,
am pünkt|lichs|ten
die **Pünkt|lich|keit**
die **Pu|pil|le**, die Pu|pil|len
die **Pup|pe**, die Pup|pen
pur
das **Pü|ree**, die Pü|rees
pur|zeln, es pur|zelt,
es pur|zel|te, es ist ge|pur|zelt
pus|ten, sie pus|tet,
sie pus|te|te,
sie hat ge|pus|tet
die **Pu|te**, die Pu|ten
put|zen, du putzt, er putzt,
er putz|te, er hat ge|putzt
das **Puz|zle**, die Puz|zles

Py

die **Py|ra|mi|de**,
die Py|ra|mi|den

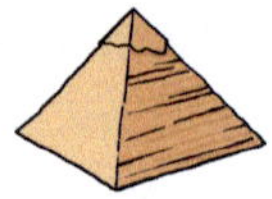

Qu qu

Qr

der **QR-Code**, die QR-Codes

Qua

der **Qua|der**, die Qua|der
das **Qua|drat** (auch: Quad|rat),
die Qua|dra|te
qua|dra|tisch
(auch: quad|ra|tisch)
qua|ken, sie quakt,
sie quak|te, sie hat ge|quakt
die **Qual**, die Qua|len
quä|len, er quält, er quäl|te,
er hat ge|quält
die **Quä|le|rei**, die Quä|le|rei|en
die **Qua|li|fi|ka|ti|on**,
die Qua|li|fi|ka|ti|o|nen
die **Qua|li|tät**, die Qua|li|tä|ten
die **Qual|le**, die Qual|len
der **Qualm**
qual|men, es qualmt,
es qualm|te, es hat ge|qualmt
der **Quark**
das **Quar|tett**, die Quar|tet|te
das **Quar|tier** (Unterkunft),
die Quar|tie|re
quas|seln, er quas|selt,
er quas|sel|te,
er hat ge|quas|selt
der **Quatsch**

quat|schen, du quatschst, sie quatscht, sie quatsch|te, sie hat ge|quatscht

Que

die **Quel|le**, die Quel|len
quen|geln, er quen|gelt, er quen|gel|te, er hat ge|quen|gelt
quer
quet|schen, du quetschst, sie quetscht, sie quetsch|te, sie hat ge|quetscht

Qui

quie|ken, er quiekt, er quiek|te, er hat ge|quiekt
quiet|schen, du quietschst, es quietscht, es quietsch|te, es hat ge|quietscht
der **Quirl**, die Quir|le
die **Quit|tung**, die Quit|tun|gen
das **Quiz**, die Quiz

Quo

der **Quo|ti|ent**, die Quo|ti|en|ten

R r

Ra

der **Rab|bi**, die Rab|bis (auch: die Rab|bi|nen)
die **Rab|bi|ne|rin**, die Rab|bi|ne|rin|nen
der **Ra|be**, die Ra|ben
die **Ra|che**
der **Ra|chen**, die Ra|chen
sich **rä|chen**, er rächt sich, er räch|te sich, er hat sich ge|rächt
das **Rad**, die Rä|der
ra|deln, sie ra|delt, sie ra|del|te, sie ist ge|ra|delt
der **Rad|fah|rer**, die Rad|fah|rer
die **Rad|fah|re|rin**, die Rad|fah|re|rin|nen
ra|die|ren, er ra|diert, er ra|dier|te, er hat ra|diert
der **Ra|dier|gum|mi**, die Ra|dier|gum|mis
das **Ra|dies|chen**, die Ra|dies|chen

das **Ra|dio**, die Ra|di|os
der **Ra|di|us**, die Ra|di|en
der **Rah|men**, die Rah|men
die **Ra|ke|te**, die Ra|ke|ten
die **Ram|pe**, die Ram|pen
der **Rand**, die Rän|der
der **Ran|zen**, die Ran|zen
der **Rap**, die Raps, er singt einen Rap
rap|peln, es rap|pelt, es rap|pel|te, es hat ge|rap|pelt
ra|sant, ra|san|ter, am ra|san|tes|ten
rasch, ra|scher, am ra|sches|ten (auch: am raschs|ten)
ra|scheln, es ra|schelt, es ra|schel|te, es hat ge|ra|schelt
ra|sen, sie rast, sie ras|te, sie ist ge|rast

A B C D E F G H I J K L M N O P Qu R S T U V W X Y Z

der **Ra|sen**, die Ra|sen
ra|sie|ren, er ra|siert, er ra|sier|te, er hat ra|siert
die **Ras|sel**, die Ras|seln
ras|seln, es ras|selt, es ras|sel|te, es hat ge|ras|selt
der **Rat**
ra|ten, du rätst, sie rät, sie riet, sie hat ge|ra|ten
rat|los
rat|sam, rat|sa|mer, am rat|sams|ten
das **Rät|sel**, die Rät|sel
rät|sel|haft, rät|sel|haf|ter, am rät|sel|haf|tes|ten
rät|seln, er rät|selt, er rät|sel|te, er hat ge|rät|selt
die **Rat|te**, die Rat|ten
der **Raub**, die Rau|be
rau|ben, er raubt, er raub|te, er hat ge|raubt
der **Räu|ber**, die Räu|ber
die **Räu|be|rin**, die Räu|be|rin|nen
das **Raub|tier**, die Raub|tie|re
der **Rauch**
rau|chen, es raucht, es rauch|te, es hat ge|raucht
rauf (herauf)
der **Raum**, die Räu|me
räu|men, sie räumt, sie räum|te, sie hat ge|räumt
die **Rau|pe**, die Rau|pen
der **Rau|reif**
raus (heraus)
rau|schen, du rauschst, es rauscht, es rausch|te, es hat ge|rauscht
sich **räus|pern**, sie räus|pert sich, sie räus|per|te sich, sie hat sich ge|räus|pert

Re

die **Re|al|schu|le**, die Re|al|schu|len
re|cher|chie|ren, er re|cher|chiert, er re|cher|chier|te, er hat re|cher|chiert
rech|nen, sie rech|net, sie rech|ne|te, sie hat ge|rech|net
der **Rech|ner**, die Rech|ner
die **Rech|nung**, die Rech|nun|gen
recht
das **Recht**, die Rech|te
rech|te, der rechte Fuß

recht / Recht

Kleinschreibung
das geschieht ihm recht
jetzt erst recht
so ist es recht
recht haben
recht bekommen

Großschreibung
im Recht sein

das **Recht|eck**, die Recht|ecke
rechts
die **Recht|schrei|bung**, die Recht|schrei|bun|gen

re|cy|celn (wiederverwerten),
sie re|cy|celt, sie re|cy|cel|te,
sie hat re|cy|celt
(auch: sie hat re|cy|clet)

das **Re|cy|cling** (auch: Re|cyc|ling)
die **Re|dak|ti|on**, die Re|dak|ti|o|nen
die **Re|de**, die Re|den
re|den, er re|det, er re|de|te,
er hat ge|re|det
re|du|zie|ren, sie re|du|ziert,
sie re|du|zier|te,
sie hat re|du|ziert
das **Re|fe|rat** (Vortrag),
die Re|fe|ra|te
re|flek|tie|ren, er re|flek|tiert,
er re|flek|tier|te,
er hat re|flek|tiert
der **Re|flek|tor** (Rückstrahler),
die Re|flek|to|ren

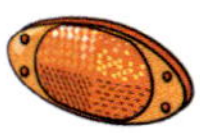

der **Re|frain**
(auch: Ref|rain), die Re|frains
das **Re|gal**, die Re|ga|le
die **Re|gel**, die Re|geln
re|gel|mä|ßig, re|gel|mä|ßi|ger,
am re|gel|mä|ßigs|ten
der **Re|gen**
der **Re|gen|wurm**,
die Re|gen|wür|mer
die **Re|gi|on**, die Re|gi|o|nen
reg|nen, es reg|net,
es reg|ne|te, es hat ge|reg|net
re|gu|lie|ren, er re|gu|liert,
er re|gu|lier|te,
er hat re|gu|liert

das **Reh**, die Re|he
reich, rei|cher, am reichs|ten
rei|chen, es reicht, es reich|te,
es hat ge|reicht
der **Reich|tum**, die Reich|tü|mer
reif, rei|fer, am rei|fes|ten
der **Rei|fen**, die Rei|fen
die **Rei|he**, die Rei|hen
die **Rei|hen|fol|ge**,
die Rei|hen|fol|gen
reih|um
der **Reim**, die Rei|me
sich **rei|men**, es reimt sich,
es reim|te sich,
es hat sich ge|reimt
rein, rei|ner, am reins|ten
rein (herein)
rein|ge|hen, sie geht rein,
sie ging rein,
sie ist rein|ge|gan|gen
die **Rei|ni|gung**, die Rei|ni|gun|gen
der **Reis**
die **Rei|se**, die Rei|sen
rei|sen, er reist, er reis|te,
er ist ge|reist, er reist ans Meer
rei|ßen, du reißt, sie riss,
sie hat ge|ris|sen,
sie reißt an der Leine
der **Reiß|ver|schluss**,
die Reiß|ver|schlüs|se
rei|ten, er rei|tet, er ritt,
er ist ge|rit|ten
der **Rei|ter**, die Rei|ter
die **Rei|te|rin**, die Rei|te|rin|nen
rei|zen, du reizt, sie reizt,
sie reiz|te, sie hat ge|reizt
die **Re|kla|me**, die Re|kla|men
der **Rek|tor**, die Rek|to|ren
die **Rek|to|rin**, die Rek|to|rin|nen
die **Re|li|gi|on**, die Re|li|gi|o|nen
re|li|gi|ös, re|li|gi|ö|ser,
am re|li|gi|ö|ses|ten

ren|nen, sie rennt, sie rann|te, sie ist ge|rannt
das **Ren|nen**, die Ren|nen
die **Renn|maus**, die Renn|mäu|se
das **Ren|tier**, die Ren|tie|re
die **Re|pa|ra|tur**, die Re|pa|ra|tu|ren
re|pa|rie|ren, er re|pa|riert, er re|pa|rier|te, er hat re|pa|riert
die **Re|pu|blik** (auch: Re|pub|lik), die Re|pu|bli|ken
das **Re|qui|sit**, die Re|qui|si|ten
die **Re|ser|ve**, die Re|ser|ven
der **Res|pekt** (auch: Re|spekt)
res|pek|tie|ren (auch: re|spek|tie|ren), sie res|pek|tiert, sie res|pek|tier|te, sie hat res|pek|tiert
res|pekt|voll (auch: re|spekt|voll), res|pekt|vol|ler, am res|pekt|volls|ten
die **Res|sour|ce** (Rohstoffquelle, Hilfsmittel), die Res|sour|cen
der **Rest**, die Res|te
das **Res|tau|rant** (auch: Re|stau|rant), die Res|tau|rants
ret|ten, sie ret|tet, sie ret|te|te, sie hat ge|ret|tet
die **Ret|tung**, die Ret|tun|gen
die **Reue**
das **Re|zept**, die Re|zep|te

Rh

der **Rha|bar|ber**
der **Rhein**
Rhein|land-Pfalz
der **Rhyth|mus**, die Rhyth|men

Ri

rich|ten, er rich|tet, er rich|te|te, er hat ge|rich|tet
der **Rich|ter**, die Rich|ter
die **Rich|te|rin**, die Rich|te|rin|nen
rich|tig
die **Rich|tung**, die Rich|tun|gen
rie|chen, es riecht, es roch, es hat ge|ro|chen
der **Rie|gel**, die Rie|gel
der **Rie|men**, die Rie|men
der **Rie|se**, die Rie|sen
rie|seln, es rie|selt, es rie|sel|te, es ist ge|rie|selt (auch: es hat ge|rie|selt)
rie|sig, rie|si|ger, am rie|sigs|ten
die **Rie|sin**, die Rie|sin|nen
das **Rind**, die Rin|der
die **Rin|de**, die Rin|den
der **Ring**, die Rin|ge
die **Rip|pe**, die Rip|pen
ris|kant, ris|kan|ter, am ris|kan|tes|ten
der **Riss**, die Ris|se
der **Rit|ter**, die Rit|ter
das **Rit|ter|tum**

Ro

die **Rob|be**, die Rob|ben
die **Ro|be**, die Ro|ben
der **Ro|bo|ter**, die Ro|bo|ter
der **Rock**, die Rö|cke
ro|deln, er ro|delt, er ro|del|te, er ist ge|ro|delt
der **Rog|gen**

roh
die **Roh|kost**
das **Rohr**, die Roh|re
die **Röh|re**, die Röh|ren
die **Rol|le**, die Rol|len
rol|len, sie rollt, sie roll|te, sie ist ge|rollt (auch: sie hat ge|rollt)
der **Rol|ler**, die Rol|ler
der **Roll|stuhl**, die Roll|stüh|le
der **Roll|stuhl|fah|rer**, die Roll|stuhl|fah|rer
die **Roll|stuhl|fah|re|rin**, die Roll|stuhl|fah|re|rin|nen
ro|sa, sie hat eine rosa Hose
die **Ro|se**, die Ro|sen
die **Ro|si|ne**, die Ro|si|nen
der **Rost**
ros|ten, es ros|tet, es ros|te|te, es hat ge|ros|tet
rös|ten, er rös|tet, er rös|te|te, er hat ge|rös|tet
ros|tig, ros|ti|ger, am ros|tigs|ten
rot, rö|ter, am rö|tes|ten (auch: ro|ter, am ro|tes|ten)
das **Rot|kehl|chen**, die Rot|kehl|chen
der **Rot|kohl**

Ru

die **Rü|be**, die Rü|ben
rü|cken, sie rückt, sie rück|te, sie ist ge|rückt (auch: sie hat ge|rückt)
der **Rü|cken**, die Rü|cken
das **Rück|licht**, die Rück|lich|ter
der **Ruck|sack**, die Ruck|sä|cke
die **Rück|sicht**, die Rück|sich|ten
rück|sichts|voll, rück|sichts|vol|ler, am rück|sichts|volls|ten
der **Rück|strah|ler**, die Rück|strah|ler
rück|wärts
der **Rück|weg**, die Rück|we|ge
ru|fen, sie ruft, sie rief, sie hat ge|ru|fen
die **Ru|he**

rot / Rot

Kleinschreibung

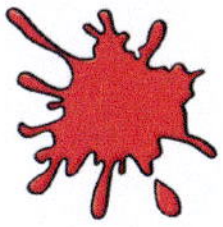

mein T-Shirt ist rot
mein rotes T-Shirt
der Himmel färbt sich rot
rot gestreift
rothaarig
dunkelrot
feuerrot

Großschreibung

das Rot der Tomate
ein feuriges Rot
die Ampel steht auf Rot

ru|hen, sie ruht, sie ruh|te, sie hat ge|ruht
ru|hig, ru|hi|ger, am ru|higs|ten
rüh|ren, sie rührt, sie rühr|te, sie hat ge|rührt

die **Ru|i|ne**, die Ru|i|nen
Ru|mä|ni|en

rum|peln, es rum|pelt,
es rum|pel|te,
es hat ge|rum|pelt
rund
die **Ru|nde**, die Run|den
die **Ru|ne** (altes Schriftzeichen),
die Ru|nen
run|ter (herunter)
Russ|land
die **Rüs|tung**, die Rüs|tun|gen
die **Rut|sche**, die Rut|schen
rut|schen, du rutschst,
sie rutscht, sie rutsch|te,
sie ist ge|rutscht
rüt|teln, er rüt|telt, er rüt|tel|te,
er hat ge|rüt|telt

S s

Sa

der **Saal**, die Sä|le
die **Saa|le**
die **Saar**
Saar|brü|cken
Saar|land
die **Saat**
das **Sach|buch**, die Sach|bü|cher
die **Sa|che**, die Sa|chen
sach|lich, sach|li|cher,
am sach|lichs|ten
säch|lich
Sach|sen
Sach|sen-An|halt
der **Sack**, die Sä|cke
sä|en, sie sät, sie sä|te,
sie hat ge|sät
der **Saft**, die Säf|te
saf|tig, saf|ti|ger,
am saf|tigs|ten
die **Sä|ge**, die Sä|gen
sa|gen, er sagt, er sag|te,
er hat ge|sagt
sä|gen, sie sägt, sie säg|te,
sie hat ge|sägt
sa|gen|haft
die **Sah|ne**
sah|nig
die **Sai|te**
(des Musikinstruments),
die Sai|ten

die **Sa|la|mi**, die Sa|la|mi
(auch: die Sa|la|mis)
der **Sa|lat**, die Sa|la|te
die **Sal|be**, die Sal|ben
der **Sal|to**, die Sal|tos
(auch: die Sal|ti)
das **Salz**, die Sal|ze
sal|zig, sal|zi|ger,
am sal|zigs|ten
der **Sa|men**, die Sa|men
sam|meln, er sam|melt,
er sam|mel|te,
er hat ge|sam|melt
die **Samm|lung**, die Samm|lun|gen
der **Sams|tag**,
die Sams|ta|ge
sams|tags
der **Sand**,
die San|de
die **San|da|le**, die San|da|len
san|dig, san|di|ger,
am san|digs|ten
der **Sand|kas|ten**,
die Sand|käs|ten

das (der) **Sand|wich**, die Sand|wi|ches (auch: die Sand|wichs)

sanft, sanf|ter, am sanf|tes|ten

der **Sän|ger**, die Sän|ger

die **Sän|ge|rin**, die Sän|ge|rin|nen

San Ma|ri|no

die **Sar|di|ne**, die Sar|di|nen

der **Sarg**, die Sär|ge

der **Sa|tel|lit**, die Sa|tel|li|ten

satt, sat|ter, am sat|tes|ten

der **Sat|tel**, die Sät|tel

sat|teln, sie sat|telt, sie sat|tel|te, sie hat ge|sat|telt

der **Satz**, die Sät|ze

sau|ber, sau|be|rer, am sau|bers|ten

säu|bern, er säu|bert, er säu|ber|te, er hat ge|säu|bert

die **Sau|ce**, die Sau|cen = Soße

sau|er, sau|rer, am sau|ers|ten

der **Sau|er|stoff**

> **Samstag / samstags**
>
> **Großschreibung**
> der Samstag
> am Samstag
> am Samstagmorgen
>
> **Kleinschreibung**
> samstags
> samstagabends

sau|fen, es säuft, es soff, es hat ge|sof|fen

sau|gen, er saugt, er saug|te, er hat ge|saugt

säu|gen, sie säugt, sie säug|te, sie hat ge|säugt

das **Säu|ge|tier**, die Säu|ge|tie|re

der **Säug|ling**, die Säug|lin|ge

die **Säu|le**, die Säu|len

der **Sau|ri|er**, die Sau|ri|er

sau|sen, sie saust, sie saus|te, sie ist ge|saust

das **Sa|xo|fon**, die Sa|xo|fo|ne = Saxophon

das **Sa|xo|phon**, die Sa|xo|pho|ne = Saxofon

Sb

die **S-Bahn**, die S-Bah|nen

Sc

scan|nen, du scannst, sie scannt, sie scann|te, sie hat ge|scannt

der **Scan|ner**, die Scan|ner

Scha

scha|ben, er schabt, er schab|te, er hat ge|schabt

die **Scha|blo|ne** (auch: Schab|lo|ne), die Scha|blo|nen

die **Schach|tel**, die Schach|teln

scha|de

scha|den, es scha|det, es scha|de|te, es hat ge|scha|det

der **Scha|den**, die Schä|den

A B C D E F G H I J K L M N O P Qu R S T U V W X Y Z

schäd|lich, schäd|li|cher, am schäd|lichs|ten

der **Schäd|ling**, die Schäd|lin|ge

das **Schaf**, die Scha|fe

der **Schä|fer**, die Schä|fer

die **Schä|fe|rin**, die Schä|fe|rin|nen

schaf|fen, sie schafft, sie schaff|te, sie hat ge|schafft

der **Schal**, die Schals

die **Scha|le**, die Scha|len

schä|len, er schält, er schäl|te, er hat ge|schält

der **Schall**, die Schal|le (auch: die Schäl|le)

schal|ten, er schal|tet, er schal|te|te, er hat ge|schal|tet

der **Schal|ter**, die Schal|ter

die **Scham**

sich **schä|men**, sie schämt sich, sie schäm|te sich, sie hat sich ge|schämt

scharf, schär|fer, am schärfs|ten

die **Schär|fe**, die Schär|fen

der **Schat|ten**, die Schat|ten

schat|tig, schat|ti|ger, am schat|tigs|ten

der **Schatz**, die Schät|ze

schät|zen, du schätzt, sie schätzt, sie schätz|te, sie hat ge|schätzt

schau|en, er schaut, er schau|te, er hat ge|schaut

der **Schau|er**, die Schau|er

die **Schau|fel**, die Schau|feln

die **Schau|kel**, die Schau|keln

schau|keln, sie schau|kelt, sie schau|kel|te, sie hat ge|schau|kelt

der **Schaum**, die Schäu|me

schäu|men, es schäumt, es schäum|te, es hat ge|schäumt

schau|rig, schau|ri|ger, am schau|rigs|ten

der **Schau|spie|ler**, die Schau|spie|ler

die **Schau|spie|le|rin**, die Schau|spie|le|rin|nen

Sche

die **Schei|be**, die Schei|ben

die **Schei|de**, die Schei|den

schei|den, sie schei|det, sie schei|de|te, sie hat ge|schie|den, sich scheiden lassen

schei|nen, er scheint, er schien, er hat ge|schie|nen

der **Schein|wer|fer**, die Schein|wer|fer

schen|ken, sie schenkt, sie schenk|te, sie hat ge|schenkt

die **Scher|be**, die Scher|ben

die **Sche|re**, die Sche|ren

der **Scherz**, die Scher|ze

scher|zen, du scherzt, er scherzt, er scherz|te, er hat ge|scherzt

scherz|haft, scherz|haf|ter, am scherz|haf|tes|ten

scheu, scheu|er, am scheu|es|ten

die **Scheu|ne**, die Scheu|nen

scheuß|lich, scheuß|li|cher, am scheuß|lichs|ten

Schi

der **Schi**, die Schi|er (auch: die Schi) = Ski
die **Schicht**, die Schich|ten
schick, schi|cker, am schicks|ten
schi|cken, sie schickt, sie schick|te, sie hat ge|schickt
schie|ben, er schiebt, er schob, er hat ge|scho|ben
der **Schieds|rich|ter**, die Schieds|rich|ter
die **Schieds|rich|te|rin**, die Schieds|rich|te|rin|nen
schief, schie|fer, am schiefs|ten
die **Schie|ne**, die Schie|nen
schie|ßen, du schießt, sie schießt, sie schoss, sie hat ge|schos|sen
das **Schiff**, die Schif|fe
das **Schild** (Verkehrsschild), die Schil|der
der **Schild** (Schutz), die Schil|de
die **Schild|krö|te**, die Schild|krö|ten
der **Schim|mel** (Tier), die Schim|mel
der **Schim|pan|se**, die Schim|pan|sen
schimp|fen, er schimpft, er schimpf|te, er hat ge|schimpft
der **Schirm**, die Schir|me

Schl

schlab|bern, er schlab|bert, er schlab|ber|te, er hat ge|schlab|bert
schlach|ten, sie schlach|tet, sie schlach|te|te, sie hat ge|schlach|tet
der **Schlaf**
schla|fen, sie schläft, sie schlief, sie hat ge|schla|fen
schlaf|los
der **Schlaf|raum**, die Schlaf|räu|me
schläf|rig, schläf|ri|ger, am schläf|rigs|ten
der **Schlag**, die Schlä|ge
schla|gen, er schlägt, er schlug, er hat ge|schla|gen
das **Schlag|zeug**, die Schlag|zeu|ge
der **Schlamm**, die Schlam|me (auch: die Schläm|me)
schlam|mig
die **Schlan|ge**, die Schlan|gen
schlän|geln, sie schlän|gelt, sie schlän|gel|te, sie ist ge|schlän|gelt
schlank, schlan|ker, am schlan|kes|ten
schlapp, schlap|per, am schlapps|ten
schlau, schlau|er, am schlaus|ten
der **Schlauch**, die Schläu|che
schlecht, schlech|ter, am schlech|tes|ten
schle|cken, er schleckt, er schleck|te, er hat ge|schleckt
schlei|chen, sie schleicht, sie schlich, sie ist ge|schli|chen

die **Schlei|fe**, die Schlei|fen
schlem|men, er schlemmt, er schlemm|te, er hat ge|schlemmt
schlen|dern, er schlen|dert, er schlen|der|te, er ist ge|schlen|dert
schlep|pen, sie schleppt, sie schlepp|te, sie hat ge|schleppt
Schles|wig-Hol|stein
die **Schleu|der**, die Schleu|dern
schleu|dern, er schleu|dert, er schleu|der|te, er hat ge|schleu|dert
die **Schleu|se**, die Schleu|sen
schlie|ßen, du schließt, sie schließt, sie schloss, sie hat ge|schlos|sen
schließ|lich
schlimm, schlim|mer, am schlimms|ten
die **Schlin|ge**, die Schlin|gen
schlin|gen, er schlingt, er schlang, er hat ge|schlun|gen
der **Schlit|ten**, die Schlit|ten
der **Schlitt|schuh**, die Schlitt|schu|he
der **Schlitz**, die Schlit|ze
das **Schloss**, die Schlös|ser

schlot|tern, sie schlot|tert, sie schlot|ter|te, sie hat ge|schlot|tert
die **Schlucht**, die Schluch|ten
der **Schluck**, die Schlu|cke
schlu|cken, er schluckt, er schluck|te, er hat ge|schluckt
schlüp|fen, sie schlüpft, sie schlüpf|te, sie ist ge|schlüpft
der **Schluss**, die Schlüs|se
der **Schlüs|sel**, die Schlüs|sel

Schm

schmal, schma|ler, am schmals|ten
schmat|zen, du schmatzt, er schmatzt, er schmatz|te, er hat ge|schmatzt
schme|cken, es schmeckt, es schmeck|te, es hat ge|schmeckt
schmei|ßen, du schmeißt, sie schmeißt, sie schmiss, sie hat ge|schmis|sen
schmel|zen, du schmilzt, es schmilzt, es schmolz, es ist ge|schmol|zen
der **Schmerz**, die Schmer|zen
der **Schmet|ter|ling**, die Schmet|ter|lin|ge
schmie|ren, er schmiert, er schmier|te, er hat ge|schmiert
die **Schmin|ke**, die Schmin|ken
schmö|kern, sie schmö|kert, sie schmö|ker|te, sie hat ge|schmö|kert
schmol|len, sie schmollt, sie schmoll|te, sie hat ge|schmollt
der **Schmuck**

schmü|cken, sie schmückt,
sie schmück|te,
sie hat ge|schmückt

schmug|geln,
er schmug|gelt,
er schmug|gel|te,
er hat ge|schmug|gelt

der **Schmugg|ler**, die Schmugg|ler

die **Schmugg|le|rin**,
die Schmugg|le|rin|nen

schmun|zeln, sie schmun|zelt,
sie schmun|zel|te,
sie hat ge|schmun|zelt

schmu|sen, er schmust,
er schmus|te, er hat ge|schmust

der **Schmutz**

schmut|zig, schmut|zi|ger,
am schmut|zigs|ten

Schn

der **Schna|bel**, die Schnä|bel

schnap|pen, er schnappt,
er schnapp|te,
er hat ge|schnappt

schnau|ben, sie schnaubt,
sie schnaub|te,
sie hat ge|schnaubt

die **Schnau|ze**, die Schnau|zen

die **Schne|cke**, die Schne|cken

der **Schnee**

die **Schnee|flo|cke**,
die Schnee|flo|cken

das **Schnee|glöck|chen**,
die Schnee|glöck|chen

der **Schnee|mann**,
die Schnee|män|ner

schnei|den, er schnei|det,
er schnitt, er hat ge|schnit|ten

der **Schnei|de|zahn**,
die Schnei|de|zäh|ne

schnei|en, es schneit,
es schnei|te, es hat ge|schneit

schnell, schnel|ler,
am schnells|ten

die **Schnel|lig|keit**

das **Schnit|zel** (Fleisch),
die Schnit|zel

der **Schnit|zel** (Stückchen),
die Schnit|zel

schnit|zen, du schnitzt,
sie schnitzt, sie schnitz|te,
sie hat ge|schnitzt

der **Schnor|chel**,
die Schnor|chel

schnüf|feln, sie schnüf|felt,
sie schnüf|fel|te,
sie hat ge|schnüf|felt

der **Schnup|fen**, die Schnup|fen

die **Schnur**, die Schnü|re

schnü|ren, er schnürt,
er schnür|te, er hat ge|schnürt

schnur|ren, er schnurrt,
er schnurr|te, er hat ge|schnurrt

Scho

der **Schock**, die Schocks
(auch: die Scho|cke)

die **Scho|ko|la|de**,
die Scho|ko|la|den

die **Schol|le**, die Schol|len

schon

schön, schö|ner,
am schöns|ten

die **Schön|heit**, die Schön|hei|ten

schöp|fen, sie schöpft,
sie schöpf|te, sie hat ge|schöpft

A B C D E F G H I J K L M N O P Qu R S T U V W X Y Z

der **Schorn|stein**,
die Schorn|stei|ne

Schr

schräg, schrä|ger,
am schrägs|ten
die **Schram|me**, die Schram|men
der **Schrank**, die Schrän|ke
die **Schran|ke**, die Schran|ken
die **Schrau|be**, die Schrau|ben
schrau|ben, sie schraubt,
sie schraub|te,
sie hat ge|schraubt
der **Schreck**, die Schre|cken
schreck|lich, schreck|li|cher,
am schreck|lichs|ten
schrei|ben, sie schreibt,
sie schrieb,
sie hat ge|schrie|ben
der **Schreib|tisch**,
die Schreib|ti|sche
schrei|en, sie schreit,
sie schrie, sie hat ge|schri|en
schrei|ten, er schrei|tet,
er schritt, er ist ge|schrit|ten
die **Schrift**, die Schrif|ten
der **Schrift|stel|ler**,
die Schrift|stel|ler
die **Schrift|stel|le|rin**,
die Schrift|stel|le|rin|nen
der **Schritt**, die Schrit|te
schrump|fen, sie schrumpft,
sie schrumpf|te,
sie ist ge|schrumpft

Schu

die **Schub|kar|re**,
die Schub|kar|ren

schüch|tern, schüch|ter|ner,
am schüch|terns|ten
der **Schuh**, die Schu|he
der **Schul|bus**, die Schul|bus|se
die **Schuld**, die Schul|den

Schuld / schuld

Großschreibung
Schuld haben
das war meine Schuld
die Schuldgefühle

Kleinschreibung
schuld sein
du bist nicht schuld

schul|dig
die **Schu|le**, die Schu|len
der **Schü|ler**, die Schü|ler
die **Schü|le|rin**, die Schü|le|rin|nen
der **Schul|hof**, die Schul|hö|fe
schu|lisch
die **Schul|ta|sche**,
die Schul|ta|schen
die **Schul|ter**, die Schul|tern
schum|meln,
er schum|melt,
er schum|mel|te,
er hat ge|schum|melt
schun|keln, sie schun|kelt,
sie schun|kel|te,
sie hat ge|schun|kelt
die **Schup|pe**, die Schup|pen
die **Schür|ze**, die Schür|zen
der **Schuss**, die Schüs|se
die **Schüs|sel**, die Schüs|seln
der **Schutt**

schüt|teln, er schüt|telt,
er schüt|tel|te,
er hat ge|schüt|telt
schüt|ten, sie schüt|tet,
sie schüt|te|te,
sie hat ge|schüt|tet
der **Schutz**
das **Schutz|blech**,
die Schutz|ble|che
schüt|zen, du schützt,
er schützt, er schütz|te,
er hat ge|schützt
der **Schütz|ling**, die Schütz|lin|ge
schutz|los, schutz|lo|ser,
am schutz|lo|ses|ten

Schw

die **Schwä|bi|sche Alb**
schwach, schwä|cher,
am schwächs|ten
der **Schwach|sinn**
die **Schwal|be**, die Schwal|ben
der **Schwamm**, die Schwäm|me
der **Schwan**,
die Schwä|ne

schwan|ger
die **Schwan|ger|schaft**,
die Schwan|ger|schaf|ten
der **Schwanz**, die Schwän|ze
der **Schwarm**,
die Schwär|me

schwarz,
schwär|zer,
am schwär|zes|ten
schwär|zen, du schwärzt,
sie schwärzt, sie schwärz|te,
sie hat ge|schwärzt
der **Schwarz|wald**
schwat|zen, du schwatzt,
er schwatzt, er schwatz|te,
er hat ge|schwatzt
schwe|ben, sie schwebt,
sie schweb|te,
sie ist ge|schwebt
(auch: sie hat ge|schwebt)
Schwe|den
der **Schweif**, die Schwei|fe
schwei|gen,
er schweigt, er schwieg,
er hat ge|schwie|gen
schweig|sam,
schweig|sa|mer,
am schweig|sams|ten
das **Schwein**, die Schwei|ne
die **Schwei|ne|rei**,
die Schwei|ne|rei|en
der **Schweiß**
schweiß|ge|ba|det

schwarz / Schwarz

Kleinschreibung
die Hose ist schwarz
die schwarze Hose
sie malt die Hose schwarz an
schwarz gestreift
schwarzhaarig
schwarz auf weiß

Großschreibung
ein Kleid in Schwarz
das Schwarz der Kohle
ins Schwarze treffen

Schweiz
die **Schwel|le**, die Schwel|len

A B C D E F G H I J K L M N O P Qu R S T U V W X Y Z

A B C D E F G H I J K L M N O P Qu R S T U V W X Y Z

schwer, schwe|rer, am schwers|ten
Schwe|rin
der **Schwe|ri|ner See**
das **Schwert**, die Schwer|ter
die **Schwes|ter**, die Schwes|tern
schwie|rig, schwie|ri|ger, am schwie|rigs|ten
die **Schwie|rig|keit**, die Schwie|rig|kei|ten
das **Schwimm|bad**, die Schwimm|bä|der
schwim|men, er schwimmt, er schwamm, er ist ge|schwom|men (auch: er hat ge|schwom|men)
der **Schwim|mer**, die Schwim|mer
die **Schwim|me|rin**, die Schwim|me|rin|nen
der **Schwin|del**
schwin|del|frei
schwin|deln, sie schwin|delt, sie schwin|del|te, sie hat ge|schwin|delt
schwin|gen, er schwingt, er schwang, er hat ge|schwun|gen
schwit|zen, du schwitzt, sie schwitzt, sie schwitz|te, sie hat ge|schwitzt
schwö|ren, er schwört, er schwor, er hat ge|schwo|ren

Sc

der **Scoo|ter**, die Scoo|ter

scrol|len, du scrollst, er scrollt, er scroll|te, er hat ge|scrollt

Se

sechs

sechs / Sechs

Kleinschreibung
sechs Jahre alt
es ist halb sechs
sechs mal vier
der sechsjährige Junge
der 6-jährige Junge
sechsmal
6-mal

Großschreibung
die Zahl Sechs
eine Sechs schreiben
eine Sechs im Zeugnis

das **Sechs|eck**, die Sechs|ecke
sechs|mal
sech|zehn
sech|zig
se|cond|hand (gebraucht)
der **See** (großer Teich), die Se|en
die **See** (Meer)
der **See|hund**, die See|hun|de
das **Se|gel**, die Se|gel
das **Se|gel|boot**, die Se|gel|boo|te
se|geln, sie se|gelt, sie se|gel|te, sie ist ge|se|gelt
das **Se|gel|schiff**, die Se|gel|schif|fe
se|hen, du siehst, er sieht, er sah, er hat ge|se|hen
die **Se|hens|wür|dig|keit**, die Se|hens|wür|dig|kei|ten

sehr
die **Sei|fe**, die Sei|fen
die **Sei|fen|bla|se**, die Sei|fen|bla|sen
das **Seil**, die Sei|le
sein, ich bin, du bist, er ist, wir sind, ihr seid, sie sind, er war, sie ist gewesen
sein, sein Hund
sei|ne
sei|nem
sei|nen
sei|ner
sei|nes
seit, seit gestern
seit|dem
die **Sei|te** (des Buchs), die Sei|ten
der **Se|kre|tär**, die Se|kre|tä|re
die **Se|kre|tä|rin**, die Se|kre|tä|rin|nen
die **Se|kun|de**, die Se|kun|den
sel|ber
selbst
selb|stän|dig = selbstständig
der **Selbst|laut**, die Selbst|lau|te
selbst|stän|dig = selbständig
sel|ten, sel|te|ner, am sel|tens|ten
die **Sel|ten|heit**, die Sel|ten|hei|ten
selt|sam, selt|sa|mer, am selt|sams|ten
sen|den, er sen|det, er sen|de|te (auch: er sand|te), er hat ge|sen|det (auch: er hat ge|sandt)
die **Sen|dung**, die Sen|dun|gen
der **Senf**, die Sen|fe
sen|ken, sie senkt, sie senk|te, sie hat ge|senkt
der **Sep|tem|ber**
Ser|bi|en
die **Se|rie**, die Se|ri|en
der **Ser|ver** (Computer, auf den andere Computer zugreifen), die Ser|ver
der **Ser|vice**, die Ser|vi|ces
ser|vie|ren, er ser|viert, er ser|vier|te, er hat ser|viert
die **Ser|vi|et|te**, die Ser|vi|et|ten
der **Ses|sel**, die Ses|sel
sich **set|zen**, du setzt dich, er setzt sich, er setz|te sich, er hat sich ge|setzt
seuf|zen, du seufzt, sie seufzt, sie seufz|te, sie hat ge|seufzt

Sh

das **Shirt**, die Shirts
der **Shop**, die Shops
die **Shorts**
die **Show**, die Shows

Si

sich
si|cher, si|che|rer, am si|chers|ten
die **Si|cher|heit**
die **Sicht**, die Sich|ten
sicht|bar
sich|ten, sie sich|tet, sie sich|te|te, sie hat ge|sich|tet

sie

sie / Sie

Kleinschreibung
Papa kauft Mia ein Buch, damit sie im Urlaub lesen kann. Morgen fahren sie ans Meer.

Großschreibung
Yasin fragt Herrn Wille: „Wann kommen Sie zurück?“
Die Busfahrerin ruft:
„Bitte steigen Sie alle ein!“
(höfliche Anrede)

das **Sieb**,
die Sie|be
sie|ben, sie siebt, sie sieb|te, sie hat ge|siebt
sie|ben

sieben / Sieben

Kleinschreibung

sieben Jahre alt
es ist halb sieben
sieben mal vier
der siebenjährige Junge
der 7-jährige Junge
siebenmal
7-mal

Großschreibung
die Zahl Sieben

sie|ben|mal
sieb|zehn
sieb|zig
der **Sied|ler**, die Sied|ler
die **Sied|le|rin**, die Sied|le|rin|nen
die **Sied|lung**, die Sied|lun|gen
der **Sieg**, die Sie|ge
sie|gen, er siegt, er sieg|te, er hat ge|siegt
der **Sie|ger**, die Sie|ger
die **Sie|ge|rin**, die Sie|ge|rin|nen
sieg|reich, sieg|rei|cher, am sieg|reichs|ten
das **Sig|nal** (auch: Si|gnal), die Sig|na|le
die **Sil|be**, die Sil|ben
das **Sil|ber**
sil|bern
das (der) **Sil|ves|ter**, die Sil|ves|ter
sin|gen, sie singt, sie sang, sie hat ge|sun|gen
der **Sin|gu|lar**, die Sin|gu|la|re
der **Sing|vo|gel**, die Sing|vö|gel
sin|ken, es sinkt, es sank, es ist ge|sun|ken
der **Sinn**, die Sin|ne
sinn|los, sinn|lo|ser, am sinn|lo|ses|ten
sinn|voll, sinn|vol|ler, am sinn|volls|ten
der **Si|rup**, die Si|ru|pe (auch: die Si|rups)
der **Sit|tich**, die Sit|ti|che
die **Si|tu|a|ti|on**, die Si|tu|a|ti|o|nen
der **Sitz**, die Sit|ze
sit|zen, du sitzt, er sitzt, er saß, er hat ge|ses|sen (auch: er ist ge|ses|sen)

Sk

die **Ska|la** (Maßeinteilung), die Ska|len

das **Skate|board**, die Skate|boards

das **Ske|lett**, die Ske|let|te

der **Ski**, die Ski|er (auch: die Ski) = Schi

Ski fah|ren, er fährt Ski, er fuhr Ski, er ist Ski ge|fah|ren

die **Skiz|ze**, die Skiz|zen

skiz|zie|ren, sie skiz|ziert, sie skiz|zier|te, sie hat skiz|ziert

Sl

der **Sla|lom**, die Sla|loms

Slo|wa|kei

Slo|we|ni|en

Sm

das **Smart|board**, die Smart|boards

das **Smart|phone**, die Smart|phones

der **Smog** (Luftverschmutzung in Städten)

die **SMS** (kurze Textnachricht)

Sn

der **Snack**, die Snacks

der **Snea|ker**, die Snea|kers (auch: die Snea|ker)

So

so

die **So|cke**, die So|cken

so|dass (auch: so dass)

das **So|fa**, die So|fas

so|fort

die **Soft|ware** (Computerprogramm)

so|gar

so|ge|nannt (auch: so ge|nannt)

die **Soh|le**, die Soh|len

der **Sohn**, die Söh|ne

die **So|lar|an|la|ge**, die So|lar|an|la|gen

die **So|lar|ener|gie** (Sonnenenergie)

die **So|lar|zel|le**, die So|lar|zel|len

solch

sol|che

sol|chen

der **Sol|dat**, die Sol|da|ten

die **Sol|da|tin**, die Sol|da|tin|nen

sol|len, er soll, er soll|te, er hat ge|sollt

der **Som|mer**, die Som|mer

son|dern

der **Song**, die Songs

der **Sonn|abend**, die Sonn|aben|de

sonn|abends

> **Sonnabend / sonnabends**
>
> **Großschreibung**
> der Sonnabend
> am Sonnabend
> am Sonnabendmorgen
>
> **Kleinschreibung**
> sonnabends
> sonnabendmorgens

die **Son|ne**, die Son|nen

sich **son|nen**, er sonnt sich,
er sonn|te sich,
er hat sich ge|sonnt
die **Son|nen|fins|ter|nis**,
die Son|nen|fins|ter|nis|se
der **Son|nen|kol|lek|tor**,
die Son|nen|kol|lek|to|ren
der **Son|nen|schirm**,
die Son|nen|schir|me
das **Son|nen|sys|tem**,
die Son|nen|sys|te|me
son|nig, son|ni|ger,
am son|nigs|ten
der **Sonn|tag**,
die Sonn|ta|ge
sonn|tags

Sonntag / sonntags

Großschreibung
der Sonntag
am Sonntag
am Sonntagmorgen

Kleinschreibung
sonntags
sonntagabends

sonst
die **Sor|ge**, die Sor|gen
sich **sor|gen**, sie sorgt sich,
sie sorg|te sich,
sie hat sich ge|sorgt
die **Sor|te**, die Sor|ten
sor|tie|ren, er sor|tiert,
er sor|tier|te, er hat sor|tiert
die **So|ße**, die So|ßen = Sauce
so|viel, soviel ich weiß
so viel, so viel Spaß
so|wie|so
so|zi|al

Spa

die **Spa|get|ti** = Spaghetti
die **Spa|ghet|ti** = Spagetti
die **Spal|te**, die Spal|ten
spal|ten, sie spal|tet,
sie spal|te|te, sie hat ge|spal|tet
der (das) **Spam**
(unerwünschte Nachricht),
die Spams
die **Span|ge**, die Span|gen

Spa|ni|en
span|nen, es spannt,
es spann|te, es hat ge|spannt
span|nend, span|nen|der,
am span|nends|ten
die **Span|nung**, die Span|nun|gen
spa|ren, er spart, er spar|te,
er hat ge|spart
der **Spar|gel**, die Spar|gel

der **Spaß**, die Spä|ße
spät, spä|ter, am spä|tes|ten
der **Spa|ten**, die Spa|ten
spä|ter, wir sehen uns später
spä|tes|tens
der **Spatz**, die Spat|zen
spa|zie|ren, sie spa|ziert,
sie spa|zier|te, sie ist spa|ziert
der **Spa|zier|gang**,
die Spa|zier|gän|ge

Spe

der **Specht**, die Spech|te
der **Speck**
der **Speer**, die Spee|re

die **Spei|che**, die Spei|chen
der **Spei|cher**, die Spei|cher
spei|chern, sie spei|chert, sie spei|cher|te, sie hat ge|spei|chert
spen|den, er spen|det, er spen|de|te, er hat ge|spen|det
der **Sper|ling**, die Sper|lin|ge
sper|ren, sie sperrt, sie sperr|te, sie hat ge|sperrt
spe|zi|ell, spe|zi|el|ler, am spe|zi|ells|ten

Spi

der **Spick|zet|tel**, die Spick|zet|tel
der **Spie|gel**, die Spie|gel
spie|geln, sie spie|gelt, sie spie|gel|te, sie hat ge|spie|gelt
das **Spiel**, die Spie|le
spie|len, er spielt, er spiel|te, er hat ge|spielt
der **Spiel|platz**, die Spiel|plät|ze
das **Spiel|zeug**
der **Spieß**, die Spie|ße
der **Spi|nat**
die **Spin|ne**, die Spin|nen
spin|nen, er spinnt, er spann, er hat ge|spon|nen
die **Spinn|we|be**, die Spinn|we|ben
der **Spi|on**, die Spi|o|ne
spi|o|nie|ren, sie spi|o|niert, sie spi|o|nier|te, sie hat spi|o|niert
die **Spi|o|nin**, die Spi|o|nin|nen
spitz, spit|zer, am spit|zes|ten
die **Spit|ze**, die Spit|zen

Spo

der **Sport**
das **Sport|fest**, die Sport|fes|te
der **Sport|ler**, die Sport|ler
die **Sport|le|rin**, die Sport|le|rin|nen
sport|lich, sport|li|cher, am sport|lichs|ten
der **Spott**
spot|ten, er spot|tet, er spot|te|te, er hat ge|spot|tet

Spr

die **Spra|che**, die Spra|chen
sprach|lich
sprach|los
die **Spray|do|se**, die Spray|do|sen

die **Sprech|bla|se**, die Sprech|bla|sen
spre|chen, sie spricht, sie sprach, sie hat ge|spro|chen
der **Spre|cher**, die Spre|cher
die **Spre|che|rin**, die Spre|che|rin|nen
spren|gen, er sprengt, er spreng|te, er hat ge|sprengt
sprie|ßen, du sprießt, es sprießt, es spross, es ist ge|spros|sen
sprin|gen, sie springt, sie sprang, sie ist ge|sprun|gen (auch: sie hat ge|sprun|gen)
der **Sprin|ger**, die Sprin|ger
die **Sprin|ge|rin**, die Sprin|ge|rin|nen
der **Sprint**, die Sprints
die **Sprit|ze**, die Sprit|zen

sprit|zen, du spritzt, es spritzt, es spritz|te, es hat ge|spritzt

der **Spross**, die Spros|se

der **Spruch**, die Sprü|che

der **Spru|del**, die Spru|del

spru|deln, es spru|delt, es spru|del|te, es hat ge|spru|delt

sprü|hen, er sprüht, er sprüh|te, er hat ge|sprüht

der **Sprung**, die Sprün|ge

Spu

spu|cken, sie spuckt, sie spuck|te, sie hat ge|spuckt

der **Spuk**, die Spu|ke

spu|ken, es spukt, es spuk|te, es hat ge|spukt

die **Spü|le**, die Spü|len

spü|len, er spült, er spül|te, er hat ge|spült

die **Spül|ma|schi|ne**, die Spül|ma|schi|nen

das **Spül|mit|tel**, die Spül|mit|tel

die **Spur**, die Spu|ren

spü|ren, sie spürt, sie spür|te, sie hat ge|spürt

spur|los

der **Spurt**, die Spurts (auch: die Spur|te)

spur|ten, er spur|tet, er spur|te|te, er ist ge|spur|tet

Sta

der **Staat**, die Staa|ten

die **Staats|an|ge|hö|rig|keit**, die Staats|an|ge|hö|rig|kei|ten

der **Stab**, die Stä|be

der **Sta|chel**, die Sta|cheln

die **Sta|chel|bee|re**, die Sta|chel|bee|ren

stach|lig (auch: sta|che|lig), stach|li|ger, am stach|ligs|ten

das **Sta|di|on**, die Sta|di|en

die **Stadt**, die Städ|te

stadt|be|kannt

städ|tisch

die **Staf|fel**, die Staf|feln

der **Stahl**, die Stäh|le

der **Stall**, die Stäl|le

der **Stamm**, die Stäm|me

stam|meln, sie stam|melt, sie stam|mel|te, sie hat ge|stam|melt

stamp|fen, er stampft, er stampf|te, er hat ge|stampft

der **Stand**, die Stän|de

das **Stand-by**, die Stand-bys (auch: das Stand|by, die Stand|bys)

stän|dig

die **Stan|ge**, die Stan|gen

der **Stän|gel**, die Stän|gel

der **Sta|pel**, die Sta|pel

sta|peln, sie sta|pelt, sie sta|pel|te, sie hat ge|sta|pelt

stark, stär|ker, am stärks|ten

die **Stär|ke**, die Stär|ken

sich **stär|ken**, er stärkt sich, er stärk|te sich, er hat sich ge|stärkt

der **Starn|ber|ger See**

starr, star|rer, am starrs|ten

die **Star|re**

der **Start**, die Starts

star|ten, sie star|tet, sie star|te|te, sie ist ge|star|tet (auch: sie hat ge|star|tet)
die **Sta|ti|on**, die Sta|ti|o|nen
statt, statt zu schreiben, ruft sie lieber an
statt|des|sen
statt|fin|den, es findet statt, es fand statt, es hat statt|ge|fun|den
der **Staub**
stau|big, stau|bi|ger, am stau|bigs|ten
der **Staub|sau|ger**, die Staub|sau|ger
stau|chen, sie staucht, sie stauch|te, sie hat ge|staucht
stau|nen, er staunt, er staun|te, er hat ge|staunt

Ste

das **Steak**, die Steaks
ste|chen, sie sticht, sie stach, sie hat ge|sto|chen
der **Steck|brief**, die Steck|brie|fe
ste|cken, er steckt, er steck|te, er hat ge|steckt
ste|hen, sie steht, sie stand, sie hat ge|stan|den
steh|len, er stiehlt, er stahl, er hat ge|stoh|len
steif, stei|fer, am stei|fes|ten
stei|gen, sie steigt, sie stieg, sie ist ge|stie|gen
steil, stei|ler, am steils|ten
der **Stein**, die Stei|ne
das **Stein|hu|der Meer**
die **Stein|zeit**, die Stein|zei|ten
die **Stel|le**, die Stel|len
stel|len, er stellt, er stell|te, er hat ge|stellt
der **Stem|pel**, die Stem|pel
stem|peln, sie stem|pelt, sie stem|pel|te, sie hat ge|stem|pelt
ster|ben, er stirbt, er starb, er ist ge|stor|ben
der **Stern**, die Ster|ne
stets
das **Steu|er** (im Auto), die Steu|er
die **Steu|er** (Geld), die Steu|ern
steu|ern, sie steu|ert, sie steu|er|te, sie hat ge|steu|ert

Sti

der **Stich**, die Sti|che
der **Stich|punkt**, die Stich|punk|te
das **Stich|wort**, die Stich|wör|ter (auch: die Stich|wor|te)
sti|cken, er stickt, er stick|te, er hat ge|stickt
der **Sti|cker**, die Sti|cker
der **Stie|fel**, die Stie|fel
die **Stief|mut|ter**, die Stief|müt|ter
der **Stief|va|ter**, die Stief|vä|ter
der **Stiel**, die Stie|le, die Blume hat einen langen Stiel

der **Stier**, die Stie|re
der **Stift**, die Stif|te
der **Stil**, die Sti|le, das Haus ist in einem modernen Stil gebaut
still, stil|ler, am stills|ten
die **Stim|me**, die Stim|men
stim|men, es stimmt, es stimm|te, es hat ge|stimmt

A B C D E F G H I J K L M N O P Qu R S T U V W X Y Z

die **Stim|mung**, die Stim|mun|gen
stin|ken, er stinkt, er stank, er hat ge|stun|ken
die **Stirn**, die Stir|nen

Sto

der **Stock**, die Stö|cke
stock|dun|kel
das **Stock|werk**, die Stock|wer|ke
der **Stoff**, die Stof|fe
stöh|nen, sie stöhnt, sie stöhn|te, sie hat ge|stöhnt
stol|pern, er stol|pert, er stol|per|te, er ist ge|stol|pert
stolz, stol|zer, am stol|zes|ten
stol|zie|ren, er stol|ziert, er stol|zier|te, er ist stol|ziert
stop|fen, sie stopft, sie stopf|te, sie hat ge|stopft
stopp
stop|pen, er stoppt, er stopp|te, er hat ge|stoppt
der **Storch**, die Stör|che
stö|ren, es stört, es stör|te, es hat ge|stört
die **Stö|rung**, die Stö|run|gen
die **Sto|ry** (Geschichte), die Sto|rys
der **Stoß**, die Stö|ße
sto|ßen, du stößt, sie stößt, sie stieß, sie hat ge|sto|ßen
stot|tern, er stot|tert, er stot|ter|te, er hat ge|stot|tert

Str

die **Stra|fe**, die Stra|fen
stra|fen, sie straft, sie straf|te, sie hat ge|straft
der **Strahl**, die Strah|len
strah|len, er strahlt, er strahl|te, er hat ge|strahlt
stram|peln, sie stram|pelt, sie stram|pel|te, sie hat ge|stram|pelt
der **Strand**, die Strän|de
der **Strand|korb**, die Strand|kör|be

die **Stra|ße**, die Stra|ßen
die **Stra|ßen|bahn**, die Stra|ßen|bah|nen
sich **sträu|ben**, er sträubt sich, er sträub|te sich, er hat sich ge|sträubt
der **Strauch**, die Sträu|cher
der **Strauß** (Blumenstrauß), die Sträu|ße

der **Strauß** (Vogel), die Strau|ße

strea|men, du streamst, sie streamt, sie stream|te, sie hat ge|streamt
die **Stre|cke**, die Stre|cken
sich **stre|cken**, er streckt sich, er streck|te sich, er hat sich ge|streckt
der **Streich**, die Strei|che
strei|cheln, sie strei|chelt, sie strei|chel|te, sie hat ge|strei|chelt
strei|chen, er streicht, er strich, er hat ge|stri|chen
das **Streich|holz**, die Streich|höl|zer
der **Strei|fen**, die Strei|fen
der **Streit**, die Strei|te
sich **strei|ten**, er strei|tet sich, er stritt sich, er hat sich ge|strit|ten

die **Strei|te|rei**, die Strei|te|rei|en
streng, stren|ger, am strengs|ten
streu|en, sie streut, sie streu|te, sie hat ge|streut
streu|nen, er streunt, er streun|te, er ist ge|streunt (auch: er hat ge|streunt)

der **Strich**, die Stri|che
der **Strick**, die Stri|cke
stri|cken, er strickt, er strick|te, er hat ge|strickt
das **Stroh**
der **Strom**, die Strö|me
strö|men, es strömt, es ström|te, es ist ge|strömt
die **Strö|mung**, die Strö|mun|gen
die **Stro|phe**, die Stro|phen
der **Strumpf**, die Strümp|fe
die **Strumpf|ho|se**, die Strumpf|ho|sen

Stu

das **Stück**, die Stü|cke
stu|die|ren, sie stu|diert, sie stu|dier|te, sie hat stu|diert
das **Stu|di|um**, die Stu|di|en
die **Stu|fe**, die Stu|fen
der **Stuhl**, die Stüh|le
stumm
der **Stum|mel**, die Stum|mel
stumpf, stump|fer, am stumpfs|ten
die **Stun|de**, die Stun|den
der **Stups**, die Stup|se
stup|sen, sie stupst, sie stups|te, sie hat ge|stupst
stur, stu|rer, am sturs|ten
der **Sturm**, die Stür|me
stür|men, es stürmt, es stürm|te, es hat ge|stürmt
stür|misch, stür|mi|scher, am stür|mischs|ten
stür|zen, du stürzt, er stürzt, er stürz|te, er ist ge|stürzt
Stutt|gart
die **Stüt|ze**, die Stüt|zen
stüt|zen, du stützt, sie stützt, sie stütz|te, sie hat ge|stützt

Su

das **Sub|jekt**, die Sub|jek|te
sub|tra|hie|ren, er sub|tra|hiert, er sub|tra|hier|te, er hat sub|tra|hiert
die **Sub|trak|ti|on**, die Sub|trak|ti|o|nen
die **Su|che**, die Su|chen
su|chen, sie sucht, sie such|te, sie hat ge|sucht
die **Such|ma|schi|ne**, die Such|ma|schi|nen
der **Sü|den**
süd|lich, süd|li|cher, am süd|lichs|ten
der **Süd|pol**
die **Sum|me**, die Sum|men
sum|men, er summt, er summ|te, er hat ge|summt
su|per
die **Sup|pe**, die Sup|pen

das **Surf|brett**, die Surf|bret|ter
sur|fen, du surfst, sie surft, sie surf|te, sie ist ge|surft (auch: sie hat ge|surft)

süß, sü|ßer, am sü|ßes|ten
die **Sü|ßig|keit**,
die Sü|ßig|kei|ten

Sy

das **Sym|bol** (Zeichen),
die Sym|bo|le
die **Sym|me|trie**
(auch: Sym|met|rie),
die Sym|me|tri|en
sym|pa|thisch,
sym|pa|thi|scher,
am sym|pa|thischs|ten
die **Sy|na|go|ge**
(auch: Syn|a|go|ge),
die Sy|na|go|gen
das **Sys|tem**, die Sys|te|me

Sz

die **Sze|ne**, die Sze|nen

T t

Ta

die **Ta|bel|le**, die Ta|bel|len
das **Ta|blet** (auch: Tab|let),
die Ta|blets,
am Tablet arbeiten

das **Ta|blett** (auch: Tab|lett),
die Ta|bletts
(auch: Ta|blet|te),
ein Tablett mit Gläsern

die **Ta|blet|te**
(auch: Tab|let|te),
die Ta|blet|ten,
er schluckt eine Tablette

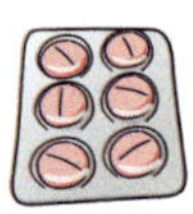

die **Ta|fel**, die Ta|feln
der **Tag**, die Ta|ge

Tag / tags

Großschreibung
am Tage
am heutigen Tag
eines Tages
Guten Tag!

Kleinschreibung
tags darauf
tagsüber
tagaus, tagein
tagelang
täglich

das **Ta|ge|buch**,
die Ta|ge|bü|cher
täg|lich
der **Tai|fun** (Wirbelsturm),
die Tai|fu|ne
das **Tal**, die Tä|ler
das **Ta|lent**, die Ta|len|te
der **Ta|ler**, die Ta|ler
der **Tank**, die Tanks
tan|ken, er tankt, er tank|te,
er hat ge|tankt
die **Tan|ne**, die Tan|nen
der **Tan|nen|baum**,
die Tan|nen|bäu|me
die **Tan|te**, die Tan|ten
der **Tanz**, die Tän|ze
tan|zen, du tanzt, sie tanzt,
sie tanz|te, sie hat ge|tanzt
tap|fer, tap|fe|rer,
am tap|fers|ten

die **Tap|fer|keit**
tap|sen, er tapst, er taps|te, er ist ge|tapst
die **Ta|sche**, die Ta|schen
die **Tas|se**, die Tas|sen
die **Tas|ta|tur**, die Tas|ta|tu|ren
die **Tas|te**, die Tas|ten
die **Tat**, die Ta|ten
tä|tig
die **Tä|tig|keit**, die Tä|tig|kei|ten
der **Tat|ort**, die Tat|or|te
tat|säch|lich
die **Tat|ze**, die Tat|zen
taub
die **Tau|be**, die Tau|ben
tau|chen, er taucht, er tauch|te, er ist ge|taucht (auch: er hat ge|taucht)
der **Tau|cher**, die Tau|cher
die **Tau|che|rin**, die Tau|che|rin|nen

die **Tau|fe**, die Tau|fen
tau|gen, es taugt, es taug|te, es hat ge|taugt
der **Tausch**, die Tau|sche
tau|schen, du tauschst, sie tauscht, sie tausch|te, sie hat ge|tauscht
sich **täu|schen**, du täuschst sich, er täuscht sich, er täusch|te sich, er hat sich ge|täuscht
tau|send
der **Tau|sen|der**, die Tau|sen|der
der **Tau|send|fü|ßer**, die Tau|send|fü|ßer = Tausendfüßler
der **Tau|send|füß|ler**, die Tau|send|füß|ler = Tausendfüßer
das **Ta|xi**, die Ta|xis

Te

das **Team** (Gruppe), die Teams
die **Tech|nik**, die Tech|ni|ken
der **Ted|dy**, die Ted|dys
der **Tee**, die Tees
der **Teen|ager**, die Teen|ager
der **Teer**, die Tee|re
der **Teich**, die Tei|che
der **Teig**, die Tei|ge
das **Teil** (Ersatzteil), die Tei|le
der **Teil** (Stück von etwas Ganzem), die Tei|le
tei|len, sie teilt, sie teil|te, sie hat ge|teilt
teil|neh|men, er nimmt teil, er nahm teil, er hat teil|ge|nom|men
das **Te|le|fon**, die Te|le|fo|ne

tausend / Tausend

Kleinschreibung
bis tausend zählen
vor tausend Jahren
tausend Ameisen
tausendfach
tausendjährig
1000-jährig
tausendmal
1000-mal

Großschreibung
die Zahl Tausend

A B C D E F G H I J K L M N O P Qu R S T U V W X Y Z

A B C D E F G H I J K L M N O P Qu R S T U V W X Y Z

te|le|fo|nie|ren, sie te|le|fo|niert, sie te|le|fo|nier|te, sie hat te|le|fo|niert
der **Tel|ler**, die Tel|ler
der **Tem|pel**, die Tem|pel
die **Tem|pe|ra|tur**, die Tem|pe|ra|tu|ren
das **Tem|po**, die Tem|pos (auch: die Tem|pi)
das **Ten|nis**
der **Tep|pich**, die Tep|pi|che
der **Ter|min**, die Ter|mi|ne
das **Ter|ra|byte** [TB] (Maß für elektronische Daten), die Ter|ra|bytes (auch: die Ter|ra|byte)
die **Ter|ras|se**, die Ter|ras|sen
teu|er, teu|rer, am teu|ers|ten
der **Teu|fel**, die Teu|fel
die **Teu|fe|lin**, die Teu|fe|lin|nen
der **Text**, die Tex|te

Th

das **The|a|ter**, die The|a|ter
das **The|a|ter|stück**, die The|a|ter|stü|cke
die **The|ke**, die The|ken
das **The|ma**, die The|men
die **The|ra|pie**, die The|ra|pi|en
die **Ther|mo|ho|se**, die Ther|mo|ho|sen

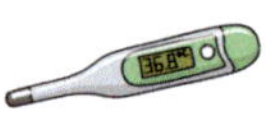

das **Ther|mo|me|ter**, die Ther|mo|me|ter
die **Ther|mos|kan|ne**, die Ther|mos|kan|nen
das **Ther|mos|tat** (auch: Ther|mo|stat), die Ther|mos|ta|te
die **Tho|ra** = Tora
der **Thron**, die Thro|ne
der **Thun|fisch**, die Thun|fi|sche = Tunfisch
Thü|rin|gen

Ti

ti|cken, sie tickt, sie tick|te, sie hat ge|tickt
das **Ti|cket**, die Ti|ckets
die **Ti|de**, die Ti|den
tief, tie|fer, am tiefs|ten
die **Tie|fe**, die Tie|fen
das **Tier**, die Tie|re
das **Tier|buch**, die Tier|bü|cher
der **Ti|ger**, die Ti|ger
die **Tin|te**, die Tin|ten
der **Tin|ten|fisch**, die Tin|ten|fi|sche
der **Tipp**, die Tipps
tip|pen, er tippt, er tipp|te, er hat ge|tippt
der **Tisch**, die Ti|sche
der **Ti|tel**, die Ti|tel

To

der **Toas|ter**, die Toas|ter
to|ben, sie tobt, sie tob|te, sie hat ge|tobt
die **Toch|ter**, die Töch|ter
der **Tod**, die To|de
tod|krank
töd|lich
der (das) **To|fu** (Nahrungsmittel aus Sojabohnen)

die **To|i|let|te**, die To|i|let|ten
to|le|rant, to|le|ran|ter, am to|le|ran|tes|ten
die **To|le|ranz**
toll, tol|ler, am tolls|ten
toll|kühn, toll|küh|ner, am toll|kühns|ten
die **To|ma|te**, die To|ma|ten
der **Ton**, die Tö|ne
die **Ton|ne**, die Ton|nen
der **Topf**, die Töp|fe
das **Tor**, die To|re
die **To|ra** = Thora
die **Tor|te**, die Tor|ten
tot
der **Touch|screen**, die Touch|screens
die **Tour**, die Tou|ren

Tr

die **Tra|di|ti|on**, die Tra|di|ti|o|nen
tra|di|ti|o|nell, tra|di|ti|o|nel|ler, am tra|di|ti|o|nells|ten
trä|ge, trä|ger, am trägs|ten
tra|gen, er trägt, er trug, er hat ge|tra|gen
der **Trä|ger**, die Trä|ger
die **Träg|heit**

der **Trai|ner**, die Trai|ner
die **Trai|ne|rin**, die Trai|ne|rin|nen
trai|nie|ren, sie trai|niert, sie trai|nier|te, sie hat trai|niert
das **Trai|ning**, die Trai|nings
der **Trak|tor**, die Trak|to|ren
tram|peln, er tram|pelt, er tram|pel|te, er hat ge|tram|pelt

das **Tram|po|lin**, die Tram|po|li|ne

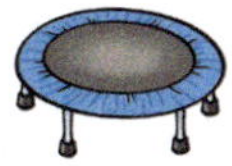

die **Trä|ne**, die Trä|nen
die **Trän|ke**, die Trän|ken
trän|ken, sie tränkt, sie tränk|te, sie hat ge|tränkt
der **Trans|port**, die Trans|por|te
trans|por|tie|ren, sie trans|por|tiert, sie trans|por|tier|te, sie hat trans|por|tiert
die **Trau|be**, die Trau|ben
sich **trau|en**, er traut sich, er trau|te sich, er hat sich ge|traut
die **Trau|er**
der **Traum**, die Träu|me
träu|men, sie träumt, sie träum|te, sie hat ge|träumt
traum|haft, traum|haf|ter, am traum|haf|tes|ten
trau|rig, trau|ri|ger, am trau|rigs|ten

die **Trau|rig|keit**
tref|fen, du triffst, er trifft, er traf, er hat ge|trof|fen
trei|ben, sie treibt, sie trieb, sie hat ge|trie|ben
der **Treib|stoff**, die Treib|stof|fe
tren|nen, er trennt, er trenn|te, er hat ge|trennt
die **Tren|nung**, die Tren|nun|gen
die **Trep|pe**, die Trep|pen
tre|ten, du trittst, sie tritt, sie trat, sie hat ge|tre|ten
treu, treu|er, am treu|es|ten
der **Trick**, die Tricks

trick|sen, er trickst, er tricks|te,
er hat ge|trickst
trink|bar
trin|ken, sie trinkt, sie trank,
sie hat ge|trun|ken
trip|peln, er trip|pelt,
er trip|pel|te,
er ist ge|trip|pelt
der **Tri|umph**, die Tri|um|phe
tro|cken, tro|cke|ner,
am tro|ckens|ten
trock|nen, es trock|net,
es trock|ne|te,
es ist ge|trock|net
der **Trö|del**
trö|deln, er trö|delt, er trö|del|te,
er hat ge|trö|delt
die **Trom|mel**, die Trom|meln
trom|meln, sie trom|melt,
sie trom|mel|te,
sie hat ge|trom|melt
die **Trom|pe|te**,
die Trom|pe|ten

die **Tro|pen**
trop|fen, es tropft, es tropf|te,
es hat ge|tropft
(auch: es ist ge|tropft)
der **Trop|fen**, die Trop|fen
tro|pisch
der **Trost**
trös|ten, sie trös|tet,
sie trös|te|te, sie hat ge|trös|tet
trot|ten, er trot|tet, er trot|te|te,
er ist ge|trot|tet
trotz
der **Trotz**
trotz|dem
trüb, trü|ber, am trübs|ten
trüb|se|lig, trüb|se|li|ger,
am trüb|se|ligs|ten
die **Tru|he**, die Tru|hen

der **Trunk**, die Trün|ke
die **Trup|pe**, die Trup|pen

Ts

Tsche|chi|sche Re|pu|blik
(auch: Re|pub|lik)
tschüs (auch: tschüss)
das **T-Shirt**, die T-Shirts

Tu

die **Tu|be**, die Tu|ben
das **Tuch**, die Tü|cher
tüch|tig, tüch|ti|ger,
am tüch|tigs|ten
die **Tul|pe**, die Tul|pen
tun, sie tut, sie tat,
sie hat ge|tan
der **Tun|fisch**, die Tun|fi|sche
= Thunfisch
der **Tun|nel**, die Tun|nel
die **Tür**, die Tü|ren
Tür|kei
tür|kis,
sie hat einen türkisen Rock
der **Turm**, die Tür|me
tur|nen, sie turnt, sie turn|te,
sie hat ge|turnt
die **Turn|hal|le**, die Turn|hal|len
das **Tur|nier**, die Tur|nie|re
der **Turn|schuh**, die Turn|schu|he
die **Tu|sche**, die Tu|schen
tu|scheln, er tu|schelt,
er tu|schel|te,
er hat ge|tu|schelt
die **Tü|te**, die Tü|ten

Ty

der **Typ**, die Ty|pen
ty|pisch, ty|pi|scher, am ty|pischs|ten

U u

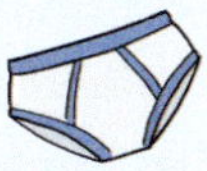

Ub

die **U-Bahn**, die U-Bah|nen
übel, üb|ler, am übels|ten
üben, sie übt, sie üb|te, sie hat ge|übt
über
über|all
über|den|ken, er über|denkt, er über|dach|te, er hat über|dacht
über|fah|ren, sie über|fährt, sie über|fuhr, sie hat über|fah|ren
der **Über|fall**, die Über|fäl|le
über|fal|len, er über|fällt, er über|fiel, er hat über|fal|len
über|glück|lich
über|haupt
über|le|gen, er über|legt, er über|leg|te, er hat über|legt
über|le|sen, sie über|liest, sie über|las, sie hat über|le|sen
über|mor|gen
über|neh|men, er über|nimmt, er über|nahm, er hat über|nom|men
über|prü|fen, sie über|prüft, sie über|prüf|te, sie hat über|prüft
über|que|ren, er über|quert, er über|quer|te, er hat über|quert
über|ra|schen, du über|raschst, sie über|rascht, sie über|rasch|te, sie hat über|rascht
über|ra|schend, über|ra|schen|der, am über|ra|schends|ten
die **Über|ra|schung**, die Über|ra|schun|gen
über|rei|chen, er über|reicht, er über|reich|te, er hat über|reicht
über|schla|gen, sie über|schlägt, sie über|schlug, sie hat über|schla|gen
die **Über|schrift**, die Über|schrif|ten
über|set|zen, sie über|setzt, sie über|setz|te, sie hat über|setzt
über|trei|ben, er über|treibt, er über|trieb, er hat über|trie|ben
über|wie|gend
über|zeu|gen, sie über|zeugt, sie über|zeug|te, sie hat über|zeugt
üb|rig, üb|ri|ge
üb|ri|gens
die **Übung**, die Übun|gen

Uf

das **Ufer**, die Ufer
das **Ufo**, die Ufos

A B C D E F G H I J K L M N O P Qu R S T U V W X Y Z

Uh

die **Uhr**, die Uh|ren
der **Uhu**, die Uhus

Uk

Uk|ra|i|ne

Um

um
um|ar|men, sie um|armt, sie um|arm|te, sie hat um|armt
um|dre|hen, er dreht um, er dreh|te um, er hat um|ge|dreht
um|fah|ren, sie fährt um, sie fuhr um, sie hat um|ge|fah|ren
um|fal|len, er fällt um, er fiel um, er ist um|ge|fal|len
um|her
um|keh|ren, sie kehrt um, sie kehr|te um, sie hat um|ge|kehrt (auch: sie ist um|ge|kehrt)
um|kip|pen, er kippt um, er kipp|te um, er ist um|ge|kippt
der **Um|laut**, die Um|lau|te
der **Um|schlag**, die Um|schlä|ge

um|so, umso mehr
die **Um|welt**
der **Um|welt|schutz**
um|zie|hen, sie zieht um, sie zog um, sie ist um|ge|zo|gen
der **Um|zug**, die Um|zü|ge

Un

un|auf|merk|sam, un|auf|merk|sa|mer, am un|auf|merk|sams|ten
un|be|dingt
un|be|hol|fen, un|be|hol|fe|ner, am un|be|hol|fens|ten
un|be|kannt
un|be|schreib|lich
un|be|stimmt
und
un|end|lich
un|er|schro|cken
un|fair (ungerecht), un|fai|rer, am un|fairs|ten
der **Un|fall**, die Un|fäl|le
der **Un|fug**
Un|garn
die **Un|ge|duld**
un|ge|dul|dig, un|ge|dul|di|ger, am un|ge|dul|digs|ten
un|ge|fähr
das **Un|ge|heu|er**, die Un|ge|heu|er
un|ge|heu|er|lich, un|ge|heu|er|li|cher, am un|ge|heu|er|lichs|ten
un|ge|hin|dert
un|ge|kämmt
un|ge|müt|lich, un|ge|müt|li|cher, am un|ge|müt|lichs|ten
un|ge|recht, un|ge|rech|ter, am un|ge|rech|tes|ten
die **Un|ge|rech|tig|keit**, die Un|ge|rech|tig|kei|ten
un|ge|sund, un|ge|sün|der, am un|ge|sün|des|ten

un|ge|wöhn|lich, un|ge|wöhn|li|cher, am un|ge|wöhn|lichs|ten
un|ge|zo|gen, un|ge|zo|ge|ner, am un|ge|zo|gens|ten
un|glaub|lich, un|glaub|li|cher, am un|glaub|lichs|ten
das **Un|glück**, die Un|glü|cke
un|glück|lich, un|glück|li|cher, am un|glück|lichs|ten
un|gül|tig
un|güns|tig, un|güns|ti|ger, am un|güns|tigs|ten
un|heim|lich, un|heim|li|cher, am un|heim|lichs|ten
die **Uni|form**, die Uni|for|men

un|kon|trol|liert (auch: un|kont|rol|liert)
un|le|ser|lich, un|le|ser|li|cher, am un|le|ser|lichs|ten
uns
un|ser
un|se|re
un|se|rem
un|se|ren
un|se|rer
un|se|res
un|si|cher, un|si|che|rer, am un|si|chers|ten
die **Un|si|cher|heit**, die Un|si|cher|hei|ten
un|sicht|bar
der **Un|sinn**
un|sin|nig, un|sin|ni|ger, am un|sin|nigs|ten
un|ten
un|ter
der **Un|ter|arm**, die Un|ter|ar|me
un|ter|bre|chen, er un|ter|bricht, er un|ter|brach, er hat un|ter|bro|chen
un|ter|ein|an|der (auch: un|ter|ei|nan|der)
der **Un|ter|gang**, die Un|ter|gän|ge
un|ter|ge|hen, sie geht un|ter, sie ging un|ter, sie ist un|ter|ge|gan|gen
un|ter|halb
sich **un|ter|hal|ten**, er un|ter|hält sich, er un|ter|hielt sich, er hat sich un|ter|hal|ten
die **Un|ter|hal|tung**, die Un|ter|hal|tun|gen

das **Un|ter|hemd**, die Un|ter|hem|den
die **Un|ter|ho|se**, die Un|ter|ho|sen
die **Un|ter|kunft**, die Un|ter|künf|te
un|ter|neh|men, er un|ter|nimmt, er un|ter|nahm, sie hat un|ter|nom|men
das **Un|ter|neh|men**, die Un|ter|neh|men
die **Un|ter|neh|mung**, die Un|ter|neh|mun|gen
der **Un|ter|richt**, die Un|ter|rich|te
un|ter|rich|ten, er un|ter|rich|tet, er un|ter|rich|te|te, sie hat un|ter|rich|tet
un|ter|richts|frei
un|ter|schei|den, er un|ter|schei|det, er un|ter|schied, er hat un|ter|schie|den

der **Un|ter|schied**,
die Un|ter|schie|de
un|ter|schied|lich,
un|ter|schied|li|cher,
am un|ter|schied|lichs|ten
un|ter|schrei|ben,
er un|ter|schreibt,
er un|ter|schrieb,
er hat un|ter|schrie|ben
die **Un|ter|schrift**,
die Un|ter|schrif|ten
un|ter|strei|chen,
er un|ter|streicht,
er un|ter|strich,
sie hat un|ter|stri|chen
un|ter|stüt|zen, er un|ter|stützt,
er un|ter|stütz|te,
er hat un|ter|stützt
un|ter|su|chen, sie un|ter|sucht,
sie un|ter|such|te,
sie hat un|ter|sucht

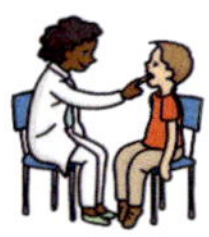

die **Un|ter|su|chung**,
die Un|ter|su|chun|gen
die **Un|ter|tas|se**,
die Un|ter|tas|sen
die **Un|ter|wä|sche**
un|ter|wegs
un|ver|schämt,
un|ver|schäm|ter,
am un|ver|schäm|tes|ten
un|vor|sich|tig,
un|vor|sich|ti|ger,
am un|vor|sich|tigs|ten
un|vor|stell|bar,
un|vor|stell|ba|rer,
am un|vor|stell|bars|ten
un|wahr
das **Un|wet|ter**, die Un|wet|ter

un|zäh|lig
un|zu|frie|den,
un|zu|frie|de|ner,
am un|zu|frie|dens|ten

Up

up|loa|den (hochladen),
er up|loa|det, er up|loa|de|te,
er hat up|ge|loa|det

Ur

die **Ur|groß|el|tern**
die **Ur|kun|de**, die Ur|kun|den
der **Ur|laub**, die Ur|lau|be
die **Ur|sa|che**, die Ur|sa|chen
das **Ur|teil**, die Ur|tei|le
der **Ur|wald**, die Ur|wäl|der

Us

der **USB-Stick**,
die USB-Sticks

usw. (Abkürzung für:
und so weiter)

V v

Va

die **Va|gi|na** (Scheide, weibliches
Geschlechtsorgan),
die Va|gi|nen
der **Vam|pir**, die Vam|pi|re
die **Vam|pi|rin**, die Vam|pi|rin|nen
die **Va|nil|le**
die **Va|se**, die Va|sen
der **Va|ter**, die Vä|ter
Va|ti|kan|stadt

Ve

ve|gan
ve|ge|ta|risch

das **Veil|chen**, die Veil|chen
das **Ven|til**, die Ven|ti|le
ver|än|dern, er ver|än|dert, er ver|än|der|te, er hat ver|än|dert
die **Ver|än|de|rung**, die Ver|än|de|run|gen
ver|an|stal|ten, sie ver|an|stal|tet, sie ver|an|stal|te|te, sie hat ver|an|stal|tet
die **Ver|ant|wor|tung**
das **Verb**, die Ver|ben
der **Ver|band**, die Ver|bän|de
ver|bes|sern, er ver|bes|sert, er ver|bes|ser|te, er hat ver|bes|sert
die **Ver|bes|se|rung**, die Ver|bes|se|run|gen
ver|bie|ten, sie ver|bie|tet, sie ver|bot, sie hat ver|bo|ten
ver|bin|den, er ver|bin|det, er ver|band, er hat ver|bun|den
das **Ver|bot**, die Ver|bo|te
ver|bo|ten
der **Ver|brauch**
ver|brau|chen, er ver|braucht, er ver|brauch|te, er hat ver|braucht
der **Ver|bre|cher**, die Ver|bre|cher
die **Ver|bre|che|rin**, die Ver|bre|che|rin|nen
ver|bren|nen, es ver|brennt, es ver|brann|te, es ist ver|brannt
die **Ver|bren|nung**, die Ver|bren|nun|gen
ver|brin|gen, er ver|bringt, er ver|brach|te, er hat ver|bracht
der **Ver|dacht**, die Ver|dach|te (auch: die Ver|däch|te)
ver|die|nen, sie ver|dient, sie ver|dien|te, sie hat ver|dient
ver|dop|peln, er ver|dop|pelt, er ver|dop|pel|te, er hat ver|dop|pelt
ver|dutzt, ver|dutz|ter, am ver|dutz|tes|ten
ver|eh|ren, er ver|ehrt, er ver|ehr|te, er hat ver|ehrt
der **Ver|ein**, die Ver|ei|ne
sich **ver|fah|ren**, er ver|fährt sich, er ver|fuhr sich, er hat sich ver|fah|ren
ver|fal|len, es ver|fällt, es ver|fiel, es ist ver|fal|len
ver|fas|sen, sie ver|fasst, sie ver|fass|te, sie hat ver|fasst
ver|feh|len, er ver|fehlt, er ver|fehl|te, er hat ver|fehlt
ver|fol|gen, sie ver|folgt, sie ver|folg|te, sie hat ver|folgt
die **Ver|fol|gung**, die Ver|fol|gun|gen
die **Ver|gan|gen|heit**, die Ver|gan|gen|hei|ten
ver|ge|ben, er ver|gibt, er ver|gab, er hat ver|ge|ben
ver|geb|lich
ver|ges|sen, sie ver|gisst, sie ver|gaß, sie hat ver|ges|sen

ver|gess|lich, ver|gess|li|cher, am ver|gess|lichs|ten

ver|glei|chen, er ver|gleicht, er ver|glich, er hat ver|gli|chen

ver|gnügt, ver|gnüg|ter, am ver|gnüg|tes|ten

das **Ver|hält|nis**, die Ver|hält|nis|se

das **Ver|hör**, die Ver|hö|re

sich **ver|ir|ren**, er ver|irrt sich, er ver|irr|te sich, er hat sich ver|irrt

der **Ver|kauf**, die Ver|käu|fe

ver|kau|fen, sie ver|kauft, sie ver|kauf|te, sie hat ver|kauft

der **Ver|käu|fer**, die Ver|käu|fer

die **Ver|käu|fe|rin**, die Ver|käu|fe|rin|nen

ver|käuf|lich, ver|käuf|li|cher, am ver|käuf|lichs|ten

der **Ver|kehr**, die Ver|keh|re

das **Ver|kehrs|mit|tel**, die Ver|kehrs|mit|tel

ver|kehrs|si|cher

das **Ver|kehrs|zei|chen**, die Ver|kehrs|zei|chen

sich **ver|klei|den**, er ver|klei|det sich, er ver|klei|de|te sich, er hat sich ver|klei|det

der **Ver|lag**, die Ver|la|ge

ver|lan|gen, er ver|langt, er ver|lang|te, er hat ver|langt

ver|las|sen, sie ver|lässt, sie ver|ließ, sie hat ver|las|sen

sich **ver|lau|fen**, er ver|läuft sich, er ver|lief sich, er hat sich ver|lau|fen

ver|lei|hen, sie ver|leiht, sie ver|lieh, sie hat ver|lie|hen

ver|ler|nen, sie ver|lernt, sie ver|lern|te, sie hat ver|lernt

sich **ver|let|zen**, er ver|letzt sich, er ver|letz|te sich, er hat sich ver|letzt

die **Ver|let|zung**, die Ver|let|zun|gen

sich **ver|lie|ben**, sie ver|liebt sich, sie ver|lieb|te sich, sie hat sich ver|liebt

ver|lie|ren, er ver|liert, er ver|lor, er hat ver|lo|ren

das **Ver|lies**, die Ver|lie|se

der **Ver|lust**, die Ver|lus|te

ver|mei|den, sie ver|mei|det, sie ver|mied, sie hat ver|mie|den

ver|mis|sen, sie ver|misst, sie ver|miss|te, sie hat ver|misst

der **Ver|miss|te**, die Ver|miss|ten

die **Ver|miss|te**, die Ver|miss|ten

ver|mu|ten, er ver|mu|tet, er ver|mu|te|te, er hat ver|mu|tet

ver|öf|fent|li|chen, sie ver|öf|fent|licht, sie ver|öf|fent|lich|te, sie hat ver|öf|fent|licht

ver|pa|cken, sie ver|packt, sie ver|pack|te, sie hat ver|packt

die **Ver|pa|ckung**, die Ver|pa|ckun|gen

der **Ver|rat**

ver|ra|ten, er ver|rät, er ver|riet, er hat ver|ra|ten

der **Ver|rä|ter**, die Ver|rä|ter

A B C D E F G H I J K L M N O P Qu R S T U V W X Y Z

die **Ver|rä|te|rin**,
die Ver|rä|te|rin|nen
ver|rä|te|risch, ver|rä|te|ri|scher,
am ver|rä|te|rischs|ten
ver|rei|sen, er ver|reist,
er ver|reis|te, er ist ver|reist
ver|rü|cken, er ver|rückt,
er ver|rück|te, er hat ver|rückt
ver|rückt, ver|rück|ter,
am ver|rück|tes|ten
ver|rüh|ren, sie ver|rührt,
sie ver|rühr|te, sie hat ver|rührt
der **Vers**, die Ver|se
sich **ver|sam|meln**,
sie ver|sam|meln sich,
sie ver|sam|mel|ten sich,
sie haben sich ver|sam|melt
die **Ver|samm|lung**,
die Ver|samm|lun|gen
ver|säu|men, er ver|säumt,
er ver|säum|te,
er hat ver|säumt
ver|schie|den
ver|schla|fen, sie ver|schläft,
sie ver|schlief,
sie hat ver|schla|fen
ver|schlin|gen, sie ver|schlingt,
sie ver|schlang,
sie hat ver|schlun|gen
ver|schlos|sen
der **Ver|schluss**, die Ver|schlüs|se
ver|schmut|zen,
du ver|schmutzt,
er ver|schmutzt,
er ver|schmutz|te,
er hat ver|schmutzt
die **Ver|schmut|zung**,
die Ver|schmut|zun|gen

ver|schrei|ben, sie ver|schreibt,
sie ver|schrieb,
sie ist ver|schrie|ben
ver|schwin|den,
sie ver|schwin|det,
sie ver|schwand,
sie ist ver|schwun|den
ver|se|hen, er ver|sieht,
er ver|sah, er hat ver|se|hen,
ich versehe meine Sachen mit
meinem Namen
das **Ver|se|hen**, die Ver|se|hen,
das war ein Versehen
ver|sin|ken, er ver|sinkt,
er ver|sank, er ist ver|sun|ken
die **Ver|söh|nung**,
die Ver|söh|nun|gen
das **Ver|söh|nungs|fest**,
die Ver|söh|nungs|fes|te
sich **ver|spä|ten**,
sie ver|spä|tet sich,
sie ver|spä|te|te sich,
sie hat sich ver|spä|tet
ver|spä|tet
ver|spre|chen, er ver|spricht,
er ver|sprach,
er hat ver|spro|chen
der **Ver|stand**
ver|ständ|lich, ver|ständ|li|cher,
am ver|ständ|lichs|ten
das **Ver|ständ|nis**
ver|ständ|nis|voll,
ver|ständ|nis|vol|ler,
am ver|ständ|nis|volls|ten
ver|stau|chen, er ver|staucht,
er ver|stauch|te,
er hat ver|staucht
das **Ver|steck**, die Ver|ste|cke

ver|ste|cken, sie ver|steckt, sie ver|steck|te, sie hat ver|steckt

ver|ste|hen, er ver|steht, er ver|stand, er hat ver|stan|den

sich **ver|stel|len**, sie ver|stellt sich, sie ver|stell|te sich, sie hat sich ver|stellt

der **Ver|such**, die Ver|su|che

ver|su|chen, sie ver|sucht, sie ver|such|te, sie hat ver|sucht

ver|tei|di|gen, er ver|tei|digt, er ver|tei|dig|te, er hat ver|tei|digt

der **Ver|trag**, die Ver|trä|ge

sich **ver|tra|gen**, sie ver|trägt sich, sie ver|trug sich, sie hat sich ver|tra|gen

ver|trau|en, er ver|traut, er ver|trau|te, er hat ver|traut

das **Ver|trau|en**

ver|traut, ver|trau|ter, am ver|trau|tes|ten

ver|un|rei|ni|gen, er ver|un|rei|nigt, er ver|un|rei|nig|te, er hat ver|un|rei|nigt

die **Ver|un|rei|ni|gung**, die Ver|un|rei|ni|gun|gen

ver|ur|sa|chen, sie ver|ur|sacht, sie ver|ur|sach|te, sie hat ver|ur|sacht

die **Ver|wal|tung**, die Ver|wal|tun|gen

ver|wan|deln, sie ver|wan|delt, sie ver|wan|del|te, sie hat ver|wan|delt

ver|wandt

der **Ver|wand|te**, die Ver|wand|ten

die **Ver|wand|te**, die Ver|wand|ten

die **Ver|wandt|schaft**, die Ver|wandt|schaf|ten

ver|wech|seln, er ver|wech|selt, er ver|wech|sel|te, er hat ver|wech|selt

die **Ver|wechs|lung**, die Ver|wechs|lun|gen

ver|wen|den, er ver|wen|det, er ver|wen|de|te, er hat ver|wen|det

ver|wun|dert, ver|wun|der|ter, am ver|wun|derts|ten

ver|zau|bern, sie ver|zau|bert, sie ver|zau|ber|te, sie hat ver|zau|bert

das **Ver|zeich|nis**, die Ver|zeich|nis|se

ver|zei|hen, er ver|zeiht, er ver|zieh, er hat ver|zie|hen

ver|zich|ten, sie ver|zich|tet, sie ver|zich|te|te, sie hat ver|zich|tet

ver|zie|ren, er ver|ziert, er ver|zier|te, er hat ver|ziert

Vi

das **Vi|deo**, die Vi|de|os

die **Vi|deo|kon|fe|renz**, die Vi|deo|kon|fe|ren|zen

das **Vieh**

viel, mehr, am meis|ten

vie|le

vie|les

die **Viel|falt**

der **Viel|fraß**, die Viel|fra|ße

viel|leicht
vier

vier / Vier

Kleinschreibung
vier Jahre alt
es ist halb vier
vier mal fünf
der vierjährige Junge
der 4-jährige Junge
viermal
4-mal

Großschreibung
die Zahl Vier
eine Vier schreiben
eine Vier im Zeugnis

vier|mal
vier|zehn
vier|zig

die **Vil|la**, die Vil|len
vi|o|lett,
er trägt eine violette Hose
das (der) **Vi|rus**, die Vi|ren
das **Vi|ta|min** (auch: Vit|a|min),
die Vi|ta|mi|ne

Vo

der **Vo|gel**, die Vö|gel
die **Vo|ka|bel**, die Vo|ka|beln
der **Vo|kal**, die Vo|ka|le
das **Volk**, die Völ|ker
voll, vol|ler, am volls|ten
völ|lig
voll|stän|dig
die **Voll|stän|dig|keit**

vom (von dem)
von
von|ein|an|der
(auch: von|ei|nan|der)
vor
vor al|lem
vor|an (auch: vo|ran)
vor|aus (auch: vo|raus)
vor|bei
vor|bei|kom|men,
er kommt vor|bei,
er kam vor|bei,
er ist vor|bei|ge|kom|men
vor|be|rei|ten,
sie be|rei|tet vor,
sie be|rei|te|te vor,
sie hat vor|be|rei|tet
die **Vor|be|rei|tung**,
die Vor|be|rei|tun|gen
das **Vor|bild**, die Vor|bil|der
das **Vor|der|licht**, die Vor|der|lich|ter
das **Vor|der|rad**, die Vor|der|rä|der
sich **vor|drän|geln**,
er drän|gelt sich vor,
er drän|gel|te sich vor,
er hat sich vor|ge|drän|gelt
vor|ei|lig, vor|ei|li|ger,
am vor|ei|ligs|ten
vor|fah|ren, er fährt vor,
er fuhr vor, er ist vor|ge|fah|ren
die **Vor|fahrt**

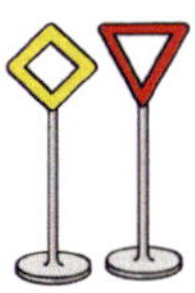

die **Vor|fahrt|stra|ße**,
die Vor|fahrt|stra|ßen
der **Vor|fall**, die Vor|fäl|le
vor|füh|ren, sie führt vor,
sie führ|te vor,
sie hat vor|ge|führt
der **Vor|gän|ger**, die Vor|gän|ger

A B C D E F G H I J K L M N O P Qu R S T U V W X Y Z

A B C D E F G H I J K L M N O P Qu R S T U V W X Y Z

die **Vor|gän|ge|rin**,
die Vor|gän|ge|rin|nen
vor|ges|tern
der **Vor|hang**,
die Vor|hän|ge

vor|her
vo|ri|ge
das **Vor|kom|men**, die Vor|kom|men
vor|las|sen, er lässt vor,
er ließ vor, er hat vor|ge|las|sen
vor|lau|fen, sie läuft vor,
sie lief vor,
sie ist vor|ge|lau|fen
vor|le|sen, er liest vor,
er las vor, er hat vor|ge|le|sen
vor|ma|chen, er macht vor,
er mach|te vor,
er hat vor|ge|macht
der **Vor|mit|tag**,
die Vor|mit|ta|ge
vor|mit|tags

Vormittag / vormittags

Großschreibung
am Vormittag
ein Vormittag
heute Vormittag
der Dienstagvormittag

Kleinschreibung
vormittags
dienstagvormittags

vorn, vor|ne
der **Vor|na|me**, die Vor|na|men
vor|nehm, vor|neh|mer,
am vor|nehms|ten
vor|neh|men, sie nimmt vor,
sie nahm vor,
sie hat vor|ge|nom|men
der **Vor|rat**, die Vor|rä|te
der **Vor|schlag**, die Vor|schlä|ge
vor|schla|gen, er schlägt vor,
er schlug vor,
er hat vor|ge|schla|gen
sich **vor|se|hen**, er sieht sich vor,
er sah sich vor,
er hat sich vor|ge|se|hen
die **Vor|sicht**
vor|sich|tig, vor|sich|ti|ger,
am vor|sich|tigs|ten
vor|sor|gen, er sorgt vor,
er sorg|te vor,
er hat vor|ge|sorgt
vor|sorg|lich, vor|sorg|li|cher,
am vor|sorg|lichs|ten
vor|spie|len, sie spielt vor,
sie spiel|te vor,
sie hat vor|ge|spielt
vor|spre|chen, sie spricht vor,
sie sprach vor,
sie hat vor|ge|spro|chen
vor|stel|len, er stellt vor,
er stell|te vor,
er hat vor|ge|stellt
sich **vor|stel|len**, sie stellt sich vor,
sie stell|te sich vor,
sie hat sich vor|ge|stellt
die **Vor|stel|lung**,
die Vor|stel|lun|gen
der **Vor|teil**, die Vor|tei|le
der **Vor|trag**, die Vor|trä|ge
vor|tra|gen, er trägt vor,
er trug vor, er hat vor|ge|tra|gen
vor|ü|ber (auch: vo|rü|ber)

das **Vor|ur|teil**, die Vor|ur|tei|le
vor|wärts
vor|zie|hen, er zieht vor, er zog vor, er hat vor|ge|zo|gen

Vu

der **Vul|kan**, die Vul|ka|ne
die **Vul|va** (alle äußeren weiblichen Geschlechtsorgane), die Vul|ven

W w

Wa

die **Waa|ge**, die Waa|gen
wach, wa|cher, am wa|ches|ten
die **Wa|che**, die Wa|chen
wa|chen, er wacht, er wach|te, er hat ge|wacht
das **Wachs**, die Wach|se
wach|sam, wach|sa|mer, am wach|sams|ten
wach|sen, du wächst, es wächst, es wuchs, es ist ge|wach|sen
das **Wachs|tum**
wa|ckeln, es wa|ckelt, es wa|ckel|te, es hat ge|wa|ckelt
die **Waf|fe**, die Waf|fen
die **Waf|fel**, die Waf|feln
wa|gen, er wagt, er wag|te, er hat ge|wagt
der **Wa|gen**, die Wa|gen
wag|hal|sig, wag|hal|si|ger, am wag|hal|sigs|ten

das **Wag|nis**, die Wag|nis|se
die **Wahl**, die Wah|len, sie gewann die Wahl mit klarem Vorsprung

wäh|len, sie wählt, sie wähl|te, sie hat ge|wählt
wahr, die Geschichte ist wahr
wäh|rend
die **Wahr|heit**, die Wahr|hei|ten
wahr|neh|men, er nimmt wahr, er nahm wahr, er hat wahr|ge|nom|men
wahr|schein|lich, wahr|schein|li|cher, am wahr|schein|lichs|ten
die **Wai|se** (Kind, dessen Mutter und/oder Vater gestorben ist), die Wai|sen
der **Wal** (Tier), die Wa|le

der **Wald**, die Wäl|der
der **Wald|weg**, die Wald|we|ge
der **Wall**, die Wäl|le
die **Wal|nuss**, die Wal|nüs|se

die **Wand**, die Wän|de
wan|deln, sie wan|delt, sie wan|del|te, sie ist ge|wan|delt
wan|dern, er wan|dert, er wan|der|te, er ist ge|wan|dert
die **Wan|der|schaft**
die **Wan|ge**, die Wan|gen
wan|ken, sie wankt, sie wank|te, sie hat ge|wankt
wann
die **Wan|ne**, die Wan|nen
die **Wa|re**, die Wa|ren

A B C D E F G H I J K L M N O P Qu R S T U V **W** X Y Z

warm, wär|mer, am wärms|ten
die **Wär|me**
wär|men, es wärmt, es wärm|te, es hat ge|wärmt
war|nen, er warnt, er warn|te, er hat ge|warnt
war|ten, sie war|tet, sie war|te|te, sie hat ge|war|tet
der **Wär|ter**, die Wär|ter
die **Wär|te|rin**, die Wär|te|rin|nen

war|um (auch: wa|rum)
was
die **Wä|sche**, die Wä|schen
wa|schen, du wäschst, sie wäscht, sie wusch, sie hat ge|wa|schen
sich **wa|schen**, du wäschst dich, er wäscht sich, er wusch sich, er hat sich ge|wa|schen
das **Was|ser**, die Was|ser
wäss|rig, wäss|ri|ger, am wäss|rigs|ten
wat|scheln, sie wat|schelt, sie wat|schel|te, sie ist ge|wat|schelt
das **Watt**
die **Wat|te**, die Wat|ten
das **Wat|ten|meer**, die Wat|ten|mee|re

We

die **Web|cam** (Kamera), die Web|cams
we|ben, er webt, er web|te, er hat ge|webt
die **Web|site**, die Web|sites
der **Wech|sel**, die Wech|sel
wech|seln, sie wech|selt, sie wech|sel|te, sie hat ge|wech|selt
we|cken, er weckt, er weck|te, er hat ge|weckt
der **We|cker**, die We|cker
we|der
weg, er ist schon weg
der **Weg**, die We|ge
we|gen
weg|fah|ren, sie fährt weg, sie fuhr weg, sie ist weg|ge|fah|ren
weg|flie|gen, er fliegt weg, er flog weg, er ist weg|ge|flo|gen
weg|ge|ben, er gibt weg, er gab weg, er hat weg|ge|ge|ben
weg|ge|hen, sie geht weg, sie ging weg, sie ist weg|ge|gan|gen
weg|lau|fen, er läuft weg, er lief weg, er ist weg|ge|lau|fen
weg|neh|men, sie nimmt weg, sie nahm weg, sie hat weg|ge|nom|men
weg|schmei|ßen, er schmeißt weg, er schmiss weg, er hat weg|ge|schmis|sen
weg|wer|fen, sie wirft weg, sie warf weg, sie hat weg|ge|wor|fen
weh, we|her, am we|hes|ten (auch: am wehs|ten), es ist ihr weh ums Herz

we|hen, es weht,
es weh|te,
es hat ge|weht
sich **weh|ren**, er wehrt sich,
er wehr|te sich,
er hat sich ge|wehrt
weh|tun (auch: weh tun),
es tut weh, es tat weh,
es hat weh|ge|tan
weib|lich
weich, wei|cher, am weichs|ten
die **Wei|de**, die Wei|den
das **Weih|nach|ten**,
die Weih|nach|ten
das **Weih|nachts|fest**,
die Weih|nachts|fes|te
der **Weih|nachts|mann**,
die Weih|nachts|män|ner
weil
die **Wei|le**
der **Wein**, die Wei|ne
wei|nen, sie weint, sie wein|te,
sie hat ge|weint
die **Wein|trau|be**, die Wein|trau|ben
wei|se, wei|ser, am wei|ses|ten
die **Wei|se**, die Wei|sen
die **Weis|heit**, die Weis|hei|ten
weiß, wei|ßer,
am wei|ßes|ten
weit, wei|ter,
am wei|tes|ten
wei|ter
wei|ter|fah|ren, sie fährt wei|ter,
sie fuhr wei|ter,
sie ist wei|ter|ge|fah|ren
wei|ter|ge|hen, er geht wei|ter,
er ging wei|ter,
er ist wei|ter|ge|gan|gen
wei|ter|lei|ten, sie lei|tet wei|ter,
sie lei|te|te wei|ter,
sie hat wei|ter|ge|lei|tet
wei|ter|rei|chen,
er reicht wei|ter,
er reich|te wei|ter,
er hat wei|ter|ge|reicht
wei|ter|ver|wen|den,
sie ver|wen|det wei|ter,
sie ver|wen|de|te wei|ter,
sie hat wei|ter|ver|wen|det
der **Wei|zen**
welch
wel|che
wel|cher
wel|ches
die **Wel|le**, die Wel|len
die **Welt**, die Wel|ten
das **Welt|all**

weiß / Weiß

Kleinschreibung

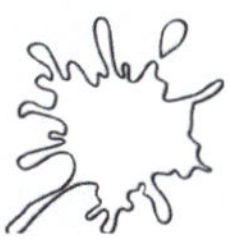

mein Hemd ist weiß
mein weißes Hemd
sein Gesicht wurde ganz weiß
weiß gestreift
schwarz auf weiß
weißhaarig
schneeweiß

Großschreibung

das Weiß des Schnees
ganz in Weiß

welt|be|rühmt
der **Welt|raum**
wem

A B C D E F G H I J K L M N O P Qu R S T U V W X Y Z

wen, er überlegt, wen er wählt
we|nig, we|ni|ger, am we|nigs|ten
we|ni|ge
we|nigs|tens
wenn, der Hund kommt, wenn sie ruft
wer
wer|ben, sie wirbt, sie warb, sie hat ge|wor|ben
die **Wer|bung**, die Wer|bun|gen
wer|den, du wirst, es wird, es wur|de, es ist ge|wor|den
wer|fen, sie wirft, sie warf, sie hat ge|wor|fen
das **Werk**, die Wer|ke
wer|ken, er werkt, er werk|te, er hat ge|werkt
die **Werk|statt**, die Werk|stät|ten
das **Werk|zeug**, die Werk|zeu|ge

die **Wer|ra**
wert, wer|ter, am wer|tes|ten
der **Wert**, die Wer|te
wert|schät|zen, sie schätzt wert, sie schätz|te wert, sie hat wert|ge|schätzt
wert|voll, wert|vol|ler, am wert|volls|ten
die **We|ser**
wes|halb
die **Wes|pe**, die Wes|pen

wes|sen
der **Wes|ten**
west|lich, west|li|cher, am west|lichs|ten
die **Wet|te**, die Wet|ten
wet|ten, er wet|tet, er wet|te|te, er hat ge|wet|tet
das **Wet|ter**
der **Wet|ter|be|richt**, die Wet|ter|be|rich|te

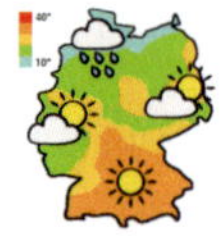

Wh

das **White|board** (digitale Tafel), die White|boards

Wi

der **Wich|tel**, die Wich|tel
wich|tig, wich|ti|ger, am wich|tigs|ten
wi|ckeln, er wi|ckelt, er wi|ckel|te, er hat ge|wi|ckelt
der **Wid|der**, die Wid|der
wi|der

> **wider / wieder**
>
> **wider (gegen)**
> widerlich
> widersprechen
> widerstehen
> der Widerstand
>
> **wieder (erneut)**
> immer wieder
> nie wieder
> schon wieder
> ich komme wieder
> das Wiedersehen
> Auf Wiedersehen!

wi|der|lich, wi|der|li|cher, am wi|der|lichs|ten

wi|der|spre|chen, sie wi|der|spricht, sie wi|der|sprach, sie hat wi|der|spro|chen
der **Wi|der|spruch**, die Wi|der|sprü|che
wi|der|sprüch|lich, wi|der|sprüch|li|cher, am wi|der|sprüch|lichs|ten
der **Wi|der|stand**, die Wi|der|stän|de
wie
wie|der
wie|der|ho|len, er wie|der|holt, er wie|der|hol|te, er hat wie|der|holt
wie|der|kom|men, sie kommt wie|der, sie kam wie|der, sie ist wie|der|ge|kom|men
wie|der|se|hen, er sieht wie|der, er sah wie|der, er hat wie|der|ge|se|hen
wie|der|ver|wen|den, sie ver|wen|det wie|der, sie ver|wen|de|te wie|der, sie hat wie|der|ver|wen|det
die **Wie|ge**, die Wie|gen
wie|gen, es wiegt, es wog, es hat ge|wo|gen
Wies|ba|den
die **Wie|se**, die Wie|sen
das **Wie|sel**, die Wie|sel
wie|so
wie viel, wie vie|le
der **Wi|kin|ger**, die Wi|kin|ger
die **Wi|kin|ge|rin**, die Wi|kin|ge|rin|nen

wild, wil|der, am wil|des|ten
die **Wild|nis**
das **Wild|schwein**, die Wild|schwei|ne

das **Will|kom|men**
die **Wim|per**, die Wim|pern
der **Wind**, die Win|de
die **Win|del**, die Win|deln
win|dig, win|di|ger, am win|digs|ten
die **Wind|stär|ke**, die Wind|stär|ken
win|ken, er winkt, er wink|te, er hat ge|wun|ken
der **Win|ter**, die Win|ter
die **Wip|pe**, die Wip|pen
wip|pen, sie wippt, sie wipp|te, sie hat ge|wippt
wir
wir|beln, sie wir|belt, sie wir|bel|te, sie ist ge|wir|belt (auch: sie hat ge|wir|belt)
wir|ken, es wirkt, es wirk|te, es hat ge|wirkt
wirk|lich
die **Wirk|lich|keit**, die Wirk|lich|kei|ten
wirk|sam, wirk|sa|mer, am wirk|sams|ten
die **Wir|kung**, die Wir|kun|gen
der **Wirt**, die Wir|te
die **Wir|tin**, die Wir|tin|nen
die **Wirt|schaft**, die Wirt|schaf|ten
wi|schen, du wischst, er wischt, er wisch|te, er hat ge|wischt
wis|pern, er wis|pert, er wis|per|te, er hat ge|wis|pert
wis|sen, du weißt, sie weiß, sie wuss|te, sie hat ge|wusst

A B C D E F G H I J K L M N O P Qu R S T U V W X Y Z

das **Wis|sen**
die **Wis|sen|schaft**, die Wis|sen|schaf|ten
der **Wis|sen|schaft|ler**, die Wis|sen|schaft|ler
die **Wis|sen|schaft|le|rin**, die Wis|sen|schaft|le|rin|nen
wit|tern, er wit|tert, er wit|ter|te, er hat ge|wit|tert
der **Witz**, die Wit|ze
wit|zig, wit|zi|ger, am wit|zigs|ten

Wo

wo
wo|bei
die **Wo|che**, die Wo|chen
das **Wo|chen|en|de**, die Wo|chen|en|den
der **Wo|chen|tag**, die Wo|chen|ta|ge
wo|für
wo|her
wo|hin
wohl
woh|nen, sie wohnt, sie wohn|te, sie hat ge|wohnt
wohn|lich, wohn|li|cher, am wohn|lichs|ten
die **Woh|nung**, die Woh|nun|gen
der **Wolf**, die Wöl|fe

die **Wol|ke**, die Wol|ken
wol|ken|los
die **Wol|le**
wol|len, er will, er woll|te, er hat ge|wollt
das **Wort**, die Wör|ter
das **Wör|ter|buch**, die Wör|ter|bü|cher
die **Wör|ter|lis|te**, die Wör|ter|lis|ten
wört|lich, wört|li|cher, am wört|lichs|ten

Wu

die **Wun|de**, die Wun|den
das **Wun|der**, die Wun|der
wun|der|bar, wun|der|ba|rer, am wun|der|bars|ten
sich **wun|dern**, er wun|dert sich, er wun|der|te sich, er hat sich ge|wun|dert
wun|der|sam, wun|der|sa|mer, am wun|der|sams|ten
der **Wunsch**, die Wün|sche
wün|schen, du wünschst, sie wünscht, sie wünsch|te, sie hat ge|wünscht
wunsch|los, wunsch|lo|ser, am wunsch|lo|ses|ten
die **Wür|de**, die Wür|den
wür|de|los, wür|de|lo|ser, am wür|de|lo|ses|ten
wür|de|voll, wür|de|vol|ler, am wür|de|volls|ten
der **Wurf**, die Wür|fe
der **Wür|fel**, die Wür|fel
wür|feln, er wür|felt, er wür|fel|te, er hat ge|wür|felt
der **Wurm**, die Wür|mer
die **Wurst**, die Würs|te
die **Wur|zel**, die Wur|zeln

wür|zen, sie würzt, sie würz|te, sie hat ge|würzt
wür|zig, wür|zi|ger, am wür|zigs|ten
wüst, wüs|ter, am wüs|tes|ten

die **Wüs|te**, die Wüs|ten
die **Wut**
wü|tend, wü|ten|der,
am wü|tends|ten

X x

Xb

die **X-Bei|ne**
x-bei|nig (auch: X-bei|nig)

Xf

x-fach

Xm

x-mal

Xy

das **Xy|lo|fon**, die Xy|lo|fo|ne
= Xylophon
das **Xy|lo|phon**, die Xy|lo|pho|ne
= Xylofon

Y y

Ya

die **Yacht**, die Yach|ten
= Jacht
der (das) **Yak**, die Yaks = Jak
der **Ye|ti**, die Ye|tis

Yo

das (der) **Yo|ga**
das **Yo-Yo**, die Yo-Yos = Jo-Jo

Yp

das **Yp|si|lon**, die Yp|si|lons

Z z

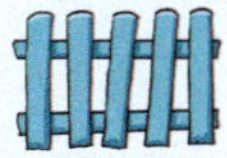

Za

der **Za|cken**, die Za|cken
za|ckig, za|cki|ger,
am za|ckigs|ten
zäh, zä|her, am zähs|ten
die **Zahl**, die Zah|len
zah|len, sie zahlt, sie zahl|te,
sie hat ge|zahlt
zäh|len, er zählt, er zähl|te,
er hat ge|zählt
zahl|reich, zahl|rei|cher,
am zahl|reichs|ten
zahm, zah|mer, am zahms|ten
zäh|men, er zähmt, er zähm|te,
er hat ge|zähmt
der **Zahn**, die Zäh|ne
die **Zahn|bürs|te**, die Zahn|bürs|ten
die **Zahn|pas|ta**,
die Zahn|pas|ten
die **Zan|ge**, die Zan|gen

sich **zan|ken**,
sie zankt sich, sie zank|te sich,
sie hat sich ge|zankt
der **Zap|fen**, die Zap|fen
der **Zau|be|rer**, die Zau|be|rer
zau|ber|haft, zau|ber|haf|ter,
am zau|ber|haf|tes|ten
die **Zau|be|rin**, die Zau|be|rin|nen
zau|bern, er zau|bert,
er zau|ber|te, er hat ge|zau|bert
der **Zaun**, die Zäu|ne

Zb

z. B. (Abkürzung für: zum Beispiel)

Ze

das **Ze|bra** (auch: Zeb|ra), die Ze|bras
der **Ze|bra|strei|fen** (auch: Zeb|ra|strei|fen), die Ze|bra|strei|fen
der **Zeh** (auch: die Ze|he), die Ze|hen
zehn

> **zehn / Zehn**
>
> **Kleinschreibung**
> zehn Jahre alt
> es ist halb zehn
> zehn mal vier
> der zehnjährige Junge
> der 10-jährige Junge
> zehnmal
> 10-mal
>
> **Großschreibung**
> die Zahl Zehn

der **Zeh|ner**, die Zeh|ner
zehn|mal
das **Zei|chen**, die Zei|chen
zeich|nen, sie zeich|net, sie zeich|ne|te, sie hat ge|zeich|net
die **Zeich|nung**, die Zeich|nun|gen
zei|gen, er zeigt, er zeig|te, er hat ge|zeigt
der **Zei|ger**, die Zei|ger
die **Zei|le**, die Zei|len
die **Zeit**, die Zei|ten
die **Zeit|schrift**, die Zeit|schrif|ten

die **Zei|tung**, die Zei|tun|gen
das **Zelt**, die Zel|te
zel|ten, sie zel|tet, sie zel|te|te, sie hat ge|zel|tet
die **Zen|sur**, die Zen|su|ren
der **Zen|ti|me|ter** [cm], die Zen|ti|me|ter
zen|tral (auch: zent|ral)
die **Zen|tra|le** (auch: Zent|ra|le), die Zen|tra|len
zer|bre|chen, er zer|bricht, er zer|brach, er hat zer|bro|chen
zer|brech|lich, zer|brech|li|cher, am zer|brech|lichs|ten
zer|fal|len, es zer|fällt, es zer|fiel, er ist zer|fal|len
zer|krü|meln, sie zer|krü|melt, sie zer|krü|melte, sie hat zer|krü|melt
zer|le|gen, er zer|legt, er zer|leg|te, er hat zer|legt
zer|rei|ßen, sie zer|reißt, sie zer|riss, sie hat zer|ris|sen
zer|ren, er zerrt, er zerr|te, er hat ge|zerrt
zer|schla|gen, sie zer|schlägt, sie zer|schlug, sie hat zer|schla|gen
zer|stö|ren, er zer|stört, er zer|stör|te, er hat zer|stört
zer|tre|ten, er zer|tritt, er zer|trat, er hat zer|tre|ten

der **Zet|tel**, die Zet|tel
das **Zeug**, die Zeu|ge
das **Zeug|nis**, die Zeug|nis|se

Zi

die **Zie|ge**, die Zie|gen
der **Zie|gel**, die Zie|gel
zie|hen, sie zieht, sie zog, sie hat ge|zo|gen
das **Ziel**, die Zie|le
zie|len, er zielt, er ziel|te, er hat ge|zielt
ziem|lich
zier|lich, zier|li|cher, am zier|lichs|ten
die **Zif|fer**, die Zif|fern
das **Zim|mer**, die Zim|mer
der **Zimt**
der **Zip|fel**, die Zip|fel
zir|ka [ca.] = circa

der **Zir|kel**, die Zir|kel
der **Zir|kus**, die Zir|kus|se = Circus
zi|schen, du zischst, es zischt, es zisch|te, es hat ge|zischt
die **Zi|tro|ne** (auch: Zit|ro|ne), die Zi|tro|nen
zit|tern, er zit|tert, er zit|ter|te, er hat ge|zit|tert

Zo

zö|gern, sie zö|gert, sie zö|ger|te, sie hat ge|zö|gert
der **Zoo**, die Zoos
die **Zoo|hand|lung**, die Zoo|hand|lun|gen
der **Zopf**, die Zöp|fe
der **Zorn**
zor|nig, zor|ni|ger, am zor|nigs|ten

Zu

zu
zu|be|rei|ten, er be|rei|tet zu, er be|rei|te|te zu, er hat zu|be|rei|tet

die **Zuc|chi|ni**
zu|cken, sie zuckt, sie zuck|te, sie hat ge|zuckt
der **Zu|cker**
das **Zu|cker|fest**, die Zu|cker|fes|te
zu|de|cken, er deckt zu, er deck|te zu, er hat zu|ge|deckt
zu|dre|hen, sie dreht zu, sie dreh|te zu, sie hat zu|ge|dreht
zu|ein|an|der (auch: zu|ei|nan|der)
zu|erst
zu|fäl|lig
zu|frie|den, zu|frie|de|ner, am zu|frie|dens|ten
die **Zu|frie|den|heit**
der **Zug**, die Zü|ge
zu|ge|ben, er gibt zu, er gab zu, er hat zu|ge|ge|ben
zü|gig, zü|gi|ger, am zü|gigs|ten
zu|gu|cken, sie guckt zu, sie guck|te zu, sie hat zu|ge|guckt
zu Hau|se (auch: zu|hau|se)
zu|hö|ren, er hört zu, er hör|te zu, er hat zu|ge|hört
die **Zu|kunft**

zu|künf|tig
zu|letzt
zum (zu dem)
zu|ma|chen, sie macht zu,
sie mach|te zu,
sie hat zu|ge|macht
zu|min|dest
zu|nächst
zün|den, er zün|det,
er zün|de|te, er hat ge|zün|det
die **Zun|ge**, die Zun|gen
der **Zun|gen|bre|cher**,
die Zun|gen|bre|cher
zup|fen, sie zupft, sie zupf|te,
sie hat ge|zupft
zur (zu der)
zu|rück
zu|rück|bli|cken,
er blickt zu|rück,
er blick|te zu|rück,
er hat zu|rück|ge|blickt
zu|rück|den|ken,
sie denkt zu|rück,
sie dach|te zu|rück,
sie hat zu|rück|ge|dacht
zu|rück|fah|ren,
er fährt zu|rück, er fuhr zu|rück,
er ist zu|rück|ge|fah|ren
zu|rück|ge|ben, sie gibt zu|rück,
sie gab zu|rück,
sie hat zu|rück|ge|ge|ben
zu|rück|ge|hen,
er geht zu|rück, er ging zu|rück,
er ist zu|rück|ge|gan|gen
zu|rück|keh|ren,
sie kehrt zu|rück,
sie kehr|te zu|rück,
sie ist zu|rück|ge|kehrt
zu|rück|kom|men,
er kommt zu|rück,
er kam zu|rück,
er ist zu|rück|ge|kom|men
zu|sa|gen, sie sagt zu,
sie sag|te zu,
sie hat zu|ge|sagt

zwanzig / Zwanzig

Kleinschreibung
zwanzig Jahre alt
in zwanzig Minuten
zwanzig mal vier
der zwanzigjährige Mann
der 20-jährige Mann
zwanzigmal
20-mal

Großschreibung
die Zahl Zwanzig

zu|sam|men
zu|sam|men|sit|zen,
er sitzt zu|sam|men,
er saß zu|sam|men,
er hat zu|sam|men|ge|ses|sen
zu|sam|men|sto|ßen,
sie stößt zu|sam|men,
sie stieß zu|sam|men,
sie ist zu|sam|men|ge|sto|ßen
der **Zu|schau|er**, die Zu|schau|er
die **Zu|schau|e|rin**,
die Zu|schau|e|rin|nen
zu|sen|den, er sen|det zu,
er sand|te zu, er hat zu|ge|sandt
(auch: er sen|de|te zu,
er hat zu|ge|sen|det)

zu|stim|men, er stimmt zu, er stimm|te zu, er hat zu|ge|stimmt
die **Zu|tat**, die Zu|ta|ten
zu viel

Zw

der **Zwang**, die Zwän|ge
zwan|zig
zwar
der **Zweck**, die Zwe|cke
zwecks
zwei

> **zwei / Zwei**
>
> **Kleinschreibung**
> zwei Jahre alt
> es ist halb zwei
> zwei mal vier
> der zweijährige Junge
> der 2-jährige Junge
> zweimal
> 2-mal
>
> **Großschreibung**
> die Zahl Zwei
> eine Zwei schreiben
> eine Zwei im Zeugnis

zwei|far|big
der **Zwei|fel**, die Zwei|fel
der **Zweig**, die Zwei|ge
zwei|mal
zwei|te
zwei|ter
der **Zwerg**, die Zwer|ge
die **Zwer|gin**, die Zwer|gin|nen
zwi|cken, er zwickt, er zwick|te, er hat ge|zwickt
der **Zwie|back**, die Zwie|ba|cke (auch: die Zwie|bä|cke)
die **Zwie|bel**, die Zwie|beln
der **Zwie|laut**, die Zwie|lau|te
der **Zwil|ling**, die Zwil|lin|ge
zwin|gen, sie zwingt, sie zwang, sie hat ge|zwun|gen
zwin|kern, er zwin|kert, er zwin|ker|te, er hat ge|zwin|kert
zwi|schen
zwi|schen|durch
zwölf

> **zwölf / Zwölf**
>
> **Kleinschreibung**
> zwölf Jahre alt
> es ist halb zwölf
> zwölf mal vier
> der zwölfjährige Junge
> der 12-jährige Junge
> zwölfmal
> 12-mal
>
> **Großschreibung**
> die Zahl Zwölf

Zy

der **Zy|klus** (auch: Zyk|lus), die Zy|klen
der **Zy|lin|der**, die Zy|lin|der

Zy|pern

Tipps

Auf den **gelben Seiten 232 bis 243** findest du Wörter, die nach Themen geordnet sind. Sie helfen dir beim Schreiben von Sätzen und Texten.

Zu jedem Thema gibt es **zwei Seiten** mit Wörtern.

Das **Thema** steht oben auf der Seite.

Zu diesen Themen gibt es Seiten:

Ernährung

Feste und Feiern im Jahr

Medien

Straßenverkehr

Umweltschutz und Nachhaltigkeit

Deutschland in Europa

Straßenverkehr

Fahrzeuge
das Auto
der Bus
das E-Auto
das E-Bike
der E-Roller
das Fahrrad
das Lastenrad
das Laufrad
der LKW
das Motorrad
der Motorroller
der PKW
der Roller
die S-Bahn
die Schwebebahn
der Scooter
die Straßenbahn
das Taxi
die U-Bahn
das Wohnmobil
der Wohnwagen

Straßen und Wege
die Ampel
die Autobahn
der Bahnübergang
die Bordsteinkante
der Bürgersteig
die Einbahnstraße
der Fahrradweg
der Fußgängerweg
die Fußgängerzone
der Gehweg
die Gleise
die Haltelinie
der Kreisverkehr
die Kreuzung
der Radfahrstreifen
die Spielstraße
die Straße
die Vorfahrtstraße
der Zebrastreifen

Menschen im Verkehr
der Autofahrer
die Autofahrerin
der Fahrradfahrer
die Fahrradfahrerin
der Fußgänger
die Fußgängerin
der Motorradfahrer
die Motorradfahrerin
der Rollstuhlfahrer
die Rollstuhlfahrerin

238 Themen-Wortschatz für Klasse 3 und 4

In den Kästen sind die Wörter **alphabetisch sortiert.**

Überschriften erleichtern den Überblick.

Manche Begriffe sind durch **Bilder** erklärt.

Das Fahrrad

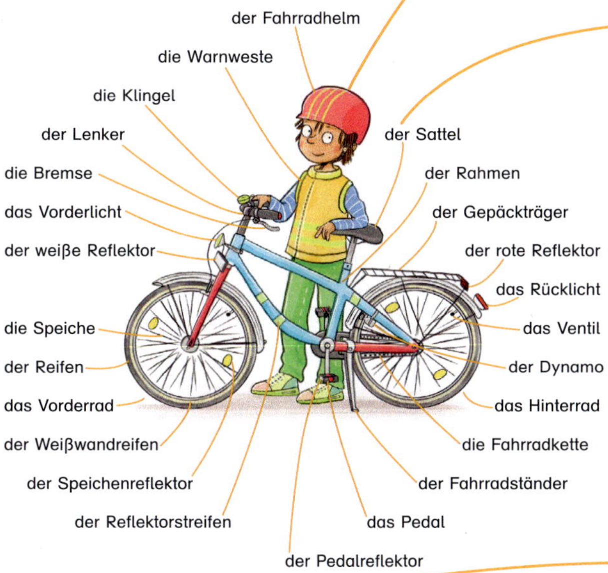

Nomen stehen mit **bestimmten Artikeln**.

Verben stehen in der **Grundform**.

abbiegen
anfahren
anhalten
aufsteigen
bremsen
fahren
schieben

geradeaus
links
rechts

auf den **Gegenverkehr** achten
das **Handzeichen** geben
in die **Pedale** treten
den **Schulterblick** machen
sich an die **Verkehrsregeln** halten
die **Vorfahrt** beachten

Auf manchen Seiten stehen auch **Adjektive** in der **Grundform**.

Themen-Wortschatz für Klasse 3 und 4 239

Auf manchen Seiten stehen **häufige Formulierungen**. Das sind oft Kombinationen von Nomen und Verben. Sie helfen dir beim Schreiben von Texten.

Aufgaben

Den Wortschatz erkunden

1 Wähle eine Themen-Seite.
Suche einen Kasten mit Wörtern aus.
Lies einem Partnerkind alle Wörter im Kasten vor.

2 Wähle eine Themen-Seite. Lies die Wörter.
Erzähle einem Partnerkind
mit den Wörtern
etwas über dich.

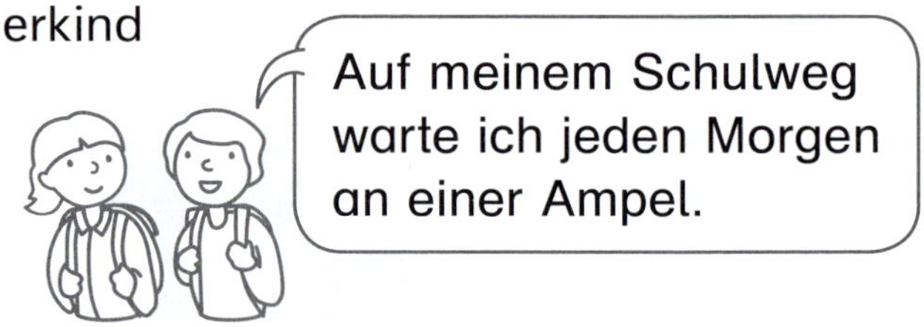

Zu Themen schreiben

3 Schlage die Seiten zum Thema **Medien** auf.
Schreibe 10 Sätze in dein Heft:
Diese Medien nutze ich
Ich lese jeden Tag in einem Buch.
In der Schule benutze ich manchmal ein Tablet. ...
Lies einem Partnerkind die Sätze vor.

4 Schlage die Seiten zum Thema
Umweltschutz und Nachhaltigkeit auf.
Schreibe 5 Sätze in dein Heft:
So schütze ich die Umwelt
Ich entsorge den Müll in der passenden Tonne. ...
Lies einem Partnerkind
die Sätze vor.

5 Schlage die Seiten
zum Thema **Ernährung** auf.
Denke dir eine Speisekarte aus.
Schreibe die Speisekarte
in dein Heft. Lies sie
einem Partnerkind vor.

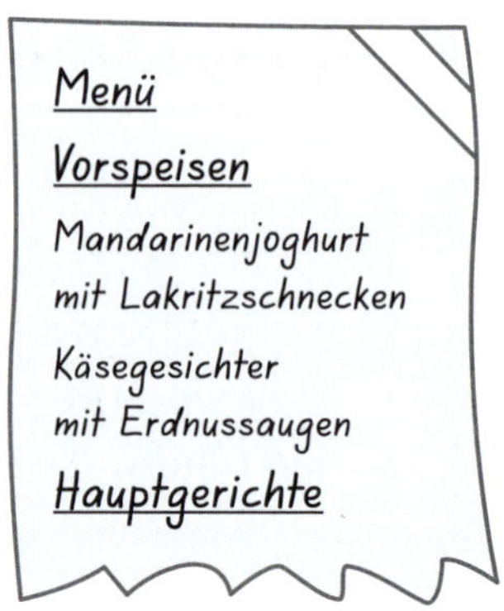

Nutze das Bändchen. Dann findest du die Seite schnell wieder.

Den Wortschatz erkunden

1 Welche Themen gibt es auf den Seiten 232 bis 243? Schreibe alle Überschriften mit den Seitenzahlen in dein Heft: Ernährung: Seite 232 – 233, ...

2 Welche Überschriften findest du auf den Seiten zum Thema **Umweltschutz und Nachhaltigkeit**? Schreibe die Überschriften und die Seitenzahlen in dein Heft: Seite 240: Ressourcen und Energie sparen, ...

3 Welche häufigen Formulierungen findest du auf den Seiten zum Thema **Straßenverkehr**? Schreibe die häufigen Formulierungen aus Nomen und Verb in dein Heft:
Straßenverkehr: auf den Gegenverkehr achten, ...

Zu Themen schreiben

4 Schlage die Seiten zum Thema **Ernährung** auf. Schreibe 10 Sätze über deine Ernährung in dein Heft:
Ich esse gern saure Stachelbeeren.
Vegane Produkte habe ich noch nie probiert. ...

5 Schlage die Seiten zum Thema **Deutschland in Europa** auf. Trage die Namen der Bundesländer mit ihren Landeshauptstädten in deinem Heft in eine Tabelle ein:

Bundesland	Landeshauptstadt
Hessen	Wiesbaden
...	...

Obst

die Ananas
der Apfel
die Aprikose
die Banane
die Birne
die Blaubeere
die Erdbeere
die Feige
die Heidelbeere
die Himbeere
die Kirsche
die Kiwi
die Mandarine
die Mango
die Melone
die Nektarine
die Orange
der Pfirsich
die Pflaume
die Stachelbeere
die Weintraube
die Zitrone
die Zwetschge

Gemüse

die Aubergine
der Blumenkohl
die Bohne
der Brokkoli
die Erbse
die Gurke
die Karotte
die Kichererbse
der Knoblauch
der Kohl
der Kohlrabi
der Kürbis
der Lauch
die Linse
der Mais
die Paprika
der Pilz
das Radieschen
die Rote Bete
der Rotkohl
der Salat
der Spargel
der Spinat
die Zucchini
die Zwiebel

Getreideprodukte und Beilagen

der Bulgur
die Brezel
das Brot
das Brötchen
die Haferflocken
die Kartoffeln
die Matze
das Müsli
die Nudeln
die Pommes frites
der Reis
der Zwieback

Vegane Produkte

die Hafermilch
die Mandelmilch
die Margarine
das Öl
der Sojakäse
der Tofu
die Veggiewurst

Tomaten sind Früchte und darum eigentlich auch Obst.

Getränke

der Fruchtsaft
die Limonade
die Schorle
der Tee
das Wasser

Milchprodukte

der Ayran
die Butter
der Feta
der Gouda
der Joghurt
der Käse
die Milch
der Quark
die Sahne

Fleischprodukte

der Hähnchenflügel
der Lammspieß
die Leberwurst
das Putenschnitzel
das Rinderfilet
die Salami
das Schweinesteak

Fisch und Meeresfrüchte

die Forelle
die Garnele
der Lachs
die Muschel
der Thunfisch

bitter
durstig
fest
fettig
frisch
gesund
hart
heiß
herzhaft
hungrig
kalt
knusprig
lecker
salzig
satt
sauer
scharf
süß
ungesund
weich
würzig

ausstechen
backen
braten
einkaufen
essen
grillen
kauen
kneten
kochen
naschen
probieren
rühren
schälen
schlemmen
schlucken
schmatzen
schmecken
schneiden
trinken
würzen

Süße und salzige Snacks

der Bonbon
die Chips
das Eis
die Erdnuss
der Keks
der Kuchen
die Lakritze
der Lutscher
der Muffin
das Plätzchen
das Popcorn
die Schokolade
die Süßigkeit
die Waffel

Feste und Feiern im Jahr

- die Familie
- die Feier
- das Fest
- das Festessen
- der Festtag
- das Feuerwerk
- die Freunde
- die Freundinnen
- der Gabentisch
- der Gast
- der Gastgeber
- die Gastgeberin
- das Geschenk
- der Glückwunsch
- die Gratulation
- das Jahr
- die Kerze
- der Kuchen
- die Party
- die Torte
- die Tradition
- die Vorfreude
- der Wunsch

- backen
- beten
- danken
- einladen
- essen
- fasten
- feiern
- geben
- gratulieren
- kochen
- lachen
- schenken
- schicken
- schmücken
- singen
- tanzen
- umarmen
- veranstalten
- sich verkleiden
- vorbereiten
- wünschen
- zusagen

- aufregend
- bedeutsam
- familiär
- feierlich
- festlich
- fröhlich
- gemeinsam
- gemütlich
- genussvoll
- interessant
- jährlich
- langweilig
- lustig
- religiös
- spannend
- traditionell
- wichtig

Feste vorbereiten und feiern

das **Beisammensein** genießen
sich für die **Einladung** bedanken
das **Essen** servieren
den **Festsaal** schmücken
das **Feuerwerk** bestaunen
die **Gäste** begrüßen
das **Geschenk** basteln
das **Gruppenfoto** machen
die **Karte** schreiben
die **Kerze** entzünden
die festliche **Kleidung** tragen
das **Kostüm** entwerfen
den **Kuchen** backen
das **Lied** singen
das **Menü** planen
die **Servietten** falten
das **Spiel** spielen
den **Tisch** decken
die **Tradition** pflegen
den **Umzug** anschauen
die **Vorbereitungen** treffen
die **Vorfreude** spüren

Feiertage

der Fasching
die Fastnacht
der Geburtstag
das Halloween
der Karneval
das Lichterfest
der Maifeiertag
der Muttertag
das Neujahr
das Opferfest
das Osterfest
das Pfingstfest
das Silvester
der Tag der Deutschen Einheit
das Versöhnungsfest
das Weihnachten
das Weihnachtsfest
das Zuckerfest

Texte gestalten

der Absatz
der Abschnitt
die Fußzeile
das Kapitel
in Klammern
die Seitenzahl
der Text
die Überschrift

Printmedien

das Bild
das Buch
der Flyer
das Plakat
die Postkarte
der Prospekt
die Zeitschrift
die Zeitung

Digitale Medien und Geräte

der Bildschirm
die CD
der Computer
der Drucker
die DVD
das E-Book
der E-Reader
der Fernseher
der Film
das Handy
das Internet
die Kamera
das Laptop
die Maus
der Monitor
das Notebook
der Podcast
das Radio
das Smartboard
das Smartphone
das Tablet
die Tastatur
das Telefon
der USB-Stick
die Webcam

fett *kursiv* <u>unterstrichen</u> markiert

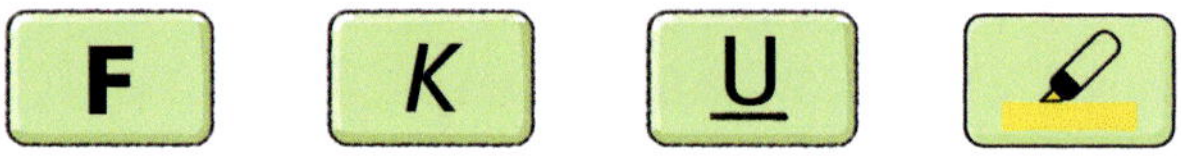

linksbündig zentriert rechtsbündig

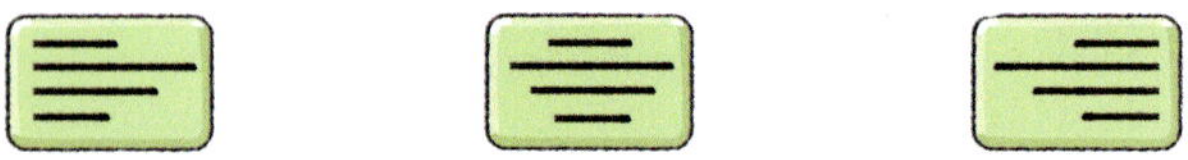

die Tabelle

die Spalte

die Zeile

Kinder	Station 1	Station 2	Station 3
Agnes	✓		
Ben	✓	✓	✓
Cara	✓		✓
Dimi	✓		
Elian			
Firuze		✓	✓

anrufen
antippen
aufladen
ausloggen
bloggen
chatten
downloaden
drucken
einloggen
empfangen
fernsehen
fotografieren
installieren
klicken
kommunizieren
liken
löschen
mailen
öffnen
posten
produzieren
programmieren
recherchieren
scannen
schicken
scrollen
speichern
suchen
surfen
teilen
telefonieren
uploaden
weiterleiten

die **App** herunterladen
das **Bild** veröffentlichen
den **Browser** öffnen
das **Computerspiel** spielen
den **Cursor** bewegen
die **Datei** hochladen
den **Datenschutz** beachten
die **E-Mail** schreiben
das **Emoji** einfügen
den **Film** sehen
das **Foto** bearbeiten
die **Homepage** gestalten
den **Hypertext** verfassen
die **Information** suchen
im **Internet** recherchieren
das **Interview** durchführen
die **künstliche Intelligenz** (KI) nutzen
dem **Link** (Hyperlink) folgen
den **Messenger** nutzen
die **Musik** hören
die **Nachricht** lesen
den **QR-Code** erzeugen
die **Quelle** angeben
den **Rechner** hochfahren
mit der **Rechtschreibkorrektur** prüfen
die **Serie** streamen
die **SMS** löschen
in den **sozialen Medien** posten
die **Sprache** übersetzen
in die **Suchmaschine** eingeben
den **Text** formatieren
den **USB-Stick** einstecken
das **Video** drehen
an der **Videokonferenz** teilnehmen

Straßenverkehr

Fahrzeuge

das Auto
der Bus
das E-Auto
das E-Bike
der E-Roller
das Fahrrad
das Lastenrad
das Laufrad
der LKW
das Motorrad
der Motorroller
der PKW
der Roller
die S-Bahn
die Schwebebahn
der Scooter
die Straßenbahn
das Taxi
die U-Bahn
das Wohnmobil
der Wohnwagen

Straßen und Wege

die Ampel
die Autobahn
der Bahnübergang
die Bordsteinkante
der Bürgersteig
die Einbahnstraße
der Fahrradweg
der Fußgängerweg
die Fußgängerzone
der Gehweg
die Gleise
die Haltelinie
der Kreisverkehr
die Kreuzung
der Radfahrstreifen
die Spielstraße
die Straße
die Vorfahrtstraße
der Zebrastreifen

Menschen im Verkehr

der Autofahrer
die Autofahrerin
der Fahrradfahrer
die Fahrradfahrerin
der Fußgänger
die Fußgängerin
der Motorradfahrer
die Motorradfahrerin
der Rollstuhlfahrer
die Rollstuhlfahrerin

Das Fahrrad

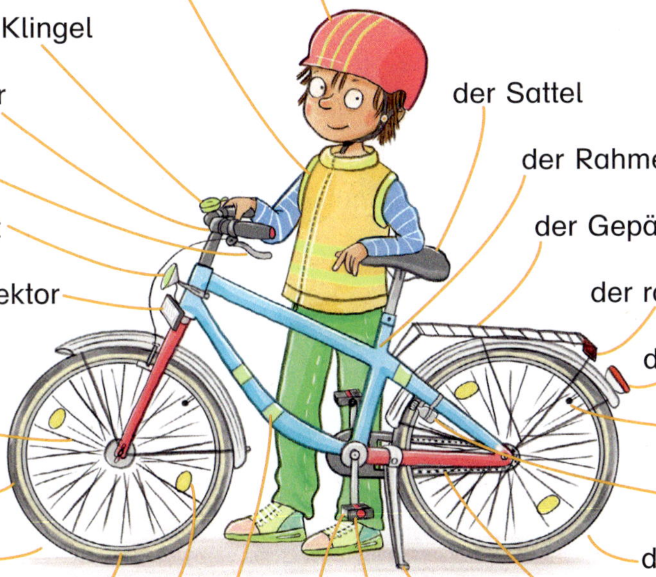

abbiegen
anfahren
anhalten
aufsteigen
bremsen
fahren
schieben

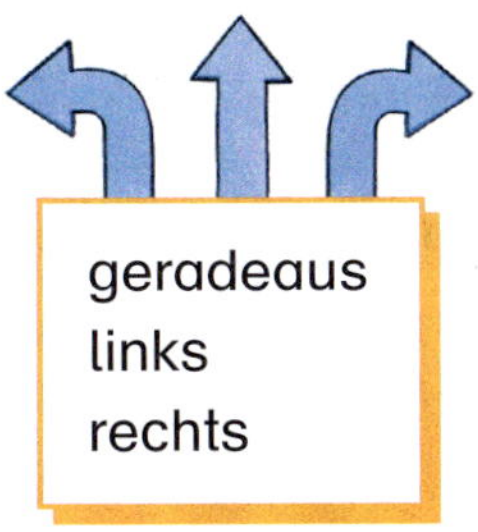

geradeaus
links
rechts

auf den **Gegenverkehr** achten
das **Handzeichen** geben
in die **Pedale** treten
den **Schulterblick** machen
sich an die **Verkehrsregeln** halten
die **Vorfahrt** beachten

Umweltschutz und Nachhaltigkeit

Ressourcen und Energie sparen

das **Auto** stehen lassen
mit der **Bahn** fahren
den **Bus** nehmen
die **Dusche** der Badewanne vorziehen
das **Fahrrad** benutzen
die **Heizung** regulieren
das **Licht** ausschalten
das **Nahrungsmittel** aus der Region kaufen
die **öffentlichen Verkehrsmittel** nutzen
mit **Regenwasser** gießen
die **Sprudelmaschine** benutzen
die **Spülmaschine** gut befüllen
den **Stand-by-Betrieb** vermeiden
den **Strom** sparen
die **Tür** schließen
den **Wasserkocher** benutzen
den **Wasserverbrauch** reduzieren

Das Klima schützen

die **Artenvielfalt** bewahren
den **Baum** pflanzen
die **Blume** für Insekten auswählen
den **Boden** nicht verunreinigen
das **Grundwasser** nicht verschmutzen
das **Insektenhotel** bauen
den **Klimawandel** ernst nehmen
die **Landschaft** sauber halten
das **Lebewesen** wertschätzen
die **Natur** respektvoll behandeln
den **Nistkasten** aufhängen
den **Schadstoff** vermeiden
die **Solarenergie** nutzen
die **Verantwortung** übernehmen

Weniger konsumieren und Müll vermeiden

das Buch **ausleihen**
die Butterbrotdose **benutzen**
das Recyclingprodukt **bevorzugen**
das Papier **einsparen**
die Hose **flicken**
die Kleidung secondhand **kaufen**
das benötigte Werkzeug **leihen**
das kaputte Teil **reparieren**
das Spiel **tauschen**
den Flohmarkt **veranstalten**
die Sache über Kleinanzeigen **verkaufen**
die Maschine **verleihen**
die Verpackungen aus Plastik **vermeiden**
die Mehrwegflasche **verwenden**
auf Dinge **verzichten**
den alten Gegenstand **weiterverwenden**
die Tüte **wiederverwenden**

Müll trennen

den **Abfall** trennen
das **Altglas** zum Container bringen
die **Batterie** abgeben
die **Biotonne** an die Straße stellen
den **Müll** richtig entsorgen
die **Pappe** in die Altpapiertonne werfen
den **Sperrmüll** anmelden
den **Sondermüll** zum Recyclinghof bringen
die **Tonne** für den Restmüll leeren
den **Wertstoff** recyceln

Deutschland in Europa

das Dorf
der Fluss
das Gebirge
die Großstadt
die Insel
die Kleinstadt
die Küste
das Land
das Meer
die Nordsee
die Ostsee
der See
die Stadt
der Wohnort

die Demokratie
der Einwohner
die Einwohnerin
der Euro
der Europäer
die Europäerin
die Flagge
die Grenze
die Heimat
die Nationalhymne
die Sehenswürdigkeit
die Sprache
der Staat
die Staatsangehörigkeit

Die Bundesrepublik Deutschland

Bundesländer: 16
Hauptstadt: Berlin
Einwohnerinnen und Einwohner: ca. 83 Millionen
Fläche: 357 386 km^2
höchster Berg: Zugspitze (2 962 m)
längster Fluss: Rhein
größte Insel: Rügen

Die Europäische Union (EU)

Mitgliedsstaaten der EU: 27
Hauptstadt: Brüssel
Einwohnerinnen und Einwohner: ca. 448 Millionen
Fläche: ca. 4 000 000 km^2
höchster Berg: Mont Blanc in Frankreich (4 806 m)
längster Fluss: Donau
größte Insel: Irland

Zeichenerklärung

0 20 40 60 80 100 km

Staatsgrenze	■ Hauptstadt eines Staates	**POLEN** Name eines Staates
Landesgrenze	● Landeshauptstadt	**Hessen** Name eines Bundeslandes

Satzanfänge und Wortfelder

Satzanfänge

Zuerst ...

Als Erstes ...
Am Anfang ...
Anfangs ...
Erst ...
Erst einmal ...
Vorher ...
Zuallererst ...
Zu Beginn ...
Zunächst ...

Dann ...

Als ...
Als Nächstes ...
Anschließend ...
Auf einmal ...
Da ...
Danach ...
Doch dann ...
Einige Minuten später ...
Gerade als ...
Gleich darauf ...
Hinterher ...
Im Anschluss daran ...
In der Zwischenzeit ...
Kurze Zeit später ...
Mittlerweile ...
Nach einer Weile ...
Nach einiger Zeit ...
Nachher ...
Nebenbei ...
Plötzlich ...
Später ...
Während ...
Währenddessen ...
Zwischendurch ...

Jetzt ...

Auf der Stelle ...
Augenblicklich ...
Gleichzeitig ...
Heute ...
Heutzutage ...
In dem Augenblick ...
In diesem Moment ...
Inzwischen ...
Momentan ...
Nun ...
Sofort ...
Zurzeit ...

Zuletzt ...

Abschließend ...
Als Letztes ...
Am Ende ...
Darum ...
Endlich ...
In letzter Minute ...
Letzten Endes ...
Nach längerer Zeit ...
Schließlich ...
Zu guter Letzt ...
Zum Abschluss ...
Zum Schluss ...

Unterschiedliche Satzanfänge machen einen Text interessanter.

Nutze das Bändchen. Dann findest du die Seite schnell wieder.

Wortfeld sagen

sprechen

anmerken
anvertrauen
ausdrücken
äußern
behaupten
bemerken
berichten
beschreiben
diskutieren
erklären
erzählen
feststellen
fordern
informieren
meinen
nuscheln
reden
stammeln
stottern
vermuten
zugeben

fragen

bitten
sich erkundigen
nachfragen
etwas wissen wollen

antworten

entgegnen
erwidern
widersprechen
zustimmen

laut sagen

brüllen
kreischen
rufen
schreien

leise sagen

flüstern
murmeln
tuscheln
wispern

nett sagen

ermuntern
jubeln
loben
trösten

unzufrieden sagen

sich beschweren
heulen
jammern
klagen
meckern
nörgeln
protestieren
quengeln
schimpfen
seufzen

lügen

flunkern
schwindeln

Die Lehrerin **ermuntert** das Kind: „**Sprich** doch bitte etwas lauter!“ „Entschuldigung, ich wollte nicht **brüllen**“, **erwidert** der Schüler. „Ja, ich weiß,“ **seufzt** die Lehrerin, „die Baustelle vor der Schule ist wirklich sehr laut!“

Wortfeld **denken**

nachdenken

ausdenken
sich fragen
grübeln
knobeln
planen
rätseln
überlegen

meinen

ahnen
annehmen
bedenken
finden
glauben
vermuten

sich erinnern

sich besinnen
etwas erinnern
zurückblicken
zurückdenken

Wollen wir noch einmal über die Aufstellung der Mannschaft **nachdenken**?

Ich **vermute**, dass wir morgen einen sonnigen Tag erleben werden.

Gern **blicken** wir auf die letzte Klassenfahrt **zurück**.

Wortfeld **gehen**

schnell gehen

eilen
flitzen
hasten
laufen
rennen
sausen

langsam gehen

bummeln
schleichen
schlendern
spazieren
trödeln
trotten

vornehm gehen

flanieren
schreiten
stolzieren
wandeln

unsicher gehen

hinken
tapsen
trippeln
wanken

Der Junge **flitzt** um die Ecke.

Meine Mutter **schlendert** durch die Stadt.

Der Mann **flaniert** gemütlich an der Strandpromenade.

Der Welpe **tapst** noch ganz ungeschickt.

Wortfeld machen

etwas erledigen

ausführen
bearbeiten
beenden
schaffen
tun

etwas herstellen

bauen
flicken
produzieren
reparieren
zubereiten

sich beschäftigen

beschäftigt sein
sich betätigen
zu tun haben
unternehmen

auslösen

bewirken
erzeugen
hervorrufen
verursachen

Hast du
deine Hausaufgaben
schon **erledigt**?

Kannst du, bitte,
den Fahrradschlauch
flicken?

Wollen wir
am Wochenende
etwas **unternehmen**?

Der Regen
verursacht eine
Überschwemmung.

Wortfeld sehen

blicken

beobachten
blinzeln
gucken
hinschauen
zwinkern

bemerken

entdecken
feststellen
finden
sichten
wahrnehmen

ansehen

anstarren
besichtigen
betrachten
suchen

aufpassen

beaufsichtigen
hüten
kümmern
nach etwas sehen

Verschlafen **blinzelt** sie
in die helle Morgensonne.

„Ich **sichte** einen Eisberg
am Horizont!“,
ruft der Schiffsjunge.

Misstrauisch **betrachtet**
die Katze
ihr neues Zuhause.

„Ich muss viele Flöhe
hüten“, klagt
der Direktor des Flohzirkus.

Wortfeld ängstlich

bange
eingeschüchtert
feige
furchtsam
scheu
schüchtern
sorgenvoll
verängstigt

Die Katze ist vom Gebell des Hundes **eingeschüchtert**.

Die Clownin blickt **verängstigt** nach oben zum Seiltänzer.

Wortfeld böse

beleidigend
bösartig
boshaft
fies
frech
gehässig
gemein
hinterhältig
ungezogen
unverschämt

In der Schlange drängelt sich der Mann **frech** vor.

Es war **hinterhältig**, dass sie ihm den Stuhl weggezogen hat.

Wortfeld glücklich

ausgelassen
begeistert
freudig
froh
fröhlich
heiter
lustig
munter
vergnügt
zufrieden

Die Mannschaft feiert ihren Sieg **ausgelassen**.

Der Junge nimmt seine Urkunde **freudig** entgegen.

Wortfeld langsam

bedächtig

gemächlich
gemütlich
zögernd

behäbig

schleppend
schwerfällig
träge

Mit **gemächlichen** Schritten nähern wir uns dem Gehege.

Im Stau geht es nur **schleppend** voran.

Wortfeld lieb

freundlich
großzügig
gutmütig
höflich
liebevoll
mitfühlend
nett
niedlich
rücksichtsvoll
verständnisvoll

Er verschenkt **großzügig** sämtliche Schokoladentaler.

Auf meine Bitte reagiert der Lehrer **verständnisvoll**.

Wortfeld mutig

abenteuerlustig

entschlossen
furchtlos
tapfer
unerschrocken

draufgängerisch

riskant
tollkühn
verwegen
waghalsig

Sie öffnet **entschlossen** die Tür zum dunklen Keller.

Der **tollkühne** Ritter kämpft gegen den Drachen.

Wortfeld schnell

blitzartig
fix
flink
hastig
prompt
rasant
rasch
zügig

Die Kinder überfliegen **fix** ihre Texte.

Nach dem Klingeln packen wir **hastig** die Schulsachen ein.

Wortfeld traurig

unzufrieden

enttäuscht
missgelaunt
mürrisch
wehmütig

untröstlich

betrübt
mutlos
unglücklich
verzweifelt

Der Großvater spricht **wehmütig** über alte Zeiten.

Die Frau ruft **verzweifelt** nach ihrem vermissten Hund.

Wortfamilien

Wortfamilie **denken**

das Be**denk**en
der **Denk**anstoß
die **Denk**aufgabe
der **Denk**er
die **Denk**erin
der **Denk**fehler
das **Denk**mal
der **Denk**zettel
der Ge**denk**tag
das Wunsch**denk**en

das Ge**dächt**nis
der Ge**dank**e

be**denk**en
ge**denk**en
mit**denk**en
nach**denk**en
über**denk**en

ich **dach**te
du hast ge**dach**t

be**denk**lich
denkbar
denkfaul
denkwürdig

ge**dank**enlos
ge**dank**lich

Du musst die Entscheidung **überdenken**.
Ich bin **gedanklich** schon in den Ferien.

Wortfamilie **fahren**

der Auto**fahr**er
die Bus**fahr**erin
die Ein**fahr**t
das **Fahr**rad
der **Fahr**schein
die **Fahr**t
das **Fahr**zeug
die Ge**fahr**
die Vor**fahr**en
die Vor**fahr**t

die **Fähr**e
die **Fähr**te
der Ge**fähr**te
die Müllab**fuhr**

ab**fahr**en
er**fahr**en
nach**fahr**en
über**fahr**en
ver**fahr**en

du **fähr**st
wir **fuhr**en

be**fahr**bar
fahrbereit
fahrig
fahrlässig
fahrtüchtig

ge**fähr**lich

Wir **fahren** mit der **Fähre** zur Insel.
Du bist so **fahrig**, mach mal lieber eine Pause.

Nutze das Bändchen. Dann findest du die Seite schnell wieder.

Wortfamilie **fallen**

der Ab**fall**
der Bei**fall**
der Ein**fall**
der **Fall**
die **Fall**e
der **Fall**rückzieher
der **Fall**schirm
der Glücks**fall**
der Über**fall**
der Un**fall**
der Vor**fall**

das Ge**fäll**e
der Holz**fäll**er

ab**fall**en
ein**fall**en
hin**fall**en
über**fall**en
ver**fall**en
vor**fall**en
zer**fall**en

fällen
du **fäll**st
wir **fiel**en

auf**fall**end
ein**fall**slos

ab**fäll**ig
auf**fäll**ig
fällig
über**fäll**ig
zu**fäll**ig

Das Haus sieht **verfallen** aus.
Der Gutschein **verfällt** in einer Woche.

Wortfamilie **kaufen**

der Ausver**kauf**
die Ein**kauf**stasche
das **Kauf**haus
die **Kauf**leute
der **Kauf**preis
der **Kauf**vertrag
der Raten**kauf**
der Schlussver**kauf**
der Ver**kauf**

die **Käuf**erin
der Ver**käuf**er

ab**kauf**en
an**kauf**en
ein**kauf**en
nach**kauf**en
ver**kauf**en

kauflustig
ver**kauf**soffen

käuflich

Glück ist nicht **käuflich**,
auch nicht im **Schlussverkauf**
an **verkaufsoffenen** Sonntagen.

Wortfamilie **les**en

die **Les**ebrille
das **Les**ebuch
die **Les**ekonferenz
der **Les**epate
die **Les**epatin
die **Les**elampe
der **Les**er
die **Les**eratte
die **Les**erin
die **Les**estunde
der **Les**etext
die **Les**eübung
das **Les**ezeichen
die **Les**ezeit
die Vor**les**ung

ab**les**en
durch**les**en
nach**les**en
über**les**en
vor**les**en

wir **las**en
du **lies**t

lesbar
leserlich
un**les**erlich

Der **Lesepate liest** mir aus dem **Lesebuch** einen **Lesetext** vor.

Wortfamilie **schreib**en

die Be**schreib**ung
das Ein**schreib**en
die Groß**schreib**ung
der Kugel**schreib**er
die Recht**schreib**ung
der **Schreib**fehler
das **Schreib**heft
die **Schreib**schrift
der **Schreib**tisch
die **Schreib**waren

ab**schreib**en
an**schreib**en
auf**schreib**en
fort**schreib**en
krank**schreib**en
ver**schreib**en

wir **schrieb**en

schreibfaul
unbe**schreib**lich

Die Klassenfahrt war **unbeschreiblich** schön.
Die Ärztin **verschreibt** dem Kind Hustensaft.

Wortfamilie **sprech**en

die **Sprech**blase
der **Sprech**er
die **Sprech**erin
die **Sprech**stunde
der **Sprech**tag
die **Sprech**zeit
das Ver**sprech**en
der Ver**sprech**er

---

das Ge**spräch**
die **Sprach**e
das **Sprach**gefühl
der **Spruch**
der Wider**spruch**

an**sprech**en
be**sprech**en
frei**sprech**en
ver**sprech**en
vor**sprech**en
wider**sprech**en

---

er hat ge**sproch**en
ich **sprach**
du **sprich**st

an**sprech**bar
aus**sprech**bar
unaus**sprech**lich

---

sprachlich
sprachlos
sprichwörtlich
wider**sprüch**lich

Der Richter möchte den Angeklagten **freisprechen**. Die Anwältin ist **sprachlos**. Sie wird **Widerspruch** einlegen.

Wortfamilie **trink**en

die **Trink**flasche
das **Trink**geld
das **Trink**glas
die **Trink**halle
der **Trink**halm
die **Trink**pause
das **Trink**wasser

---

das Ge**tränk**
die **Tränk**e
der **Trunk**
der Zauber**trank**

aus**trink**en
er**trink**en
trinken

---

ich habe ge**trunk**en
sie **trank**
tränken
trunken sein

trinkbar
trinkfertig

Der Gewinner ist **trunken** vor Glück.
Die Kühe laufen durstig zur **Tränke**.

Unregelmäßige Verben

Du musst die **Grundform (Infinitiv)** der Verben kennen, damit du die Verben im Wörterbuch findest.

Grundform	Präsens	Präteritum	Perfekt
bleiben	du bleibst	er blieb	sie ist geblieben
denken	du denkst	er dachte	sie hat gedacht
dürfen	du darfst	er durfte	sie hat gedurft
essen	du isst	er aß	sie hat gegessen
fahren	du fährst	er fuhr	sie ist gefahren
fallen	du fällst	er fiel	sie ist gefallen
finden	du findest	er fand	sie hat gefunden
fressen	du frisst	er fraß	sie hat gefressen
geben	du gibst	er gab	sie hat gegeben
gehen	du gehst	er ging	sie ist gegangen
gewinnen	du gewinnst	er gewann	sie hat gewonnen
halten	du hältst	er hielt	sie hat gehalten
helfen	du hilfst	er half	sie hat geholfen
kennen	du kennst	er kannte	sie hat gekannt
kommen	du kommst	er kam	sie ist gekommen
können	du kannst	er konnte	sie hat gekonnt
lassen	du lässt	er ließ	sie hat gelassen
lesen	du liest	er las	sie hat gelesen
mögen	du magst	er mochte	sie hat gemocht
müssen	du musst	er musste	sie hat gemusst
nehmen	du nimmst	er nahm	sie hat genommen
raten	du rätst	er riet	sie hat geraten
rennen	du rennst	er rannte	sie ist gerannt
rufen	du rufst	er rief	sie hat gerufen
schlafen	du schläfst	er schlief	sie hat geschlafen
schreiben	du schreibst	er schrieb	sie hat geschrieben
schwimmen	du schwimmst	er schwamm	sie ist geschwommen
sehen	du siehst	er sah	sie hat gesehen
sitzen	du sitzt	er saß	sie hat gesessen

Nutze das Bändchen. Dann findest du die Seite schnell wieder.

Grundform	Präsens	Präteritum	Perfekt
sprechen	du sprichst	er sprach	sie hat gesprochen
stehen	du stehst	er stand	sie hat gestanden
treffen	du triffst	er traf	sie hat getroffen
trinken	du trinkst	er trank	sie hat getrunken
tun	du tust	er tat	sie hat getan
vergessen	du vergisst	er vergaß	sie hat vergessen
vergleichen	du vergleichst	er verglich	sie hat verglichen
verstehen	du verstehst	er verstand	sie hat verstanden
waschen	du wäschst	er wusch	sie hat gewaschen
werden	du wirst	er wurde	sie ist geworden
werfen	du wirfst	er warf	sie hat geworfen
wissen	du weißt	er wusste	sie hat gewusst
wollen	du willst	er wollte	sie hat gewollt

haben (Grundform)		
Präsens	**Präteritum**	**Perfekt**
ich habe	ich hatte	ich habe gehabt
du hast	du hattest	du hast gehabt
er hat	sie hatte	es hat gehabt
wir haben	wir hatten	wir haben gehabt
ihr habt	ihr hattet	ihr habt gehabt
sie haben	sie hatten	sie haben gehabt

sein (Grundform)		
Präsens	**Präteritum**	**Perfekt**
ich bin	ich war	ich bin gewesen
du bist	du warst	du bist gewesen
er ist	sie war	es ist gewesen
wir sind	wir waren	wir sind gewesen
ihr seid	ihr wart	ihr seid gewesen
sie sind	sie waren	sie sind gewesen

Das **Futur** bildest du mit den gebeugten Formen von **werden** und der Grundform des Verbs.

ich werde gehen
du wirst gehen
es wird gehen
wir werden gehen
ihr werdet gehen
sie werden gehen

Buchstaben, Silben, Wörter

Das **Alphabet** der deutschen Sprache hat 26 **Buchstaben**. Es gibt **Großbuchstaben** und **Kleinbuchstaben**.

a b c d e f g
h i j k l m n o p
qu r s t u v w
x y z

Es gibt **Vokale** (Selbstlaute) und **Konsonanten** (Mitlaute).

a, e, i, o, u

b, c, d, f, g, h, j, k, l, m,
n, p, qu, r, s, t, v, w, y, z

Ein besonderer Konsonant ist das **ß**. — ß

Besondere Vokale sind die **Umlaute**. — ä, ö, ü

Die **Zwielaute** sind auch Vokale und bestehen aus zwei Buchstaben. — ei, au, eu, äu, ai, oi, ui

Wörter bestehen aus **Silben**. In jeder Silbe ist ein **Vokal**. Das kann auch ein Umlaut oder Zwielaut sein.

Bär, Zaun

Lie be, A bend, Feu er

Ge bäu de

Mar me la de

Im Wörterbuch sind die Wörter nach den Anfangsbuchstaben in der Reihenfolge des Alphabets (ABC) geordnet. Wenn du ein Wort im Wörterbuch suchst, schlage zuerst den Anfangsbuchstaben dieses Wortes nach.

Nutze das Bändchen. Dann findest du die Seite schnell wieder.

Artikel

Artikel sind **Begleiter** von Nomen.
Artikel stehen vor den Nomen.

die Oma, **ein** Baum

Es gibt **bestimmte Artikel**.
Du verwendest sie, wenn du etwas Bestimmtes oder etwas Bekanntes meinst.

der, die, das – die
des, dem, den

der Ball, **die** Not, **das** Buch – **die** Kinder

Es gibt **unbestimmte Artikel**.
Du verwendest sie, wenn du etwas Unbestimmtes oder etwas Unbekanntes meinst.

ein, eine
eines, einer, einem, einen

ein Tag, **eine** Wolke

Es gibt drei grammatische Geschlechter: **männlich**, **weiblich** und **sächlich**.
Der bestimmte Artikel in der Einzahl zeigt dir das grammatische Geschlecht des Nomens.

der Bus: männlich

die Jacke: weiblich

das Eis: sächlich

Der Artikel vor einem Wort kann dir zeigen, dass das Wort ein Nomen ist.
Oft stehen aber auch andere Wörter **zwischen** Artikel und Nomen.

das Spiel

das neue **Spiel**

das lustige, neue **Spiel**

das besonders lustige, neue **Spiel**

Wenn du nicht sicher bist, welcher Artikel zu einem Nomen gehört, dann kannst du im Wörterbuch nachschlagen.

Nomen

Nomen sind **Namen**.

Azra, Leon, Nowak,
September, Frankfurt,
Dänemark, Europa, ...

Nomen sind Wörter
für **Menschen**,
Tiere,
Pflanzen und
Dinge.

das **Kind**
der **Hund**
die **Blume**
das **Auto**

Nomen sind auch Wörter
für **Gefühle**,
Gedanken und
Vorgänge.

der **Schmerz**
die **Idee**
das **Gewitter**

Nomen haben **Artikel**.

der Vogel, **die** Wut, **das** Baby – **die** Eier
ein Eimer, **eine** Birne, **ein** Lama

Die meisten Nomen gibt es
in der **Einzahl (Singular)** und
in der **Mehrzahl (Plural)**.
Einige Nomen gibt es nicht
in der Mehrzahl.

ein Nest – viele Nester
eine Biene – viele Bienen
ein Baum – viele Bäume

das Glück, die Liebe, die Musik

Jedes Nomen hat ein grammatisches
Geschlecht: **männlich**,
weiblich oder
sächlich.
Du erkennst das grammatische Geschlecht
am bestimmten Artikel in der Einzahl.

der Mann, **der** Sonntag
die Katze, **die** Freude
das Spiel, **das** Dorf

!

Im Wörterbuch findest du
die Nomen mit bestimmtem Artikel
in der Einzahl und in der Mehrzahl.

Nomenproben

Nomen schreibst du **groß**. Wenn du nicht weißt, ob ein Wort ein Nomen ist, kannst du **verschiedene Proben** durchführen. Um Nomen sicher zu erkennen, führst du mehrere Proben durch.

Pluralprobe: Wenn du zu einem Wort die Einzahl (Singular) und die Mehrzahl (Plural) bilden kannst, dann ist es ein Nomen.

ein Blitz – viele Blitze
eine Uhr – viele Uhren
ein Auto – viele Autos

Artikelprobe: Wenn du vor ein Wort einen Artikel setzen kannst, dann kann es ein Nomen sein.

der Busch, ein Busch
die Woche, eine Woche

Adjektivprobe, Schiebewortprobe:
Wenn du in einem Satz vor das letzte Wort eines Satzgliedes ein Adjektiv als Schiebewort setzen kannst, dann schreibst du dieses Wort groß.

Die schöne, kleine, graue Katze miaut.
Mir gefällt das coole, helle Blau gut.
Uns macht langes Warten müde.

Vier Fälle der Nomen

Nomen können in **vier Fällen** stehen:
1. Fall: **Nominativ** (Wer oder was?)
2. Fall: **Genitiv** (Wessen?)
3. Fall: **Dativ** (Wem?)
4. Fall: **Akkusativ** (Wen oder was?)

Wer oder was ist lieb?
Der Hund ist lieb.
Wessen Leine ist lang?
Die Leine des Hundes ist lang.
Wem gehört der Ball?
Der Ball gehört dem Hund.
Wen oder was füttere ich?
Ich füttere den Hund.

Zusammengesetzte Nomen

die Feder + der Ball → der Federball

Mit Wörtern kannst du **zusammengesetzte Nomen** bilden. So kannst du dich genauer ausdrücken. Du schreibst bei einem zusammengesetzten Nomen nur den Anfangsbuchstaben groß.

Ein zusammengesetztes Nomen besteht aus Bestimmungswort und Grundwort. Das Bestimmungswort erklärt das Grundwort genauer.

die Hose:
die Regenhose
die Badehose

Der **Artikel** richtet sich nach dem Grundwort.

das Zirkuszelt

Manchmal wird zwischen Bestimmungswort und Grundwort ein Buchstabe eingefügt oder weggelassen.

die Geburt + der Tag → der Geburtstag
die Schule + die Tasche → die Schultasche

! Zusammengesetzte Nomen stehen meistens nicht im Wörterbuch. Du musst Grundwort und Bestimmungswort einzeln nachschlagen.

Pronomen

Pronomen ersetzen **Nomen** oder **Nomengruppen**. Sie richten sich nach dem Artikel des Nomens und nach dem Fall des Nomens.

Personalpronomen – ich, du, er/sie/es, wir, ihr, sie, ...

besitzanzeigende Pronomen – mein, dein, sein/ihr/sein, unser, euer, ihr, ...

Anredepronomen – du, dich, dir, dein, euch, euer
höflich: Sie, Ihnen, Ihr, Ihre, Ihrem, Ihren

Adjektive

Adjektive beschreiben, **wie etwas ist** oder **wie etwas aussieht**.

der **schnelle** Hund
Der Hund ist **schnell**.

der **braune** Hund
Der Hund ist **braun**.

Wenn du etwas miteinander **vergleichen** möchtest, kannst du Adjektive **steigern**.

Grundform / Grundstufe — groß

Vergleichsformen / Vergleichsstufen:
- 1.Steigerungsform / 1. Vergleichsstufe (Komparativ) — größer
- 2. Steigerungsform / 2. Vergleichsstufe (Superlativ) — am größten

Manche Adjektive kannst du nicht steigern.

eckig, falsch, fertig, richtig, satt, schwanger, tot

Wenn du in Sätzen etwas mit Adjektiven vergleichst, verwendest du die Vergleichswörter **wie** oder **als**.

Meine Schwester ist kleiner **als** ich.
Ich bin so klein **wie** mein Freund.

Ich bin größer **als** meine Schwester.
Mein Freund ist so groß **wie** ich.

Zu vielen Adjektiven gibt es einen **Gegensatz**.

klein – groß
alt – jung
schnell – langsam

! Im Wörterbuch findest du hinter der Grundform weitere Formen der Adjektive.

Verben

Mit **Verben** kannst du ausdrücken, **was jemand tut** oder was **geschieht**.

Der Junge liest.
Heute regnet es.

Verben können in der **Grundform** (Infinitiv) stehen.

schreiben, essen, fallen

Verben können auch in verschiedenen **gebeugten Formen** (Personalformen) stehen.

ich schreibe
du isst
ihr fallt

Verben können in der **Befehlsform** (Imperativ) stehen.

Hör zu!
Lies genau!

Verben haben einen Wortstamm und nachgestellte Wortbausteine.

Bei **regelmäßigen** Verben bleibt der Wortstamm gleich.

ich	schreibe
du	schreibst
er/sie/es	schreibt
wir	schreiben
ihr	schreibt
sie	schreiben

Bei **unregelmäßigen** Verben verändert sich der Wortstamm.

ich	essen	falle
du	isst	fällst
er/sie/es	isst	fällt
wir	essen	fallen
ihr	esst	fallt
sie	essen	fallen

Wenn du wissen möchtest,
wie ein Verb geschrieben wird,
schlage die Grundform im Wörterbuch nach.

Verben und ihre Zeitformen

Verben stehen beim Sprechen oder in Texten in **verschiedenen Zeitformen**: Präsens, Präteritum, Perfekt oder Futur.

Wenn du etwas beschreibst oder eine Anleitung oder Anweisung aufschreibst, verwendest du meistens **Präsens** (Gegenwartsform).

ich male
du isst
wir fallen

Wenn du von Ereignissen aus der Vergangenheit berichtest, verwendest du meistens **Präteritum** oder **Perfekt**.

Wenn du einen Text über **Vergangenes aufschreibst**, verwendest du meistens **Präteritum** (einfache Vergangenheitsform).

ich malte
du aßest
wir fielen

Wenn du über **Vergangenes sprichst**, verwendest du meistens **Perfekt** (zusammengesetzte Vergangenheitsform).

ich habe gemalt
du hast gegessen
wir sind gefallen

Wenn du **Vermutungen** und **Vorhersagen ausdrückst**, verwendest du meistens die Zeitform **Futur** (Zukunftsform).

ich werde malen
du wirst essen
wir werden fallen

!

Wenn du ein unregelmäßiges Verb im Wörterbuch nachschlagen möchtest, suche die Grundform des Verbs. Grundformen und Zeitformen von unregelmäßigen Verben kannst du auch auf den Seiten 254 und 255 nachschlagen.

Wortstamm, Wortbausteine und Wortfamilien

Wörter kannst du aus verschiedenen **Wortbausteinen** bilden. Jedes Verb hat einen Wortstamm. Der Wortstamm verändert sich meistens nicht. Manchmal ändert sich der Vokal im Wortstamm.

fahr

das Fahrrad
die Vorfahrt
befahrbar
wegfahren
er fährt

Jeden Wortstamm kannst du mit vorangestellten oder nachgestellten Wortbausteinen ergänzen.

Durch Ergänzen von **vorangestellten Wortbausteinen** kannst du die Bedeutung der Wörter verändern.

ab-, aus-, be-, ein-, mit-, um-, ver-, vor-, ...
hinfahren, umfahren, verfahren, wegfahren, ...

Durch Ergänzen von **nachgestellten Wortbausteinen** kannst du die Wortart der Wörter verändern.

Nomen: -ung, -heit, -keit, -nis, -schaft, -tum, ...
Adjektive: -ig, -lich, -bar, ...
Verben: -en, -ieren, ...

Die nachgestellten Wortbausteine helfen dir beim **Bestimmen der Wortart**.

Wohnung: Nomen
ehrlich: Adjektiv
probieren: Verb

Wörter, die denselben Wortstamm haben, gehören zu einer **Wortfamilie**. Sie sind miteinander verwandt.

die Zahl
die Einzahlung

Verschiedene Wortfamilien findest du auf den Seiten 250 bis 253.

Satzglieder

Sätze bestehen aus mehreren Teilen.
Diese Satzteile nennt man **Satzglieder**.
Satzglieder kannst du umstellen.
Du erkennst Satzglieder mit der **Umstellprobe**.

Das Kind	fährt	mit dem Rad	.
Mit dem Rad	fährt	das Kind	.
Fährt	das Kind	mit dem Rad	?

Es gibt verschiedene Satzglieder.
Mit einem **Subjekt** und mit einem **Prädikat** (Satzkern) kannst du einen vollständigen Satz bilden.

Der Hund bellt.

Nach dem Subjekt fragst du: „Wer oder was?“

Wer bellt? der Hund

Nach dem Prädikat fragst du:
„Was geschieht?“ / „Was tut ...?“
Das Prädikat ist immer ein Verb.

Was tut der Hund? bellen

Manchmal ist das Prädikat auch zweiteilig.

Du malst das Bild an.
Malst du das Bild an?

In den meisten Sätzen gibt es noch weitere Satzglieder: **Ergänzungen**.

Objekte:
Nach dem Dativobjekt fragst du: „Wem?“
Nach dem Akkusativobjekt fragst du: „Wen oder was?“

Ich gebe dir einen Kuss.

Ergänzungen der Zeit und des Ortes:
Nach der Ergänzung der Zeit fragst du:
„Wann? Seit wann? Wie lange? Wie oft?“
Nach der Ergänzung des Ortes fragst du:
„Wo? Wohin? Woher?“

Du triffst deine Oma morgen im Schwimmbad.

Durch das Umstellen von Satzgliedern kannst du deine Texte interessanter gestalten.

Rechtschreib-Kompass

Mitsprechen

Buchstaben stehen für **Laute**.

Für manche Laute stehen immer besondere Buchstaben-Kombinationen.

scht	→	st	**St**ein
schp	→	sp	**Sp**inne
kw	→	qu	**Qu**alle

Für manche Laute können verschiedene Buchstaben oder Buchstaben-Kombinationen stehen. Dabei werden manche häufiger verwendet, andere nur selten.

i	→ HÄUFIG	ie	Bi**e**ne
	→ SELTEN	i	Tiger
f	→ HÄUFIG	f	**F**arbe
	→ SELTEN	v	**V**ogel
ai	→ HÄUFIG	ei	Kr**ei**de
	→ SELTEN	ai	M**ai**s

Sprich beim Schreiben langsam und leise oder in Gedanken mit.
Merke dir häufige Laut-Buchstaben-Kombinationen und wende dein Wissen beim Schreiben an.

Nutze das Bändchen. Dann findest du die Seite schnell wieder.

Silben schwingen

Wörter bestehen aus **Silben**.

In jeder Silbe ist ein **Vokal**.
Vokale heißen auch Silbenkerne, Silbenkönige, Kerne, Piloten, Sterne oder Leuchter.

Tisch, Na se, Bie ne,

Bei spiel, Ge bäu de

In der zweiten Silbe steht oft ein **e**.
Dieses kurze ẹ ist schlecht hörbar.

An gel, ken nen

Sprich beim Schreiben die Wörter langsam in Silben.
Achte darauf, dass in jeder Silbe ein Vokal ist.

Vokallänge beachten

Wenn die erste Silbe eines zweisilbigen Wortes mit einem Vokal endet, ist die **Silbe offen**. Du sprichst den **Vokal lang**.

Spie gel, E sel, ha ben, ro sa

Wenn die erste Silbe eines zweisilbigen Wortes mit einem Konsonanten endet, ist die **Silbe geschlossen**. Du sprichst den **Vokal kurz**.

Tan te, hal ten, lus tig

So fa, fra gen, hin ter, sel ten

Die zweite Silbe beginnt fast immer mit einem Konsonanten.

Wenn der Vokal in der ersten Silbe eines zweisilbigen Wortes kurz ist und am Ende dieser Silbe nur ein Konsonant zu hören ist, **verdoppelst** du diesen Konsonanten beim Schreiben. Die Silbe endet zwischen den doppelten Konsonanten.

Spin ne, ret ten, schnel ler

Statt zz schreibst du **tz**.

Mütze, Katze

Statt kk schreibst du **ck**.

Schnecke, trocken

Die besonderen Buchstaben **sch**, **ch**, **ng** und **x** verdoppelst du nicht.

Flasche, Woche, singen, boxen

Wörter mit einer Silbe **verlängerst** du, indem du weiterschwingst. Dann prüfst du die erste Silbe.

der Sta? → die Stäm me → der Stamm

ich mu? → wir müs sen → ich muss

spi? → spit zer → spitz

Achte auf die erste Silbe eines Wortes. Nach einem kurzen Vokal in einer geschlossenen Silbe stehen zwei Konsonanten: zwei gleiche oder zwei verschiedene.

s-Laute prüfen: s, ss oder ß?

Wenn du nicht weißt, wie ein Wort mit **s-Laut** richtig geschrieben wird, musst du das Wort untersuchen.

Nach einem **kurzen Vokal** in der ersten Silbe steht **ss**.

Mes ser, Nüs se

Einsilbige Wörter verlängerst du.

der Flu? → die Flüs se → der Fluss

Nach einem **langen Vokal** in der ersten Silbe steht **s oder ß**.

Nach einem **summenden s-Laut** steht **s**.

→ **s**

Ra sen

Nach einem **zischenden s-Laut** steht **ß**.

→ **ß**

So ße

Einsilbige Wörter verlängerst du.

das Gla? → die Glä ser → das Glas
der Spa? → die Spä ße → der Spaß

Zwielaute und **ie** sind immer lang. Das heißt, dass danach entweder **ß** oder **s** stehen muss.

der Krei? → die Krei se → der Kreis
der Strau? → die Sträu ße → der Strauß
der Spie? → die Spie ße → der Spieß

Nach einem kurzen Vokal in der ersten Silbe schreibst du **ss**.
Bei einem langen Vokal in der ersten Silbe prüfst du den **s**-Laut.
Wenn der **s**-Laut summt, schreibst du **s**.
Wenn der **s**-Laut zischt, schreibst du **ß**.

Verlängern: d oder t, g oder k, b oder p?

Bei manchen Wörtern hörst du am Ende **p**, **t** oder **k**, du schreibst aber **b**, **d** oder **g**.

Um zu entscheiden, wie ein Wort geschrieben wird, musst du es **verlängern**. Du bildest aus dem Wort ein längeres Wort. Dazu schwingst du weiter oder suchst ein verwandtes Wort aus derselben Wortfamilie.
Wenn du das verlängerte Wort deutlich in Silben sprichst, hörst du, welchen Buchstaben du am Ende schreiben musst.

Nomen setzt du in die Mehrzahl.

ein Hun? – viele Hun**d**e → ein Hun**d**
ein Zwer? – viele Zwer**g**e → ein Zwer**g**
ein Kor? – viele Kör**b**e → ein Kor**b**

Adjektive setzt du zwischen Artikel und Nomen ...

wil? – ein wil**d**es Pferd → wil**d**
lan? – ein lan**g**er Stock → lan**g**
gel? – eine gel**b**e Sonne → gel**b**

... oder du bildest die 1. Steigerungsform / 1. Vergleichsstufe.

wil? – wil**d**er → wil**d**
lan? – län**g**er → lan**g**
gel? – gel**b**er → gel**b**

Verben setzt du in die Grundform ...

er bie?t – bie**g**en → er bie**g**t

... oder in die Wir-Form.

er bie?t – wir bie**g**en → er bie**g**t

Zusammengesetzte Nomen zerlegst du und verlängerst das erste Wort.

ein Zu?vogel → ein Zu? + ein Vogel
ein Zu? → viele Zü**g**e → ein Zu**g** → ein Zu**g**vogel

!

Wenn du beim Verlängern ein **b**, **d** oder **g** hörst, steht dieser Buchstabe auch in den verwandten Wörtern derselben Wortfamilie.

Ableiten: ä oder e, äu oder eu?

In Wörtern klingen **ä** und **e** oder **äu** und **eu** gleich.

Um zu entscheiden, wie ein Wort geschrieben wird, musst du es **ableiten**. Dazu suchst du ein verwandtes Wort derselben Wortfamilie.

Wenn es ein verwandtes Wort mit **a** im Wortstamm gibt, schreibst du **ä**.

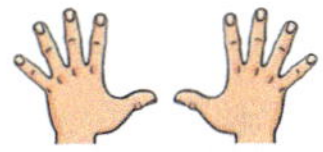

die H?nde – die H**a**nd → die H**ä**nde
k?mmen – der K**a**mm → k**ä**mmen

Wenn es **kein** verwandtes Wort mit **a** im Wortstamm gibt, schreibst du **e**.

die Br?tter
– **kein** verwandtes Wort mit **a** → Bretter

Wenn es ein verwandtes Wort mit **au** im Wortstamm gibt, schreibst du **äu**.

die B??me – der B**au**m → die B**äu**me
der L??fer – l**au**fen → der L**äu**fer

Wenn es **kein** verwandtes Wort mit **au** im Wortstamm gibt, schreibst du **eu**.

die Fr??nde
– **kein** verwandtes Wort mit **au** → die Freunde

Wenn du nicht weißt, ob ein Wort mit **ä** oder **e**, mit **äu** oder **eu** geschrieben wird, dann suche ein verwandtes Wort derselben Wortfamilie.

Wortbausteine nutzen

Alle Wörter einer **Wortfamilie** sind miteinander verwandt. Sie haben einen gemeinsamen Wortstamm und eine ähnliche Bedeutung. Den Wortstamm einer Wortfamilie schreibst du meistens gleich.

fahr

das Fahrrad
das Fahrzeug

Manchmal ändert sich der Wortstamm.

sie fährt
er fuhr

Einen Wortstamm kannst du durch **Wortbausteine** erweitern.

umfahren
die Vorfahrt
abgefahren

Wortbausteine schreibst du immer gleich.

aus-, be-, ge-, ver-, vor-, ...
-ung, -heit, -keit, -nis, -schaft, -tum, ...
-en, -e, -st, -t, ...
-ieren, ...
-ig, -lich, -bar, -haft, -voll, -sam, ...

Wörter mit den Wortbausteinen **-ung**, **-heit**, **-keit**, **-nis**, **-schaft** oder **-tum** sind Nomen. Nomen schreibst du groß.

die Erklärung, die Frechheit, die Freundlichkeit, das Zeugnis, die Mannschaft, der Irrtum

Beim Zusammensetzen bleiben alle Buchstaben der Wortstämme und Wortbausteine erhalten.

auf + fangen → auffangen
das Schiff + die Fahrt → die Schifffahrt

Beim Zusammensetzen von Nomen kommen manchmal Buchstaben hinzu.

der Hund + die Leine
→ die Hundeleine
die Decke + die Lampe
→ die Deckenlampe
die Geburt + der Tag
→ der Geburtstag

Merke dir häufige Wortbausteine und schreibe sie immer gleich.

Merkwörter einprägen

Manche Wörter haben **schwierige Stellen**, die du nicht mit einer Strategie erklären kannst.

Wörter mit **ai**
- der Mai
- der Trainer

Wörter mit **C/c**
- Cello
- cool

Wörter mit **chs**
- sechs
- wachsen

Wörter mit **dt**
- die Stadt
- verwandt

Wörter mit **Th/th**
- das Theater
- das Thema

Wörter mit **zz**
- die Pizza
- das Puzzle

Wörter mit **V/v**
- der Vater
- der Vulkan

Wörter mit **X/x**
- boxen
- der Text

Wörter mit **Y/y**
- das Hobby
- das Yoga

Wörter mit **Doppelvokalen**
- doof
- die Idee

Wörter mit **stummem h** vor **l**, **m**, **n**, **r**
- die Bahn
- wohl

Wörter mit **langem i**, die nicht mit ie geschrieben werden
- die Maschine
- der Tiger

Wörter mit **ä**, die nicht ableitbar sind
- der Lärm
- spät

Wörter mit **b/p** und **d/t**, die nicht verlängerbar sind
- das Obst
- und

Fremdwörter
- die E-Mail
- fair
- der Joghurt
- der Pool
- die Spaghetti

Großschreibung beachten

Satzanfänge schreibst du groß.

Das Buch ist spannend.
Unsere Antworten sind richtig.

Überschriften schreibst du groß.

Ein aufregendes Abenteuer
Als Jakob mich anrief,
zogen dunkle Wolken auf. ...

Nomen schreibst du groß.

Wenn du nicht weißt, ob ein Wort ein Nomen ist, kannst du verschiedene Proben durchführen.

Pluralprobe: Wenn du zu einem Wort die Einzahl (Singular) und die Mehrzahl (Plural) bilden kannst, dann ist es ein Nomen.

?aus (H/h) → ein **H**aus – viele **H**äuser
?dee (I/i) → eine **I**dee – viele **I**deen
?erg (B/b) → ein **B**erg – viele **B**erge

Artikelprobe: Wenn du vor ein Wort einen Artikel setzen kannst, dann kann es ein Nomen sein.

?aum (B/b) → der **B**aum, ein **B**aum
?olke (W/w) → die **W**olke, eine **W**olke

Adjektivprobe, Schiebewortprobe: Wenn du in einem Satz vor das letzte Wort eines Satzgliedes ein Adjektiv als Schiebewort setzen kannst, dann schreibst du dieses Wort groß.

Die ?atze (K/k) miaut. →
Die schöne **K**atze miaut.

Mir gefällt das ?lau (B/b) gut. →
Mir gefällt das coole **B**lau gut.

Uns macht ?arten (W/w) müde. →
Uns macht langes **W**arten müde.

!

Schreibe Überschriften, Satzanfänge und Nomen groß.
Wenn du wissen willst, ob ein Wort in einem Satz großgeschrieben wird, nutze die Proben.

Satzschlusszeichen setzen

Ein Satz endet immer mit einem **Satzschlusszeichen**.

Ein **Aussagesatz** endet mit einem **Punkt**.

Im Wörterbuch stehen viele Wörter.

Ein **Fragesatz** endet mit einem **Fragezeichen**.

Stehen alle Wörter im Wörterbuch?

Ein **Aufforderungssatz** endet mit einem **Ausrufezeichen**.

Schlage das Wort bitte nach!

Ein **Ausrufesatz** endet mit einem **Ausrufezeichen**.

Gefunden!
Das ist toll!

Kommas setzen

Zwischen Wörtern oder Wortgruppen, die du aufzählst, stehen **Kommas**.

Das letzte Wort oder die letzte Wortgruppe in einer Aufzählung wird mit **und/oder** angeschlossen. Vor **und/oder** steht kein Komma.

Ich mag Katzen, Kaninchen, Affen **und** Elefanten.

Die Kinder essen im Klassenraum, auf dem Pausenhof, im Gang **oder** in der Mensa.

Sätze kannst du mit **Bindewörtern** (**Konjunktionen**) verbinden.
Vor diesen Bindewörtern steht ein Komma.

aber, bevor, da, damit, dass, denn, obwohl, nachdem, wenn, ...

Ich freue mich darüber, **dass** es bald Ferien gibt.

Denke beim Schreiben daran, Kommas und Satzschlusszeichen zu setzen.

Wörtliche Rede kennzeichnen

Mit den **Zeichen der wörtlichen Rede** kennzeichnest du, was gesprochen oder gedacht wird.

Im **Begleitsatz** steht, wer spricht und wie gesprochen wird.

In der **wörtlichen Rede** steht in **Redezeichen**, was gesprochen oder gedacht wird.

Das Mädchen fragt:
„Wie heißt du?"

Es denkt:
„Wer ist das?"

Wenn der **Begleitsatz vor der wörtlichen Rede** steht, dann endet er mit einem Doppelpunkt.

Der Junge antwortet:
„Ich heiße Otto."

Wenn der **Begleitsatz nach der wörtlichen Rede** steht, dann trennst du ihn mit einem Komma von der wörtlichen Rede ab. Der Punkt am Satzende in der wörtlichen Rede geht dabei verloren.

„Ich bin neu hier", meint Otto.

Wenn die wörtliche Rede mit einem Ausrufezeichen oder Fragezeichen endet, bleibt dieses auch bei einem nachgestelltem Begleitsatz erhalten.

„Willkommen!", ruft das Mädchen laut.

„Und wie ist dein Name?", fragt Otto.

Wenn der **Begleitsatz in der wörtlichen Rede eingeschoben** steht, dann setzt du ein Komma vor den Begleitsatz und ein Komma danach. Die einzelnen Teile der wörtlichen Rede stehen in Redezeichen.

„Ich heiße Maja", sagt das Mädchen, „magst du neben mir sitzen?"

!

Was gedacht oder gesprochen wird, kennzeichnest du in einem Text mit Redezeichen.

Wörter am Zeilenende trennen

Bei der Worttrennung musst du **Trennungsregeln** beachten.

Wenn du mehrsilbige Wörter langsam sprichst, hörst du, wie du sie am Zeilenende trennen kannst.

die Ro-se, ges-tern, flei-ßig, der Di-no-sau-ri-er

Zusammengesetzte Wörter trennst du nach ihren Bestandteilen.

der Diens-tag, der Ge-burts-tag, die Schiff-fahrt, ver-rei-sen

Wörter mit nur einer Silbe trennst du nicht.

das Boot, frech, klein, rund, der Strumpf

Einzelne Vokale am Wortanfang und am Wortende trennst du nicht.

aber, der April, das Vi-deo

Bei doppelten Konsonanten trennst du zwischen den Konsonanten.

ren-nen, schwim-men

Du trennst vor **ch**, **ck** und **sch**.

la-chen, die Sa-che, fle-ckig, schme-cken, na-schen, die Ta-sche

Für manche Wörter gibt es verschiedene Trennmöglichkeiten.

The-ater, Thea-ter, war-um, wa-rum

Wenn du dir nicht sicher bist, wie du ein Wort trennst, schlage im Wortschatz ab Seite 96 nach.
Dort zeigen dir senkrechte Striche die Wort|tren|nung.

Bild-Wortschatz in 5 Sprachen

Tipps

Auf den **lila Seiten 278 bis 303** findest du Wörter in 5 Sprachen, die nach Themen geordnet sind. Bilder helfen dir beim Nachschlagen.
On the **purple pages 278 to 303** you will find words in 5 languages ordered by topic. The pictures will help you to look up the words.
Sur les **pages violettes 278 à 303** vous trouverez des mots en 5 langues organisés par thème. Les images vons serviront de référence.
Mor **sayfalarda 278'den 303'ye** kadar konuya göre 5 dilde düzenlenmiş kelimeler bulacaksın. Kelimeleri anlamak için resimler sana yardımcı olacak.
فِي **الصَّفْحَاتِ البَنَفْسَجِيَّةِ 278 إِلَى 303** سَتَجِدُ كَلِمَاتٍ بِخَمْسِ لُغَاتٍ، مَرْتَبَةً حَسَبَ عِدَّةِ مَوَاضِيعَ. تَسَاعِدُكَ الصُّوَرُ فِي البَحْثِ عَنْهَا.

Hier findest du das Thema in **Deutsch**, **Englisch**, **Französisch**, **Türkisch** und **Arabisch**.

Zu jedem Wort gibt es ein **Bild**.

Unter jedem Bild stehen die **Wörter in 5 verschiedenen Sprachen**.
Deutsche Wörter sind **schwarz**.
Englische Wörter sind **grün**.
Französische Wörter sind **rot**.
Türkische Wörter sind **blau**.
Arabische Wörter sind **orange**.

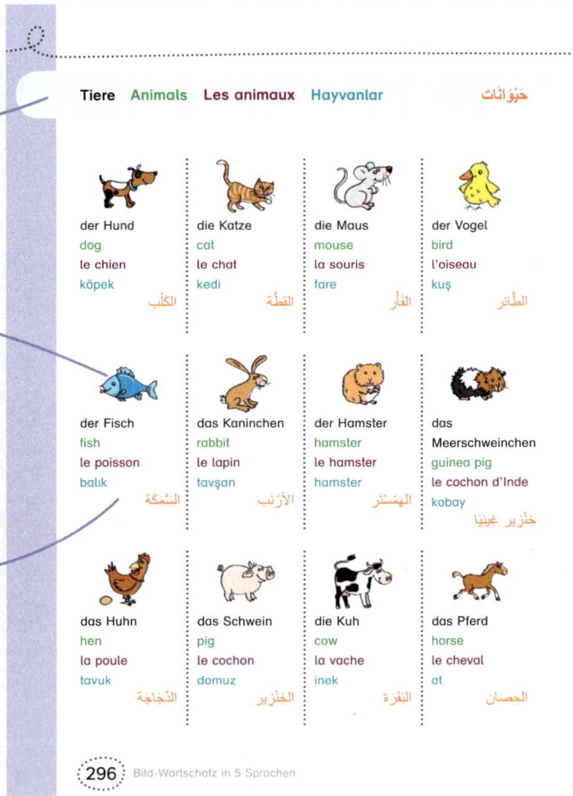

Tiere Animals Les animaux Hayvanlar حَيَوَانَات

der Hund dog le chien köpek الكَلْب	die Katze cat le chat kedi القِطَّة	die Maus mouse la souris fare الفَأْر	der Vogel bird l'oiseau kuş الطَّائِر
der Fisch fish le poisson balık السَّمَكَة	das Kaninchen rabbit le lapin tavşan الأَرْنَب	der Hamster hamster le hamster hamster الهَمْسْتَر	das Meerschweinchen guinea pig le cochon d'Inde kobay خِنْزِير غِينِيَا
das Huhn hen la poule tavuk الدَّجَاجَة	das Schwein pig le cochon domuz الخِنْزِير	die Kuh cow la vache inek البَقَرَة	das Pferd horse le cheval at الحِصَان

296 Bild-Wortschatz in 5 Sprachen

Wenn du wissen möchtest, **wie die Wörter ausgesprochen werden**, frage eine Sprachexpertin oder einen Sprachexperten. Das können andere Kinder oder Erwachsene sein.

Gefühle und Sinne   Feelings and senses
Les sentiments et sens   Duygular ve duyular   المَشَاعِر و الحَوَاسّ

müde
tired
fatigué / fatiguée
yorgun
تَعْبَان

wütend
angry
furieux / furieuse
kızgın
غَضْبَان

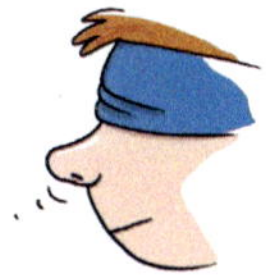

riechen
smell
sentir
koklamak
شَمَّ

hören
hear
entendre
duymak
سَمِعَ

fröhlich
happy
joyeux / joyeuse
neşeli
سَعِيد

sehen
see
voir
görmek
رَأَى

traurig
sad
triste / triste
üzgün
حَزِين

ängstlich
frightened
peureux / peureuse
korkak
خَائِف

schmecken
taste
goûter
tatmak
ذَاق

tasten
touch
toucher
el yordamıyla aramak
تَلَمَّس

Wochentage und Tageszeiten Days of the week and times of the day Les jours de la semaine et les moments de la journée Hafta günleri ve günün saatleri أَيَام الأُسْبُوع و أَوْقَات اليَوْم

die Woche
week
la semaine
hafta
الأُسْبُوع

der Montag
Monday
le lundi
pazartesi
يَوْم الإِثْنَيْن

der Dienstag
Tuesday
le mardi
salı
يَوْم الثُّلَاثَاء

der Mittwoch
Wednesday
le mercredi
çarşamba
يَوْم الأَرْبِعَاء

der Donnerstag
Thursday
le jeudi
perşembe
يَوْم الخَمِيس

der Freitag
Friday
le vendredi
cuma
يَوْم الجُمْعَة

der Samstag
Saturday
le samedi
cumartesi
يَوْم السَّبْت

der Sonntag
Sunday
le dimanche
pazar
يَوْم الأَحَد

morgens
in the morning
le matin
sabahları
صَبَاحاً

mittags
at noon
à midi
öğlenleri
ظُهْراً

abends
in the evening
le soir
akşamları
مَسَاءً

nachts
at night
la nuit
geceleri
لَيْلاً

Farben Colours Les couleurs Renkler الأَلْوان

blau
blue
bleu
mavi
أَزْرَق

rot
red
rouge
kırmızı
أَحْمَر

gelb
yellow
jaune
sarı
أَصْفَر

schwarz
black
noir
siyah
أَسْوَد

lila
purple
violet
mor
بَنَفْسَجِي

grün
green
vert
yeşil
أَخْضَر

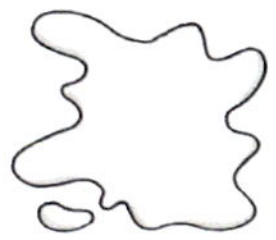

weiß
white
blanc
beyaz
أَبْيَض

braun
brown
marron
kahverengi
بُنِّي

kariert
checked
quadrillé
kareli
مُرَبَّعات

gestreift
striped
rayé
çizgili
مُخَطَّط

gepunktet
spotted
à pois
noktalı
مُنَقَّط

bunt
multicoloured
multicolore
renkli
مُلَوَّن

In der Schule At school À l´école Okulda في المَدْرَسَة

der Klassenraum
classroom
la salle de classe
sınıf
غُرْفَة الصَّف

der Schulhof
school yard
la cour de l'école
okul bahçesi
سَاحَة المَدْرَسَة

der Stundenplan
timetable
l´horaire
haftalık ders programı
الجَدْوَل الدِّرَاسِي

die Pause
break
la récré
teneffüs
الفُسْحَة

die Lehrerin
teacher
la maîtresse
öğretmen
المُعَلِّمَة

der Lehrer
teacher
le maître
öğretmen
المُعَلِّم

die Schülerin
pupil
l´élève
öğrenci
الطَّالِبَة

der Schüler
pupil
l´élève
öğrenci
الطَّالِب

die Tafel
blackboard
le tableau
tahta
السَّبُّورَة

lesen
read
lire
okumak
قَرَأَ

schreiben
write
écrire
yazmak
كَتَبَ

rechnen
calculate
calculer
hesaplamak
حَسَبَ

die Schultasche
school bag
le cartable
okul çantası
حَقِيبَة المَدْرَسَة

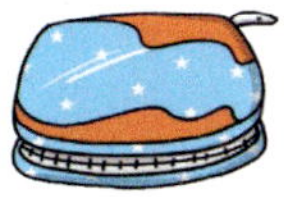

die Federmappe
pencil case
la trousse
kalem çantasi
المَقْلَمَة

der Bleistift
pencil
le crayon
kurşun kalem
قَلَم الرَّصَاص

der Anspitzer
sharpener
le taille-crayon
kalemtıraş
البَرَّايَة

der Radiergummi
rubber
la gomme
silgi
المِمْحَاة

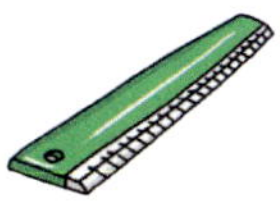

das Lineal
ruler
la règle
cetvel
المِسْطَرَة

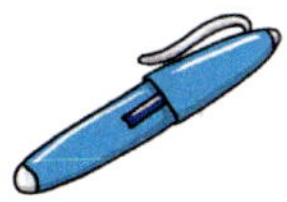

der Füller
pen
le stylo
dolma kalem
قَلَم الحِبْر

die Schere
scissors
les ciseaux
makas
المِقَصّ

der Kleber
glue
la colle
yapıştırıcı
اللاصِق

das Heft
exercise book
le cahier
defter
الدَّفْتَر

das Buch
book
le livre
kitap
الكِتَاب

der Schnellhefter
folder
la chemise
telli dosya
المِلَفّ

Zahlen Numbers Les chiffres Sayılar الأَعْدَاد

null	eins	zwei	drei	vier
zero	one	two	three	four
zéro	un	deux	trois	quatre
sıfır	bir	iki	üç	dört
صِفْر	وَاحِد	اِثْنَان	ثَلَاثَة	أَرْبَعَة

fünf	sechs	sieben	acht	neun
five	six	seven	eight	nine
cinq	six	sept	huit	neuf
beş	altı	yedi	sekiz	dokuz
خَمْسَة	سِتَّة	سَبْعَة	ثَمَانِيَة	تِسْعَة

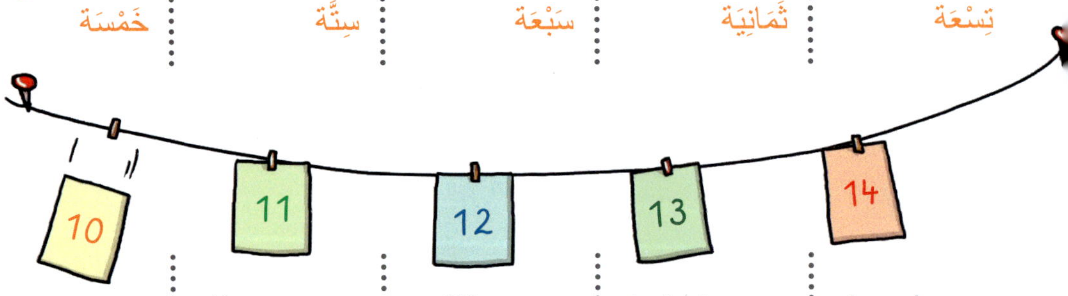

zehn	elf	zwölf	dreizehn	vierzehn
ten	eleven	twelve	thirteen	fourteen
dix	onze	douze	treize	quatorze
on	on bir	on iki	on üç	on dört
عَشَرَة	أَحَدَ عَشَرَ	اِثْنَا عَشَرَ	ثَلَاثَةَ عَشَرَ	أَرْبَعَةَ عَشَرَ

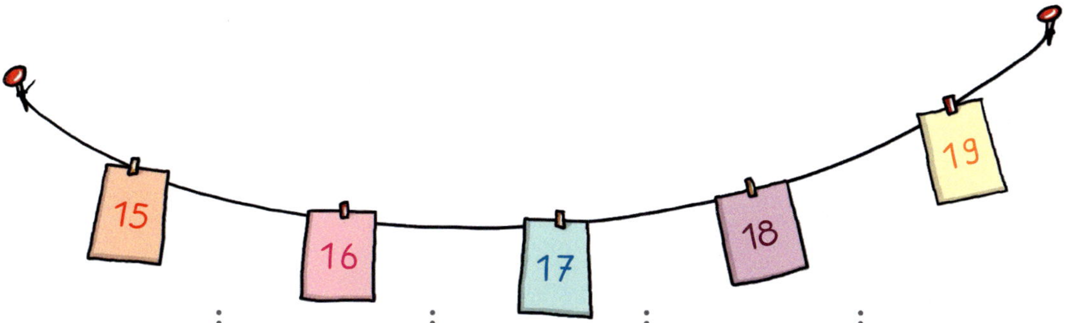

fünfzehn
fifteen
quinze
on beş
خَمْسَةَ عَشَرَ

sechzehn
sixteen
seize
on altı
سِتَّةَ عَشَرَ

siebzehn
seventeen
dix-sept
on yedi
سَبْعَةَ عَشَرَ

achtzehn
eighteen
dix-huit
on sekiz
ثَمَانِيَةَ عَشَرَ

neunzehn
nineteen
dix-neuf
on dokuz
تِسْعَةَ عَشَرَ

zwanzig
twenty
vingt
yirmi
عِشْرُون

einund-
zwanzig
twenty-one
vingt et un
yirmi bir
وَاحِد
وَعِشْرُون

fünfund-
zwanzig
twenty-five
vingt-cinq
yirmi beş
خَمْسَة
وَعِشْرُون

fünfzig
fifty
cinquante
elli
خَمْسُون

hundert
hundred
cent
yüz
مِئَة

Durch das Jahr   Through the year
Au cours de l'année   Tüm yıl boyunca   عَلَى مَدَار العَام

der Januar
January
janvier
ocak
يَنَاير

der Februar
February
février
şubat
فِبْرَايِر

der März
March
mars
mart
مَارِس

der April
April
avril
nisan
أَبْرِيل

der Mai
May
mai
mayıs
مَايُو

der Juni
June
juin
haziran
يُونْيُو

der Juli
July
juillet
temmuz
يُولْيُو

der August
August
août
ağustos
أَغُسْطُس

der September
September
septembre
eylül
سِبْتَمْبَر

der Oktober
October
octobre
ekim
أُكْتُوبَر

der November
November
novembre
kasım
نُوفَمْبَر

der Dezember
December
décembre
aralık
دِيسَمْبَر

der Herbst
autumn
l'automne
sonbahar
الخَرِيف

windig
windy
venteux
rüzgarlı
عَاصِف

der Winter
winter
l'hiver
kış
الشِّتَاء

heiß
hot
chaud
sıcak
حَار

kalt
cold
froid
soğuk
بَارِد

der Sommer
summer
l'été
yaz
الصَّيْف

sonnig
sunny
ensoleillé
güneşli
مُشْمِس

der Frühling
spring
le printemps
ilkbahar
الرَّبِيع

Zuhause At home À la maison Evde فِي البَيْت

das Haus
house
la maison
ev
البَيْت

die Tür
door
la porte
kapı
البَاب

das Fenster
window
la fenêtre
pencere
الشُّبَّاك

das Dach
roof
le toit
çatı
السَّطْح

der Flur
hall
le couloir
koridor
المَمَرّ

die Treppe
staircase
l'escalier
merdiven
السُّلَّم

der Keller
basement
la cave
bodrum
القَبْو

der Dachboden
attic
le grenier
çatı katı
العِلِّيَّة

die Lampe
lamp
la lampe
lamba
المِصْبَاح

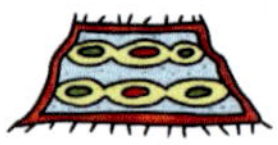

der Teppich
carpet
le tapis
halı
السِّجَّادَة

der Spiegel
mirror
le miroir
ayna
المِرآة

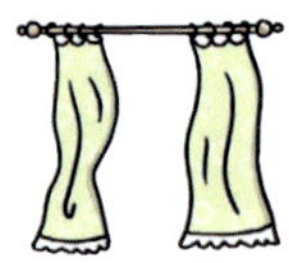

der Vorhang
curtain
le rideau
perde
السِّتَار

die Küche
kitchen
la cuisine
mutfak
المَطْبَخ

der Herd
cooker
la cuisinière
ocak
المَوقِد

das Spülbecken
sink
l’évier
eviye
المَجْلَى

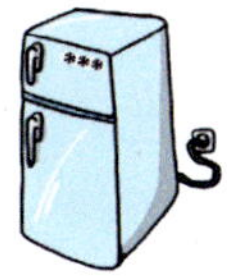

der Kühlschrank
fridge
le réfrigérateur
buzdolabı
الثَّلَاجَة

das Badezimmer
bathroom
la salle de bains
banyo
الحَمَّام

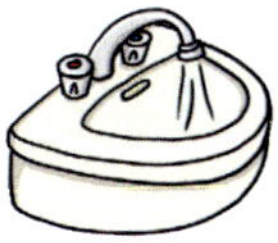

das Waschbecken
washbasin
le lavabo
lavabo
المَغْسَلَة

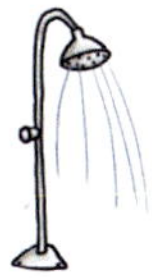

die Dusche
shower
la douche
duş
الدُّش

die Toilette
toilet
les toilettes
tuvalet
المِرْحَاض

das Schlafzimmer
bedroom
la chambre à coucher
yatak odası
غُرْفَة النَّوْم

das Bett
bed
le lit
yatak
السَّرِير

die Matratze
mattress
le matelas
şilte
الفَرْشَة

der Kleiderschrank
wardrobe
l’armoire
elbise dolabı
خَزَانَة المَلَابِس

Zuhause At home À la maison Evde فِي البَيْت

das Esszimmer
dining room
la salle à manger
yemek odası
غُرْفَة الطَّعَام

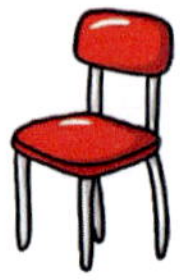

der Stuhl
chair
la chaise
sandalye
الكُرْسِي

der Tisch
table
la table
masa
الطَّاوِلَة

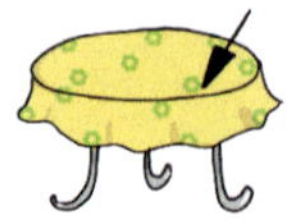

die Tischdecke
tablecloth
la nappe
masa örtüsü
مِفْرَش الطَّاوِلَة

das Wohnzimmer
living room
le salon
oturma odası
غُرْفَة الجُلُوس

der Sessel
armchair
le fauteuil
koltuk
الكَنَبَة المُفْرَدَة

das Sofa
sofa
le canapé
kanepe
الكَنَبَة

das Regal
shelf
l’étagère
raf
خَزَانَة الرُّفُوف

die Vase
vase
le vase
vazo
الزَّهْرِيَّة

die Decke
woollen blanket
la couverture en laine
battaniye
اللِّحَاف

das Kissen
pillow
l’oreiller
yastık
المِخَدَّة

der Fernseher
TV
la télé
televizyon
التِّلِفِزْيُون

Die Familie Family La famille Aile العَائِلَة

die Mutter
mother
la mère
anne
الأُمّ

der Vater
father
le père
baba
الأَب

die Eltern
parents
les parents
ana baba
الوَالِدَان

die Geschwister
brothers and sisters
les frères et sœurs
kardeşler
الإِخْوَة وَالأَخَوَات

die Tochter
daughter
la fille
kız
الإِبْنَة

der Sohn
son
le fils
oğul
الإِبْن

die Schwester
sister
la sœur
kız kardeş
الأُخْت

der Bruder
brother
le frère
erkek kardeş
الأَخ

die Tante
aunt
la tante
teyze
العَمَّة / الخَالَة

der Onkel
uncle
l'oncle
dayı
العَمّ / الخَال

die Großmutter
grandmother
la grand-mère
nine
الجَدَّة

der Großvater
grandfather
le grand-père
dede
الجَدّ

Der Körper The body Le corps Beden الجِسْم

die Schulter
shoulder
l’épaule
omuz
الكَتِف

der Kopf
head
la tête
kafa
الرَّأس

die Hand
hand
la main
el
اليَد

der Finger
finger
le doigt
parmak
الإِصْبَع

der Arm
arm
le bras
kol
الذِّرَاع

der Rücken
back
le dos
sırt
الظَّهْر

der Po
bottom
le derrière
popo
المُؤَخِّرَة

der Bauch
belly
le ventre
karın
البَطْن

das Bein
leg
la jambe
bacak
الرِّجْل

der Zeh
toe
le doigt de pied
ayak parmağı
إِصْبَع القَدَم

der Fuß
foot
le pied
ayak
القَدَم

das Knie
knee
le genou
diz
الرُّكْبَة

die Augenbraue
eyebrow
le sourcil
kaş
الحَاجِب

die Stirn
forehead
le front
alın
الجَبِين

das Auge
eye
l'œil
göz
العَيْن

die Nase
nose
le nez
burun
الأَنْف

die Zähne
teeth
les dents
dişler
الأَسْنَان

die Haare
hair
les cheveux
saçlar
الشَّعْر

die Lippen
lips
les lèvres
dudaklar
الشِّفَاه

die Wimpern
eyelashes
les cils
kirpik
الرُّمُوش

der Mund
mouth
la bouche
ağız
الفَم

die Zunge
tongue
la langue
dil
اللِّسَان

das Kinn
chin
le menton
çene
الذَّقْن

das Ohr
ear
l'oreille
kulak
الأُذُن

Im Kleiderschrank In the wardrobe
Dans l´armoire Elbise dolabın içinde فِي خَزَانَة المَلَابِس

der Pullover
pullover
le pull-over
kazak
الكَنْزَة

das T-Shirt
t-shirt
le t-shirt
tişört
التِّيشِيرْت

die Bluse
blouse
la blouse
bluz
البْلُوزَة

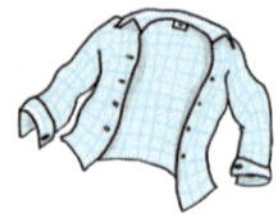
das Hemd
shirt
la chemise
gömlek
القَمِيص

die Hose
trousers
le pantalon
pantalon
البَنْطَلُون

die Jeans
jeans
le jean
kot
الجِينْز

der Rock
skirt
la jupe
etek
التَّنُّورَة

das Kleid
dress
la robe
elbise
الفُسْتَان

die Unterwäsche
underwear
les sous-vêtements
iç çamaşırı
المَلَابِس الدَّاخِلِيَة

die Socken
socks
les chaussettes
çorap
الجَوَارِب

die Strumpfhose
tights
les collants
külotlu çorap
الكُولُن

der Gürtel
belt
la ceinture
kemer
الحِزَام

die Jacke
jacket
la veste
ceket
السُّتْرَة

der Mantel
coat
le manteau
palto
المِعْطَف

die Kappe
cap
la casquette
kasket
الطَّاقِيَة

die Mütze
woolly hat
le bonnet
şapka
الطَّاقِيَة الشَّتَوِية

der Schal
scarf
l'écharpe
boyun atkısı
الشَّال

die Handschuhe
mittens
les gants
eldivenler
القُفَّازَات

die Schuhe
shoes
les chaussures
ayakkabılar
الأَحْذِيَة

die Stiefel
boots
les bottes
çizmeler
الجِزَم

der Schlafanzug
pyjamas
le pyjama
pijama
البِيجَامَة

das Nachthemd
nightie
la chemise de nuit
gecelik
قَمِيص النَوْم

der Badeanzug
bathing suit
le maillot de bain
mayo
لِبَاس السِّبَاحَة

die Badehose
trunks
le maillot de bain
şort
سِرْوَال السِّبَاحَة

Tiere Animals Les animaux Hayvanlar حَيْوَانَات

der Hund
dog
le chien
köpek
الكَلْب

die Katze
cat
le chat
kedi
القِطَّة

die Maus
mouse
la souris
fare
الفَأْر

der Vogel
bird
l'oiseau
kuş
الطَّائِر

der Fisch
fish
le poisson
balık
السَّمَكَة

das Kaninchen
rabbit
le lapin
tavşan
الأَرْنَب

der Hamster
hamster
le hamster
hamster
الهَمْسْتَر

das Meerschweinchen
guinea pig
le cochon d'Inde
kobay
خِنْزِير غِينِيَا

das Huhn
hen
la poule
tavuk
الدَّجَاجَة

das Schwein
pig
le cochon
domuz
الخِنْزِير

die Kuh
cow
la vache
inek
البَقَرَة

das Pferd
horse
le cheval
at
الحِصَان

der Affe
monkey
le singe
maymun
القِرْد

der Bär
bear
l'ours
ayı
الدُّبّ

der Eisbär
polar bear
l'ours blanc
kutup ayısı
الدُّبّ القُطْبِي

der Pinguin
penguin
le pingouin
penguen
البِطْرِيق

der Löwe
lion
le lion
aslan
الأَسَد

der Tiger
tiger
le tigre
kaplan
النَّمِر

der Elefant
elephant
l'éléphant
fil
الفِيل

das Känguru
kangaroo
le kangourou
kanguru
الكَنْغَر

das Nilpferd
hippopotamus
l'hippopotame
su aygırı
فَرَس النَّهْر

die Giraffe
giraffe
la girafe
zürafa
الزَّرَافَة

das Kamel
camel
le chameau
deve
الجَمَل

das Zebra
zebra
le zèbre
zebra
الحِمَار الوَحْشِي

Essen und Trinken Food and drink La nourriture Yiyecek ve içecekler الطَّعَام و الشَّرَاب

das Gemüse
vegetables
les légumes
sebze
الخَضْرَاوَات

die Gurke
cucumber
le concombre
salatalık
الخِيَارَة

die Möhre
carrot
la carotte
havuç
الجَزَرَة

die Tomate
tomato
la tomate
domates
الطَّمَاطِم

das Obst
fruit
les fruits
meyve
الفَوَاكِه

der Apfel
apple
la pomme
elma
التُّفَّاحَة

die Banane
banana
la banane
muz
المُوزَة

die Birne
pear
la poire
armut
الإجَاصَة

das Wasser
water
l'eau
su
المَاء

der Tee
tea
le thé
çay
الشَّاي

der Saft
juice
le jus
meyve suyu
العَصِير

der Kakao
cocoa
le cacao
sıcak çikolata
الكَاكَاو

das Brot
bread
le pain
ekmek
الخُبْز

die Kartoffel
potato
la pomme de terre
patates
البَطَاطَا

die Nudeln
pasta
les pâtes
makarna
المَعْكَرُونَة

der Reis
rice
le riz
pilav
الأَرُزّ

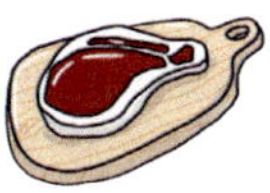

das Fleisch
meat
la viande
et
اللَّحْم

der Fisch
fish
le poisson
balık
السَّمَكَة

das Ei
egg
l'œuf
yumurta
البَيْضَة

der Käse
cheese
le fromage
peynir
الجُبْنَة

die Butter
butter
le beurre
tereyağı
الزُّبْدَة

die Milch
milk
le lait
süt
الحَلِيب

der Kuchen
cake
le gâteau
pasta
الكَعْكَة

die Schokolade
chocolate
le chocolat
çikolata
الشُّوكُولَاتَة

Essen und Trinken Food and drink
La nourriture Yiyecek ve içecekler الطَّعَام و الشَّرَاب

essen
eat
manger
yemek
أَكَلَ

trinken
drink
boire
içmek
شَرِبَ

kochen
cook
faire la cuisine
pişirmek
طَبَخَ

einkaufen
go shopping
faire les courses
alışveriş yapmak
اِشْتَرَى

das Glas
glass
le verre
bardak
الكَأْس

die Tasse
cup
la tasse
fincan
الفِنْجَان

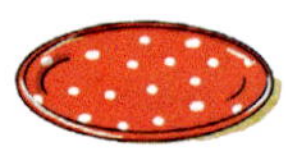

der Teller
plate
l'assiette
tabak
الصَّحْن

die Schüssel
bowl
le bol
kase
الزُّبْدِيَة

das Messer
knife
le couteau
bıçak
السِّكِّين

die Gabel
fork
la fourchette
çatal
الشَّوْكَة

der Löffel
spoon
la cuillère
kaşık
المِلْعَقَة

die Flasche
bottle
la bouteille
şişe
القِنِّينَة

Spielen Playing Jouer Oynamak اللَّعِب

das Brettspiel
board game
le jeu de société
masa oyunu
اللُّعْبَة اللَّوْحِيَة

das Kartenspiel
card game
le jeu de cartes
iskambil oyunu
لُعْبَة الوَرَق

das Ballspiel
ball game
le jeu de ballon
top oyunu
لُعْبَة الكُرَّة

die Spielekonsole
game console
la console de jeux
konsol
مِنَصَّة الأَلْعَاب

der Spielplatz
playground
l´aire de jeu
oyun alanı
سَاحَة اللَّعِب

der Sandkasten
sandpit
le bac à sable
kum havuzu
صُنْدُوق الرَّمْل

die Schaukel
swing
la balançoire
salıncak
الأُرْجُوحَة

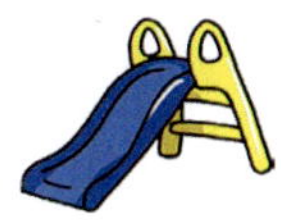

die Rutsche
slide
le toboggan
kaydırak
الزُّحْلَيْقَة

klettern
climb
grimper
tırmanmak
تَسَلَّق

bauen
build
construire
yapmak
بَنَى

fangen spielen
play tag
jouer à chat perché
kovalamaca oynamak
لُعْبَة المَسَّاكَة

verstecken spielen
play hide and seek
jouer à cache-cache
saklambaç oynamak
غُمَّيْضَة

Verkehr Traffic La circulation routière Trafik حَرَكَة المُرُور

der Fußgänger
pedestrian
le piéton
yaya
المَاشِ

die Fußgängerin
pedestrian
la piétonne
yaya
المَاشِيَة

gehen
walk
aller à pied
yürümek
ذَهَبَ

Rad fahren
ride the bike
aller en vélo
bisiklet sürmek
رَكِبَ الدَّرَّاجَة

die Straße
road
la rue
cadde
الشَّارِع

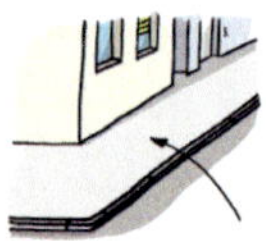

der Bürgersteig
pavement
le trottoir
yaya kaldırımı
الرَّصِيف

der Zebrastreifen
zebra crossing
le passage clouté
yaya geçidi
مَمَرّ المُشَاة

die Ampel
traffic lights
le feu
trafik lambası
الإِشَارَة الضَوْئِيَة

das Fahrrad
bicycle
le vélo
bisiklet
الدَّرَّاجَة

der Roller
scooter
la trottinette
skuter
السّكُوتِر

das Auto
car
la voiture
araba
السَّيَّارَة

der Bus
bus
l’autobus
otobüs
البَاص

Digitale Medien Digital media Les médias digitales Dijital medya الوَسَائِط الرَّقْمِيَّة

der Computer
computer
l'ordinateur
bilgisayar
الحَاسُوب

die Maus
mouse
la souris
fare
الفَأْرَة

die Tastatur
keyboard
le clavier
klavye
لَوْحَة المَفَاتِيح

der Bildschirm
screen
l'écran
ekran
الشَّاشَة

das Tablet
tablet
la tablette
tablet
التَّابْلِت

der Kopfhörer
headphones
les écouteurs
kulaklık
سَمَّاعَة الرَأْس

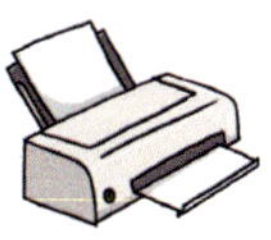

der Drucker
printer
l'imprimante
yazıcı
الطَّابِعَة

das Ladekabel
charging cable
le chargeur
şarj kablosu
سِلْك الشَّحِن

das Whiteboard
whiteboard
le tableau blanc interactif
beyaz tahta
السَّبُّورَة البَيْضَاء

das Handy
mobile
le portable
cep telefonu
الهَاتِف المَحْمُول

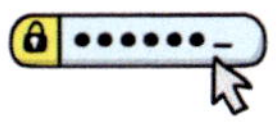

das Passwort
password
le mot de passe
şifre
كَلِمَة السِّرّ

die E-Mail
e-mail
le courriel
e-posta
البَرِيد الإِلِكْتْرُونِي

Bildquellenverzeichnis

|Berghahn, Matthias, Bielefeld: 2.1, 2.2, 2.3, 2.5, 2.6, 2.8, 2.9, 2.10, 2.11, 3.1, 3.2, 3.3, 3.4, 3.5, 3.6, 3.7, 3.8, 3.9, 3.10, 3.11, 3.15, 3.16, 3.17, 3.18, 3.19, 3.20, 3.21, 3.22, 3.23, 3.24, 3.25, 3.26, 3.27, 3.28, 3.29, 3.30, 3.31, 3.32, 3.33, 3.34, 3.35, 3.36, 3.37, 3.38, 3.39, 6.2, 6.3, 6.4, 6.5, 6.6, 6.7, 6.8, 6.9, 6.10, 7.1, 7.2, 7.4, 7.5, 8.3, 8.4, 8.5, 8.6, 8.7, 8.8, 8.9, 8.10, 9.1, 9.2, 9.3, 9.4, 9.8, 9.9, 9.10, 9.11, 9.12, 9.13, 9.14, 9.15, 9.16, 9.17, 9.18, 9.19, 26.1, 26.2, 26.3, 26.4, 26.5, 26.6, 26.7, 26.8, 28.1, 28.2, 28.3, 28.4, 28.5, 28.6, 28.7, 28.8, 28.9, 28.10, 28.11, 28.12, 28.13, 28.14, 28.15, 28.16, 29.1, 29.2, 29.3, 29.4, 29.5, 29.6, 29.7, 29.8, 29.9, 29.10, 29.11, 29.12, 29.13, 30.1, 30.2, 30.3, 30.4, 30.5, 30.6, 30.7, 30.8, 30.9, 30.10, 30.11, 31.1, 31.2, 31.3, 31.4, 31.5, 31.6, 31.7, 31.8, 31.9, 31.10, 31.11, 31.12, 31.13, 32.1, 32.2, 32.3, 32.4, 32.5, 32.6, 32.7, 32.8, 32.9, 32.10, 32.11, 32.12, 32.13, 32.14, 32.15, 32.16, 33.1, 33.2, 33.3, 33.4, 33.5, 33.6, 33.7, 33.8, 33.9, 33.10, 33.11, 33.12, 33.13, 34.1, 34.2, 34.3, 34.4, 34.5, 34.6, 34.7, 34.8, 34.9, 34.10, 34.11, 34.12, 34.13, 35.1, 35.2, 35.3, 35.4, 35.5, 35.6, 35.7, 35.8, 35.9, 35.10, 35.11, 35.12, 35.13, 36.1, 36.2, 36.3, 36.4, 36.5, 36.6, 36.7, 36.8, 36.9, 36.10, 36.11, 36.12, 37.1, 37.2, 37.3, 37.4, 37.5, 37.6, 37.7, 37.8, 37.9, 37.10, 37.11, 37.12, 37.13, 38.1, 38.2, 38.3, 38.4, 38.5, 38.6, 38.7, 38.8, 38.9, 38.10, 38.11, 38.12, 38.13, 39.1, 39.2, 39.3, 39.4, 39.5, 39.6, 39.7, 39.8, 39.9, 39.10, 39.11, 39.12, 39.13, 40.1, 40.2, 40.3, 40.4, 40.5, 40.6, 40.7, 40.8, 40.9, 40.10, 40.11, 40.12, 40.13, 41.1, 41.2, 41.3, 41.4, 41.5, 41.6, 41.7, 41.8, 41.9, 41.10, 41.11, 41.12, 41.13, 41.14, 41.15, 42.1, 42.2, 42.3, 42.4, 42.5, 42.6, 42.7, 42.8, 42.9, 42.10, 42.11, 42.12, 42.13, 42.14, 43.1, 43.2, 43.3, 43.4, 43.5, 43.6, 43.7, 44.1, 44.2, 44.3, 44.4, 44.5, 44.6, 44.7, 44.8, 44.9, 44.10, 44.11, 44.12, 44.13, 45.1, 45.2, 45.3, 45.4, 45.5, 45.6, 45.7, 45.8, 45.9, 45.10, 46.1, 46.2, 46.3, 46.4, 46.5, 46.6, 46.7, 46.8, 46.9, 46.10, 46.11, 46.12, 46.13, 47.1, 47.2, 47.3, 47.4, 47.5, 47.6, 47.7, 47.8, 47.9, 47.10, 47.11, 47.12, 47.13, 47.14, 48.1, 48.2, 48.3, 48.4, 48.5, 48.6, 48.7, 48.8, 48.9, 48.10, 48.11, 48.12, 48.13, 49.1, 49.2, 49.3, 49.4, 49.5, 49.6, 49.7, 49.8, 49.9, 49.10, 49.11, 49.12, 50.1, 50.2, 50.3, 50.4, 50.5, 50.6, 50.7, 50.8, 50.9, 50.10, 50.11, 51.1, 51.2, 51.3, 51.4, 51.5, 51.6, 51.7, 51.8, 51.9, 51.10, 51.11, 51.12, 51.13, 52.1, 52.2, 52.3, 52.4, 52.5, 52.6, 53.1, 53.2, 53.3, 53.4, 53.5, 53.6, 53.7, 53.8, 53.9, 53.10, 53.11, 53.12, 53.13, 56.1, 56.2, 56.3, 56.4, 56.5, 56.6, 56.7, 56.8, 57.1, 57.2, 57.3, 57.4, 57.5, 57.6, 57.7, 57.8, 57.10, 57.11, 57.12, 57.13, 57.14, 57.15, 57.16, 57.17, 58.1, 58.2, 59.1, 61.1, 61.2, 61.3, 63.1, 63.2, 64.1, 66.1, 68.1, 70.1, 70.2, 70.3, 71.1, 73.1, 74.1, 76.1, 77.1, 77.2, 77.3, 79.1, 79.2, 80.1, 81.1, 83.1, 84.1, 84.2, 85.1, 85.2, 87.1, 87.2, 87.3, 87.4, 89.1, 90.1, 90.2, 91.1, 96.1, 96.2, 96.3, 97.1, 97.2, 98.1, 98.2, 98.3, 99.1, 100.1, 100.2, 101.1, 101.2, 101.3, 102.1, 102.2, 103.1, 104.1, 105.1, 105.2, 106.1, 106.2, 106.3, 106.4, 107.1, 108.1, 109.1, 110.1, 110.2, 110.2, 111.1, 111.2, 111.3, 111.4, 112.1, 113.1, 113.2, 113.3, 114.1, 114.2, 114.3, 114.4, 115.1, 115.2, 115.3, 116.1, 116.2, 116.3, 117.1, 117.2, 119.1, 120.1, 120.2, 120.3, 121.1, 121.2, 121.3, 121.4, 122.1, 123.1, 123.2, 124.1, 124.2, 124.3, 124.4, 125.1, 126.1, 127.1, 127.2, 128.1, 128.2, 129.1, 129.2, 129.3, 130.1, 130.2, 131.1, 131.2, 131.3, 132.1, 132.2, 132.3, 132.4, 133.1, 133.2, 134.1, 134.2, 135.1, 135.2, 135.3, 135.4, 136.1, 137.1, 137.2, 137.3, 137.4, 138.1, 139.1, 140.1, 140.2, 141.1, 141.2, 141.3, 141.4, 142.1, 142.2, 143.1, 144.1, 144.2, 146.1, 146.2, 146.3, 147.1, 147.2, 148.1, 148.2, 148.3, 148.4, 149.1, 149.2, 150.1, 150.2, 151.1, 151.2, 152.1, 152.2, 152.3, 152.4, 153.1, 154.1, 155.1, 155.2, 155.3, 156.1, 157.1, 157.2, 157.3, 157.4, 158.1, 159.1, 159.2, 159.3, 160.1, 160.2, 161.1, 161.2, 162.1, 162.2, 163.1, 163.2, 164.1, 165.1, 166.1, 166.2, 167.1, 167.2, 168.1, 168.2, 169.1, 169.2, 169.3, 169.4, 170.1, 170.2, 171.1, 171.2, 171.3, 171.4, 171.5, 171.6, 172.1, 173.1, 173.2, 174.1, 175.1, 175.2, 175.3, 176.1, 177.1, 177.2, 178.1, 178.2, 178.3, 179.1, 179.2, 181.1, 181.2, 181.3, 182.1, 183.1, 183.2, 184.1, 184.2, 185.1, 185.2, 185.3, 186.1, 187.1, 188.1, 188.2, 189.1, 189.2, 189.3, 190.1, 191.1, 191.2, 191.3, 191.4, 191.5, 191.6, 191.7, 191.8, 191.9, 192.1, 192.2, 193.1, 194.1, 195.1, 195.2, 195.3, 196.1, 196.2, 196.3, 197.1, 198.1, 198.2, 199.1, 200.1, 200.2, 200.3, 201.1, 201.2, 202.1, 202.2, 202.3, 202.4, 202.5, 203.1, 203.2, 204.1, 204.2, 204.3, 205.1, 205.2, 205.3, 206.1, 206.2, 206.3, 207.1, 207.2, 208.1, 209.1, 209.2, 210.1, 210.2, 210.3, 210.4, 211.1, 212.1, 214.1, 215.1, 215.2, 215.3, 215.4, 216.1, 216.2, 217.1, 217.2, 217.3, 217.4, 218.1, 219.1, 219.2, 220.1, 220.2, 220.3, 221.1, 222.1, 222.2, 223.1, 223.2, 223.3, 223.4, 223.5, 224.1, 224.2, 224.3, 225.1, 225.2, 225.3, 226.1, 227.1, 227.2, 227.3, 227.4, 236.2, 236.3, 236.4, 236.5, 236.6, 236.7, 236.8, 245.1, 246.1, 246.2, 247.1, 247.2, 248.1, 248.2, 248.3, 248.4, 249.1, 249.2, 249.3, 249.4, 249.5, 250.1, 250.2, 251.1, 251.2, 252.1, 252.2, 253.1, 253.2, 256.1, 257.1, 258.1, 258.2, 258.3, 258.4, 258.5, 259.1, 260.1, 260.2, 260.3, 261.1, 262.1, 262.2, 263.1, 264.1, 266.1, 266.2, 266.3, 266.4, 266.5, 266.6, 266.7, 266.8, 266.9, 266.10, 266.11, 266.12, 266.13, 266.14, 266.15, 266.16, 266.17, 266.18, 266.19, 266.20, 266.21, 266.22, 266.23, 266.24, 266.25, 266.26, 266.27, 266.28, 266.29, 267.1, 267.2, 267.3, 269.1, 269.2, 269.3, 269.4, 270.1, 270.2, 270.3, 271.1, 271.2, 271.3, 271.4, 271.5, 271.6, 271.7, 271.8, 271.9, 271.10, 274.1, 275.1, 275.2, 275.3, 277.1, 302.10. |Reimers, Silke, Mainz: 143.2, 279.1, 279.2, 279.3, 279.4, 279.5, 279.6, 279.7, 279.8, 279.9, 279.10, 280.1, 280.2, 280.3, 280.4, 280.5, 280.6, 280.7, 280.8, 280.9, 280.10, 280.11, 280.12, 281.1, 281.2, 281.3, 281.4, 281.5, 281.6, 281.7, 281.8, 281.9, 281.10, 281.11, 281.12, 282.1, 282.2, 282.3, 282.4, 282.5, 282.6, 282.7, 282.8, 282.9, 282.10, 282.11, 282.12, 283.1, 283.2, 283.3, 283.4, 283.5, 283.6, 283.7, 283.8, 283.9, 283.10, 283.11, 283.12, 284.1, 284.2, 284.3, 285.1, 285.2, 286.1, 286.2, 286.3, 286.4, 286.5, 286.6, 286.7, 286.8, 286.9, 286.10, 286.11, 286.12, 287.1, 287.2, 287.3, 287.4, 287.5, 287.6, 287.7, 287.8, 287.9, 288.1, 288.2, 288.3, 288.4, 288.5, 288.6, 288.7, 288.8, 288.9, 288.10, 288.11, 288.12, 289.1, 289.2, 289.3, 289.4, 289.5, 289.6, 289.7, 289.8, 289.9, 289.10, 289.11, 289.12, 290.1, 290.2, 290.3, 290.4, 290.5, 290.6, 290.7, 290.8, 290.9, 290.10, 290.11, 290.12, 291.1, 291.2, 291.3, 291.4, 291.5, 291.6, 291.7, 291.8, 291.9, 291.10, 291.11, 291.12, 292.1, 293.1, 293.2, 294.1, 294.2, 294.3, 294.4, 294.5, 294.6, 294.7, 294.8, 294.9, 294.10, 294.11, 294.12, 295.1, 295.2, 295.3, 295.4, 295.5, 295.6, 295.7, 295.8, 295.9, 295.10, 295.11, 295.12, 296.1, 296.2, 296.3, 296.4, 296.5, 296.6, 296.7, 296.8, 296.9, 296.10, 296.11, 296.12, 297.1, 297.2, 297.3, 297.4, 297.5, 297.6, 297.7, 297.8, 297.9, 297.10, 297.11, 297.12, 298.1, 298.2, 298.3, 298.4, 298.5, 298.6, 298.7, 298.8, 298.9, 298.10, 298.11, 298.12, 299.1, 299.2, 299.3, 299.4, 299.5, 299.6, 299.7, 299.8, 299.9, 299.10, 299.11, 299.12, 300.1, 300.2, 300.3, 300.4, 300.5, 300.6, 300.7, 300.8, 300.9, 300.10, 300.11, 300.12, 301.1, 301.2, 301.3, 301.4, 301.5, 301.6, 301.7, 301.8, 301.9, 301.10, 301.11, 301.12, 302.1, 302.2, 302.3, 302.4, 302.5, 302.6, 302.7, 302.8, 302.9, 302.11, 302.12, 303.1, 303.2, 303.3, 303.4, 303.5, 303.6, 303.7, 303.8, 303.9, 303.10, 303.11, 303.12. |Schmiedeskamp, Katja, Hannover: 4.1, 4.2, 4.3, 4.4, 5.1, 5.2, 5.4, 12.1, 12.2, 12.3, 12.4, 14.1, 14.2, 14.3, 14.4, 14.5, 14.6, 14.7, 14.8, 14.9, 14.10, 15.1, 15.2, 15.3, 15.4, 16.1, 16.2, 16.3, 16.4, 16.5, 16.6, 16.7, 16.8, 16.9, 16.10, 16.11, 16.12, 16.13, 17.1, 17.2, 17.3, 17.4, 17.5, 17.6, 17.7, 17.8, 17.9, 17.10, 17.11, 17.12, 17.13, 17.14, 17.15, 17.16, 17.17, 17.18, 17.19, 17.20, 18.1, 18.2, 18.3, 18.4, 19.1, 19.2, 20.1, 20.2, 20.3, 20.4, 20.5, 20.6, 20.7, 20.8, 20.9, 20.10, 20.11, 20.12, 20.13, 20.14, 20.15, 20.16, 21.1, 21.2, 21.3, 21.4, 21.5, 21.6, 21.7, 21.8, 21.9, 21.10, 21.11, 21.12, 22.1, 22.2, 22.3, 22.4, 23.1, 23.2, 232.1, 233.1, 234.1, 234.2, 235.1, 235.2, 236.1, 237.1, 238.1, 239.1, 239.2, 240.1, 240.2, 241.1, 241.2, 242.1, 242.2. |Schwarz, Silke (handwäsche schwarz + peter gbr), Köln: 1.1, 2.4, 2.7, 3.12, 3.13, 3.14, 5.3, 6.1, 6.11, 7.3, 8.1, 8.2, 9.5, 9.6, 9.7, 13.1, 27.1, 55.1, 57.9, 92.1, 94.1, 95.1, 230.1, 244.1, 255.1, 278.1.

Weitere Materialien
rund um das Wörterbuch
finden Sie hier!

Impressum

© 2024 Westermann Bildungsmedien Verlag GmbH, Georg-Westermann-Allee 66, 38104 Braunschweig
service@westermann.de, www.westermann.de

Druck A^2 / Jahr 2025
Alle Drucke der Serie A sind im Unterricht parallel verwendbar.

Redaktion: Christin Bußhoff, omnibooks (Bielefeld)
Illustrationen: Matthias Berghahn, Katja Schmiedeskamp, Silke Reimers, Silke Schwarz
Umschlaggestaltung und Umschlagillustration: Silke Schwarz, handwäsche schwarz + peter gbr
Layout: Silke Schwarz, handwäsche schwarz + peter gbr
Druck und Bindung: Westermann Druck GmbH, Georg-Westermann-Allee 66, 38104 Braunschweig

ISBN 978-3-14-**123464**-0